I0748362

ТАЙНА ЗАМКА ЧИМНИЗ

Агата Кристи

Тайна замка Чимниз

Агата Кристи

(перевод: Д. Закс, Л. Межибовский)

Остросюжетный политический детективно-приключенческий роман Агаты Кристи. Интересы трёх стран, двух злодейских организаций, результаты одной кражи, двух убийств и дворцовых интриг сворачиваются клубком в замке Чимниз. Среди главных героев один из любимейших детективов Агаты Кристи — суперинтендант Баттл. И всё это пересыпано прекрасным чёрным юмором.

ISBN: 978-1-7638223-3-7

ТАЙНА ЗАМКА ЧИМНИЗ

ГЛАВА 1. ЭНТОНИ КЕЙД НАНИМАЕТСЯ

— Джентльмен Джо!

— Быть не может! Старина Джимми Макграт! — воскликнул мистер Кейд.

Группа туристов из «Кастл Силект Тур», состоящая из семи скучающих дам и трех покрытых испариной мужчин, смотрела на эту встречу с нескрываемым интересом. Очевидно, их мистер Кейд встретил старого друга. Все они были в восхищении от своего мистера Кейда — высокий, стройный, с загорелым лицом, он с удивительной непринужденностью обхаживал их, стараясь поддержать группу в добром расположении духа. А вот его друг выглядел совсем иначе. Одного роста с мистером Кейдом, но плотнее и совсем не респектабельный. Именно так в книгах описывают подобных субъектов, которым пристало содержать какой-нибудь салун. Любопытно. В конце концов они и отправились за границу, чтобы увидеть всякого рода забавные вещи, о которых столько читали. Да и Булавайо им уже порядочно поднадоел. Солнце нещадно пекло, отель был плохоньким, и казалось, что ничего особенного уже не будет до их отъезда в Матоппос. К счастью, мистер Кейд предложил им купить открытки с видами. Богатый выбор.

Энтони Кейд отошел со своим другом немного в сторону.

— На кой дьявол тебе столько женщин? — рявкнул Макграт. — Ты что, собрался завести гарем?

— Только не с этой компанией, — Энтони усмехнулся. — Ты хорошо их разглядел?

— Я-то разглядел. Но может, у тебя испортилось зрение?

— С моим зрением все в порядке. Это туристы из «Кастл Силект Тур». А я — «кастл», то есть «местный кастл» — сопровождающий.

— Чего ради ты взялся за такую идиотскую работу?

— Печальная необходимость зарабатывать на жизнь. Уверяю тебя, это мне вовсе не по душе.

— Дураков работа любит, — усмехнулся Джимми.

Энтони не обратил никакого внимания на насмешку.

— Ничего, скоро подвернется что-нибудь получше, — сказал он мечтательно. — Я в этом уверен.

Джимми фыркнул.

— Если где-то заварится каша, то можно не сомневаться, что рано или поздно дело не обойдется без Энтони Кейда, — сказал он. — У тебя нюх на жареное и девять жизней, как у кошки. Где бы нам с тобой поговорить?

— Я должен отвести этих квочек к могиле Родса.

— Ну и отлично! Они собьют себе ноги на этой дорожке и захотят отдохнуть. А вернувшись, завалятся в постель, чтоб успокоить раны. Ну а мы с тобой посидим и обменяемся новостями.

— Ладно. Пока, Джимми.

Энтони вернулся к своим овечкам. Мисс Тейлор, самая молодая и резвая в группе, немедленно атаковала его:

— Ах, мистер Кейд, это ваш старый друг?

— Да, мисс Тейлор. Один из друзей моей непорочной юности.

— На вид он такой интересный... — хихикнула мисс Тейлор.

— Я передам ему ваши слова.

— Ах, мистер Кейд! Как можно быть таким гадким! Да! И как это он вас назвал?

— Джентльмен Джо?

— Да! Разве ваше имя Джо?

— Мне кажется, вы знаете, мое имя Энтони, мисс Тейлор.

— Ну вот, всегда вы так, — кокетливо сказала мисс Тейлор.

Энтони уже вполне освоился со своими обязанностями. Помимо всех связанных с путешествием хлопот, они включали защиту пожилых джентльменов от посягательств на их достоинство, заботу о том, чтобы пожилые матроны могли купить открытки с видами, а также флирт со всеми, кому меньше сорока. Последнее было проще всего, благодаря удивительной готовности его дам находить проявления нежности в самых невинных замечаниях.

Мисс Тейлор возобновила атаку:

— И все же почему он назвал вас Джо?

— Просто потому, что это не мое имя.

— А почему именно Джо?

— По той же причине.

— Фи! Мистер Кейд! — обиженно запротестовала мисс Тейлор. — Вам не следует так отвечать! Ведь еще вчера вечером папа говорил мне, что у вас манеры джентльмена.

— Это очень мило с его стороны.

— И мы все согласились, что вы настоящий джентльмен.

— Весьма вам признателен.

— Нет, правда!

— Добрые сердца дороже венца, — туманно заметил Энтони, не раскрывая значения своих слов и с нетерпением ожидая времени ленча.

— Прекрасные стихи! Вы хорошо знаете поэзию, мистер Кейд?

— Я могу прочесть кусочек из «На палубе в огне один»: «На палубе в огне один, а прочих в море смыло». Это все, что я помню. Но зато, если хотите, я могу сыграть вам этот кусочек: «На палубе в огне один — пш! — пш! — пш! — это пламя! — а прочих в море смыло» — тут я начинаю бегать туда-сюда, как собака.

— Ах! Смотрите на мистера Кейда! Как забавно! — со смехом закричала мисс Тейлор.

— Пора пить чай, — заметил Энтони. — Идемте. Недалеко есть отличное кафе.

— Надеюсь, — спросила миссис Кэлдикотт своим низким голосом, — расходы включены в стоимость путешествия?

— Утренний чай, миссис Кэлдикотт, — профессионально ответил Энтони, — оплачивается дополнительно.

— Ужасно!

— Жизнь полна испытаний, не так ли? — ободряюще сказал Энтони. Глаза миссис Кэлдикотт сверкнули, и она с негодованием заметила:

— Так я и думала! И на всякий случай за завтраком отлила немного чаю во флягу. Теперь его можно подогреть на спиртовке. Идем, отец!

Чета Кэлдикотт с видом победителей проследовала в отель.

— Господи, — прошептал Энтони, — сколько же чудаков на этом свете! — Остальных он повел в кафе.

Мисс Тейлор оказалась рядом и возобновила расспросы:

— И давно вы не видели старого друга?

— Да лет семь.

— Вы были с ним в Африке?

— Да, но не в этих местах. Впервые я увидел Джимми Макграта, когда из него собирались варить суп. Вы знаете, в глубине континента есть племена каннибалов. Я успел вовремя.

— И что же было дальше?

— Часть этих бродяг мы перебили, а остальных взяли в плен.

— Ах, мистер Кейд! Должно быть, ваша жизнь была полна приключений!

— Уверяю вас, это не так.

Было совершенно ясно, что девушка ему не поверила.

Около десяти вечера Энтони Кейд вошел в небольшую комнату, где Джимми Макграт колдовал над батареей бутылок.

— Сделай-ка мне покрепче, Джеймс, — сказал он. — Что-то хочется выпить…

— Да, парень, тебе нужно. Не взялся бы я за такую работу ни за какие посулы.

— Покажи мне другую, и я не заставлю себя долго ждать.

Макграт перелил свою порцию спиртного в стакан, взболтнул его и начал делать коктейль для Энтони.

— Старина, ты это серьезно? — медленно спросил он.

— Что?

— Ну, что готов бросить эту работу, если подвернется другая?

— Почему ты сам не возьмешься за нее?

— Я бы взялся, да ума не хватает. Потому я и пытаюсь сплавить ее тебе.

Энтони охватило дурное предчувствие:

— В чем дело? Уж не наняли ли тебя преподавать в воскресной школе?

— Ты допускаешь мысль, что кто-нибудь может пригласить меня преподавать в воскресной школе?

— По крайней мере, никто из тех, кто тебя знает.

— Это отличная работа. Безо всяких штучек.

— Не в Южной ли Америке? Я давненько приглядываюсь к Южной Америке. В одной из этих маленьких республик скоро будет маленькая революция.

— Вечно ты со своими революциями — тебе бы только впутаться в настоящую свалку, — усмехнулся Макграт.

— Я знаю, мои способности могут там пригодиться. Джимми, я с радостью применил бы их там на любой стороне. Все лучше, чем изо дня в день эта добропорядочная жизнь.

— Старина, все это я слышал от тебя не раз. Нет, работа не в Южной Америке — в Англии.

— В Англии? Возвращение героя на родину после долгих лет отсутствия. Они ведь не заставят меня платить по счетам через столько лет, а, Джимми?

— Да вроде не должны. Ну так ты хочешь узнать, что это за работа?

— Возможно. Меня только смущает, почему ты сам за нее не берешься.

— Я скажу тебе. Я иду за золотом, Энтони, в глубину континента.

Энтони присвистнул и посмотрел на него:

— Сколько я тебя знаю, ты всегда собираешься за золотом, Джимми. Это твоя слабость — твое маленькое хобби. С редкостным рвением ты гоняешься за хвостом дикой кошки.

— В конце концов я схвачу его! Вот увидишь.

— Что ж, каждому свое. Мне скандалы, тебе золото.

— Я расскажу тебе всю историю. Ты, верно, много слыхал о Герцословакии?

Энтони пристально посмотрел на него.

— Герцословакия? — спросил он странно изменившимся голосом.

— Да. Ты что-нибудь знаешь о ней?

— Только то, что всем известно, — ответил Энтони после продолжительной паузы. — Одно из балканских государств, не так ли? Больших рек нет. Больших гор тоже нет, но те, что есть, весьма живописны. Столица — Экарест. Население — в основном разбойники. Их хобби — убийства королей и государственные перевороты. Последний король — Николай IV. Убит около семи лет назад. С тех пор там республика. В целом, весьма приятное местечко. Что ж ты сразу не сказал, что дело связано с Герцословакией?

— Кое-какое отношение она к нему имеет.

Энтони посмотрел на него скорее с печалью, чем с гневом:

— Джеймс, надо что-то делать. Может быть, тебе стоит прослушать курс журналистики или еще что? Если бы на Востоке в старые добрые времена ты стал рассказывать подобным образом, тебя повесили бы вниз головой и били палкой по пяткам или придумали что-нибудь похлеще.

Джимми, не обращая внимания на колкости, двинулся дальше:

— Слышал ли ты о графе Стылптиче?

— Вот это уже разговор, — подхватил Энтони. — Многие из тех, кто и слыхом не слыхивал о Герцословакии, пришли бы в восторг при одном упоминании графа Стылптича. Старая Балканская Лиса. Выдающийся политик современности. Величайший злодей, избежавший веревки. Точка зрения зависит от того, какую купить газету. Но можно не сомневаться, память о графе Стылптиче еще долго будет жить, после того как мы с тобой станем прахом. Не было ни одного важного события в Южной Европе за последние двадцать лет, за которым бы незримо не стоял граф Стылптич. Он был и диктатором, и патриотом, и политиком — никто в точности не знает, кем на самом деле, но, несомненно, всегда он был настоящим королем интриг. Так что же граф Стылптич?

— Он был премьер-министром Герцословакии — вот почему я упомянул о ней.

— Джимми, у тебя нет чувства пропорции. Герцословакия — ничто по сравнению с фигурой графа Стылптича. Она для него — лишь место рождения, где ему предоставили государственный пост. Но я думал, что он умер…

— Да, это так. Он умер в Париже около двух месяцев назад. Я же хочу рассказать тебе о том, что случилось несколько лет назад.

— Так с того ли ты начал? — перебил его Энтони.

— Вот как это было. Я был в Париже — как раз четыре года назад, если быть точным. Шел ночью по безлюдной улице и увидел, как полдюжины французских бандитов избивают приличного старого джентльмена. Не люблю, когда шестеро бьют одного. Я вмешался и разогнал этих бандитов. Думаю, так жарко им еще никогда не приходилось. Они растаяли, как снег!

— Отлично, Джеймс! — мягко сказал Энтони. — Хотел бы я взглянуть на это.

— Ничего особенного, — поскромничал Джимми, — но благодарность старикана не имела границ. Он был слегка навеселе, в этом нет никакого сомнения, но все же сообразил спросить у меня имя и адрес и на следующий день явился меня благодарить. Все сделал красиво, ничего не скажешь. Потом уже я узнал, что это был граф Стылптич. У него там был дом в Буа.

— Да, — кивнул Энтони, — после убийства короля Николая Стылптич уехал в Париж. Позже его пытались вернуть и избрать президентом, но он не пошел на это. На словах он остался верен своим монархическим убеждениям, хотя говорят, что он состоял во всех заговорах, которые затевались на Балканах. Хитер был этот последний граф Стылптич!

— Николай IV весьма странно выбрал себе жену, не так ли? — неожиданно спросил Джимми.

— Да, — ответил Энтони. — Это беднягу и погубило. Она была певичкой из парижского мюзик-холла, не годилась даже для морганатического брака. Но Николай влюбился в нее по уши, а ей страшно хотелось стать королевой. Трудно поверить, но им таки удалось все устроить. Назвали ее графиней Поповской или что-то в этом роде и объявили, что в жилах ее течет кровь Романовых. Николай заставил двух архиепископов обвенчать их в кафедральном соборе Экареста, и она была коронована как королева Варага. Николай подкупил своих министров и, видимо, полагал, что все в порядке — но он не подумал об остальных своих подданных. А они в Герцословакии настроены весьма аристократично и реакционно. Они желают иметь настоящих королей и королев. Пошли разговоры, появилось много недовольных, последовало беспощадное их подавление. И в результате — дворцовый переворот: король и королева убиты, провозглашена республика. Республика там держится с тех самых пор, но дела, как я слышал, идут все так же весело. Одного или двух президентов убили, просто так, чтобы не забывали о народе. Но вернемся к нашему разговору. Ты остановился на том, что граф Стылптич пришел благодарить тебя за спасение.

— Да. Вот, собственно, и все. Я вернулся в Африку и больше не вспоминал об этом, но две недели назад я получил странную посылку, которая шла за мной с места на место, и одному Богу известно, как долго. В газетах я прочел, что граф Стылптич недавно умер в Париже. А в этой посылке были его мемуары, то есть говорилось, что, если я доставлю рукопись в некую издательскую фирму в Лондоне до 13 октября, мне заплатят тысячу фунтов.

— Тысячу фунтов? Ты сказал — тысячу фунтов, Джим?

— Да, старина. Я молю небо, чтобы это не оказалось мистификацией. Как говорится, не верь князьям и политикам. Вот такие дела. Посылка так долго меня искала, что времени терять нельзя. А жаль. Я уже затеял этот поход за золотом, и мне не хотелось бы его отменять. Другого такого случая у меня не будет.

— Джимми, ты неисправим! Тысяча фунтов в кармане лучше груды мифического золота.

— А если это мистификация? Как бы то ни было, я уже здесь, и билет до Кейптауна заказан. Все готово — и на счастье, ты подвернулся.

Энтони закурил сигарету.

— Я начинаю тебя понимать, Джеймс. Ты отправляешься за своим золотом, а я добываю для тебя тысячу фунтов. И сколько мне за это причитается?

— Что ты скажешь о двадцати пяти процентах?

— Как говорится, 250 фунтов чистого дохода?

— Вот именно.

— Договорились! И можешь теперь кусать себе локти, потому что я согласился бы и за сто фунтов. Скажи-ка мне, Джеймс Макграт, уж не суждено ли тебе умереть в собственной постели, изучая собственный банковский счет?

— Поживем — увидим.

— Да, поживем. Итак, я нанимаюсь. И к черту туристов!

И они торжественно подняли стаканы.

ГЛАВА 2. ЛЕДИ В БЕДЕ

— Значит, так, — сказал Энтони допив свои коктейль и поставив стакан на стол. — Каким судном ты собирался отплывать?

— «Грэнарт Кастл».

— Билет, вероятно, на твое имя, так что лучше, если я отправлюсь как Макграт. С паспортом у нас проблем не будет?

— Вряд ли. Вообще-то мы с тобой не очень похожи, но описывать нас стали бы одинаково. Рост шесть футов, волосы темные, глаза голубые, нос обыкновенный, подбородок обыкновенный.

— Ты полегче с этой обыкновенностью. Позволь тебе заметить, что в туристской фирме из нескольких претендентов выбрали именно меня, исключительно благодаря приятной внешности и хорошим манерам.

— Видел я твои манеры нынче утром! — ухмыльнулся Джимми.

— Иди к черту!

Энтони встал и, в раздумье наморщив лоб, зашагал по комнате. Прошло несколько минут, прежде чем он заговорил.

— Джимми, — сказал он наконец. — Стылптич умер в Париже. Какой ему смысл посылать рукопись из Парижа в Лондон через Африку?

— Не знаю, — покачал головой Джимми.

— Почему бы просто не запечатать рукопись в конверт и не отправить по почте?

— В самом деле, было бы в сто раз разумнее.

— Разумеется, — продолжал Энтони, — я знаю, королям, королевам и сановникам этикет запрещает действовать просто и прямо. Отсюда королевские посланники и прочее. В средние века слуге давали кольцо-знак, нечто вроде «сезам, откройся!». «Королевское кольцо! Проходите, милорд!» Обычно находился кто-нибудь, кто выкрадывал это кольцо. Интересно, почему не нашлось умника, который догадался бы сделать дубликаты кольца? Сделай дюжину и продавай их по сотне дукатов за штуку. Похоже, людям в средние века не хватало инициативы.

Джимми зевнул.

— Мои рассуждения о средневековье тебя, кажется, не занимают? Тогда вернемся к графу Стылптичу. Из Франции в Англию через Африку — это, пожалуй, чересчур даже для дипломатической персоны. Если он хотел только обеспечить тебя тысячей фунтов, он мог бы просто отписать их тебе в завещании. Слава Богу, ни ты, ни я не настолько горды, чтобы отказаться от наследства! Должно быть, Стылптич спятил.

— Ты и вправду так считаешь?

Энтони нахмурился и продолжал вышагивать по комнате.

— А ты вообще-то читал эту рукопись? — спросил он.

— Что читал?

— Рукопись!

— Господи! Конечно, нет! Неужели ты полагаешь, что подобное чтиво может доставить мне удовольствие?

Энтони улыбнулся:

— Все это очень интересно. Да будет тебе известно, мемуары обычно производят немало шума. Нескромные откровения и прочее в том же духе. Люди, которые были всю свою жизнь замкнуты, как устрицы, видимо, тешат себя надеждой устроить неприятности другим, после того как сами благополучно скончаются. Это доставляет им какое-то злорадное удовольствие. Джимми, что за человек был граф Стылптич? Ведь ты видел его, говорил с ним, а ты же недурно разбираешься в людях. Похож ли он на мстительного старого дьявола?

— Трудно сказать, — Джимми помотал головой. — Сам понимаешь, что в первый раз, ночью, он был сильно «под мухой», но на следующий день передо мной предстал великосветский старикан с изысканными манерами. Он осыпал меня словами благодарности, так что мне глаза некуда было девать.

— А не болтал ли он о чем-нибудь интересном, когда был пьян?

Джимми задумался и даже наморщил лоб.

— Он знает, где находится «Кохинор», — как-то неуверенно ответил Джимми.

— Забавно, — сказал Энтони, — это и так всем известно. Он в Тауэре, не так ли? За толстым стеклом и за железной решеткой, а вокруг полно странно одетых джентльменов, которым только и дела, чтобы ты чего-нибудь не стащил.

— Верно, — согласился Джимми.

— Не говорил ли Стылптич чего-нибудь еще в том же роде? Например, знает ли он, в каком городе находится коллекция Уоллеса?

Джимми отрицательно помотал головой.

— Да-а, — протянул Энтони. Он закурил сигарету и снова зашагал по комнате. — Ты, наверное, не читаешь газет, невежда? — спросил он через некоторое время.

— Да уж, не часто, — признался Макграт. — Как правило, в них нет ничего, что могло бы меня заинтересовать.

— Благодари Бога, что я не такой дикарь, как ты. Недавно появилось несколько заметок о Герцословакии. Намеки на реставрацию монархии.

— Николай IV не оставил сына, — заметил Джимми, — но я ни минуты не сомневаюсь в том, что династия Оболовичей на нем не обрывается. Наверняка найдется куча претендентов — всяких двоюродных, троюродных и четвероюродных братьев.

— Так что найти нового короля не составит труда?

— Конечно, — ответил Джимми. — Знаешь, меня ничуть не удивляет, что республика им надоела. Для такого полнокровного и решительного народа, после того как они уничтожили нескольких королей, стрелять в президентов — просто детская забава. Кстати, разговор о королях напомнил мне еще кое-что, о чем говорил старик Стылптич в ту ночь. Он знает, что за шайка обхаживала его. Это люди короля Виктора.

— Что?! — Энтони резко повернулся.

На лице Макграта медленно расплылась улыбка.

— Чего ты вскинулся? — протянул он.

— Джимми, не будь ослом! Ты сейчас сказал нечто весьма важное.

Энтони подошел к окну и некоторое время смотрел на улицу.

— Кто такой король Виктор? — спросил Джимми. — Еще один балканский монарх?

— Нет, — задумчиво ответил Энтони, — это король иного сорта.

— Кто же он?

Помолчав, Энтони сказал:

— Он вор. Известнейший вор, специалист по драгоценным камням. Отчаянный малый, не смущающийся ничем. Король Виктор — это прозвище, под которым он был известен в Париже. Там была штаб-квартира его шайки. Его арестовали и посадили за решетку всего на семь лет. Ничего существенного доказать не удалось. Скоро он будет на свободе, если уже не вышел.

— Ты считаешь, что граф Стылптич помог полиции усадить его за решетку? И поэтому его шайка ловила старика, чтобы отомстить?

— Не знаю, — сказал Энтони. — Вообще-то не похоже. Насколько мне известно, король Виктор никогда не покушался на камни из короны Герцословакии. Но все выглядит весьма интригующе, а? Смерть Стылптича, мемуары и газетная болтовня — странно все это, но наводит на размышления. Еще говорят, что в Герцословакии обнаружена нефть. Джеймс, я чувствую нутром, скоро к этой маленькой стране в определенных кругах проявят большой интерес.

— В каких кругах?

— Финансисты из Сити.

— К чему ты клонишь?

— Пытаюсь представить наше легкое дело сложным, вот и все.

— Не хочешь же ты сказать, что возникнут какие-нибудь сложности с передачей обычной рукописи в издательство?

— Нет, — с сожалением ответил Энтони. — Здесь я не предвижу особых трудностей. Сказать ли тебе, Джеймс, куда я собираюсь отправиться со своими двумястами пятьюдесятью фунтами?

— В Южную Америку?

— Нет, дорогой мой, в Герцословакию! Пожалуй, я встану на сторону республики. Вполне возможно, в конце концов я стану президентом.

— А почему бы тебе не объявить себя наследником престола и не стать королем?

— Нет, Джимми. Король — это на всю жизнь. А пост президента — всего на четыре года или около того. Было бы забавно четыре года поуправлять таким королевством, как Герцословакия.

— Должен заметить, что средний срок царствования еще меньше, — сказал Джимми.

— У меня, вероятно, будет сильное искушение присвоить твою долю из этой тысячи фунтов. Да и к чему тебе эти деньги, когда ты вернешься с грудой самородков? Я вложу твою долю в нефтяные акции Герцословакии. Знаешь, Джеймс, чем больше я об этом думаю, тем больше нравится мне твое предложение. Никогда бы и не вспомнил о Герцословакии, если бы ты не помянул ее. День я проведу в Лондоне, возьму деньги и сразу уеду балканским экспрессом!

— Так быстро ты не управишься. Я не успел сказать, что у меня есть для тебя еще одно поручение.

Энтони плюхнулся в кресло и строго посмотрел на Джимми.

— Я все время чувствовал — ты что-то скрываешь. Здесь ты и подстроил мне ловушку.

— Ничуть не бывало. Просто нужно сделать кое-что, чтобы выручить из беды одну леди.

— Джеймс! Запомни раз и навсегда — я отказываюсь вмешиваться в твои дикие романы!

— Это не роман. Эту женщину я никогда не видел. Сейчас все расскажу.

— Уж если мне придется выслушать еще одну из твоих идиотских историй, то, пожалуй, придется снова выпить.

Макграт с готовностью соорудил очередную смесь и начал свой рассказ:

— Это было в Уганде. Я спас там жизнь одному старателю...

— Джимми, на твоем месте я написал бы книгу под названием «Жизни, которые я спас». Второе уже спасение за сегодняшний вечер.

— На этот раз ничего особенного я не совершил. Просто вытащил парня из реки. Как большинство старателей, он не умел плавать.

— Постой-ка! Имеет ли это хоть какое-нибудь отношение ко всему остальному?

— Никакого. Хотя, как ни странно, сейчас я вспомнил, этот парень был герцословак. Но мы звали его Педро Голландец.

Энтони безразлично кивнул:

— Давай, Джеймс, валяй дальше.

— Ну, парень был из тех, кто не хотел оставаться в долгу. Он привязался ко мне, как собака. Полгода спустя он умер от лихорадки. Последнее, что он сделал перед тем, как испустить дух, — поманил меня и прошептал на каком-то невозможном жаргоне о тайне. Я подумал, что он говорит о золотой жиле. Он вручил мне завернутый в промасленную бумагу пакет, который постоянно носил при себе. Тогда я не обратил на него внимания. Но через неделю вскрыл его. Надо признаться, мне стало любопытно. Я не верил, что у Педро Голландца хватило бы ума распознать золотую жилу, даже если бы он и нашел ее, — но никогда ведь не знаешь, откуда свалится удача.

— И как всегда, от одной только мысли о золоте твое сердце бешено забилось, — перебил его Энтони.

— Никогда в жизни я не был так разочарован. Золотая жила! Грязная свинья! Знаешь, что там было? Письма какой-то женщины! Да! Письма женщины, причем англичанки. Очевидно, тот подлец собирался шантажировать ее. И он имел наглость предложить мне заняться этим грязным делом!

— Джеймс, мне приятно видеть твой благородный гнев, но позволь заметить тебе, что плут — всегда плут. Ты спас ему жизнь — и он завещал тебе выгодное дельце, нисколько не думая о твоих высокоморальных британских устоях.

— На кой черт мне эти письма! Сначала я решил сжечь их. Но потом подумал: несчастная женщина, не зная, что они уничтожены, постоянно будет жить как на вулкане и ожидать, что в один прекрасный день этот парень заявится к ней.

— Джимми, твое воображение значительно сильнее, чем я предполагал, — закуривая, заключил Энтони. — Похоже, это дело несколько сложнее, чем первое. А что, если послать их почтой?

— Как все женщины, она не ставила на письмах ни дат, ни адресов. На одном, правда, есть нечто вроде адреса — всего одно слово: «Чимниз».

Энтони застыл с горящей спичкой в руке и, обжегши пальцы, резко бросил ее на пол.

— Чимниз?! — спросил он. — Ничего себе!

— Ты знаешь, что это такое?

— Милый мой, это один из самых аристократических домов Англии. Короли и королевы проводят там уик-энды, а дипломаты устраивают свои дела.

— Вот почему я доволен, что в Англию вместо меня отправляешься ты. Тебе все знакомо. А вышедший из канадских лесов невежа, вроде меня, наделал бы там кучу глупостей. Но такой человек, как ты, имеющий за плечами Итон и Харроу…

— Только один из них, — скромно заметил Энтони.

— …Такому человеку все это нипочем. Ты спрашиваешь, почему я не пошлю письма почтой? Мне представляется это опасным. Насколько я понял, муж у нее очень ревнив. Что будет с бедной леди, если по ошибке письма попадут к нему? А может, она умерла? Письма выглядят так, словно их писали довольно давно. Думается, единственный путь — доставить их в Англию и отдать ей в руки.

Энтони бросил сигарету и, подойдя к другу, с чувством хлопнул его по плечу.

— Джимми, ты настоящий рыцарь! — сказал он. — И канадские леса могут гордиться тобой! Ты справился бы с этим намного лучше меня.

— Так ты передашь их?

— Конечно.

Макграт встал, подойдя к буфету, вынул из ящика связку писем и бросил их на стол.

— Вот они. Ты бы прочел их.

— Это необходимо? Мне вообще-то не хочется.

— Учитывая то, что ты сказал о Чимнизе, она могла только гостить там. Лучше нам просмотреть письма, может, удастся понять, где ее искать.

— Ты прав.

Они внимательно прочли письма, но так ничего и не нашли. В задумчивости Энтони связал их снова.

— Бедняжка! — с сочувствием произнес он. — Должно быть, натерпелась страха...

Джимми кивнул.

— Ты уверен, что тебе удастся отыскать ее? — спросил он с тревогой.

— Я не уеду из Англии, пока не найду ее, Джимми. Что — то ты слишком заботишься об этой неизвестной леди...

Джимми задумчиво провел пальцем по подписи.

— Милое имя, — сказал он. — Вирджиния Ривел.

ГЛАВА 3. ПЕРЕПОЛОХ В ВЫСШИХ СФЕРАХ

— Именно так, дорогой друг, именно так, — говорил лорд Катерхэм. Он повторял это уже в третий раз, каждый раз надеясь, что теперь разговор на том закончится и он сможет уйти. Он терпеть не мог торчать вот так на ступеньках Лондонского клуба, членом которого имел честь состоять, и выслушивать бесконечные разглагольствования достопочтенного Джорджа Ломакса.

Клемент Эдвард Элистер Брент, девятый маркиз Катерхэм, невысокий джентльмен, одетый весьма непритязательно, ничем не оправдывал расхожего представления о маркизах. У него были тусклые голубые глаза, тонкий меланхолический нос и вялые, хотя и весьма изысканные, манеры.

Главное несчастье лорда Катерхэма заключалось в том, что он был наследником своего знаменитого брата, восьмого маркиза, умершего четыре года назад. Предыдущий лорд Катерхэм был довольно заметной фигурой в Англии, и мнение его было весьма весомо. Одно время он был государственным секретарем по иностранным делам и постоянно принимал участие в Имперском совете, а его загородная резиденция, замок Чимниз, была известна своим гостеприимством. При умелой помощи жены лорда Катерхэма, дочери герцога Перта, в Чимнизе в непринужденной обстановке творилась большая политика, и едва ли была хоть одна заметная личность в Англии, а то и в Европе, которая не останавливалась здесь хотя бы пару раз. Все было бы отлично. Девятый маркиз Катерхэм свято чтил память своего брата. И Генри вполне этого заслуживал. Но лорда Катерхэма тяготила необходимость следовать по стопам своего брата, а также и то, что Чимниз был скорее достоянием государства, чем загородным домом. Ничто его не удручало больше, чем политика, а точнее — политики. Отсюда и его нетерпение во время затянувшегося разговора с Джорджем Ломаксом, беспокойным, склонным к полноте джентльменом с красным лицом, сверкающим взглядом и безграничным чувством собственной значимости.

— Поймите, Катерхэм, мы не можем — тем более сейчас, — просто не можем допустить никакого скандала. Положение исключительно деликатное.

— Как обычно, — с иронией сказал лорд Катерхэм.

— Дорогой друг, уж я-то знаю!

— Именно так, именно так, — повторил лорд Катерхэм, возвращаясь на прежние рубежи обороны.

— Один промах в этом герцословацком деле — и все пропало. Крайне важно, чтобы нефтяная концессия была предоставлена британским компаниям. Понимаете?

— Разумеется, разумеется...

— Князь Михаил Оболович приезжает в конце этой недели, и все дело можно закончить в Чимнизе под стук бильярдных шаров.

— На этой неделе я собирался за границу, — пытался возразить лорд Катерхэм.

— Бросьте, дорогой Катерхэм! Кто же едет за границу в начале октября?!

— Мой врач полагает, что здоровье мое не совсем в порядке, — ответил лорд Катерхэм, с тоской глядя на проезжающее такси. Однако вырваться на свободу было совершенно невозможно, так как Ломакс, очевидно наученный опытом, имел скверную привычку при важном разговоре придерживать собеседника рукой. На этот раз он крепко ухватил лорда Катерхэма за лацкан плаща.

— Дорогой мой, я говорю вам это со всей откровенностью. В момент приближения национального кризиса...

Лорд Катерхэм болезненно поморщился. Он понял, лучше устроить несколько приемов, нежели выслушивать Джорджа Ломакса, цитирующего одну из своих собственных речей. По опыту он знал, Ломакс способен говорить без остановки минут двадцать.

— Хорошо, — поспешно сказал он, — я согласен. Надеюсь, обо всем вы позаботитесь сами.

— Дорогой друг, заботиться здесь совершенно не о чем. Чимниз, не говоря уж о его историческом значении, расположен идеально. Я буду у себя в Виверн Эбби, всего в семи милях оттуда. В самом приеме мне, разумеется, лучше не участвовать.

— Разумеется, нет, — согласился лорд Катерхэм, который, правда, не понял, почему так будет лучше, но отнюдь не собирался выяснять это.

— Надеюсь, вы ничего не имеете против Билла Эверсли. Он был бы полезен для связи со мной.

— Отлично, — сказал лорд Катерхэм чуть более оживленно. — Билл прекрасно играет на бильярде, да и Бандл благоволит к нему.

— Бильярд, конечно, не самое главное. Как говорится, — это лишь предлог.

Лорд Катерхэм снова впал в меланхолию.

— Ну вот, кажется, и все. Князь, его свита, Билл Эверсли, Герман Айзекстайн...

— Кто?

— Герман Айзекстайн. Представитель синдиката, о котором я вам говорил.

— Всебританский синдикат?

— Да. А что?

— Нет, ничего. Просто спросил.

— Разумеется, нужно пригласить еще одного-двух гостей, ради большей непринужденности. Леди Эйлин может подобрать их сама — молодых людей, не очень шустрых и не сующихся в политику.

— Думаю, Бандл отлично справится с этим.

— Я вот о чем подумал, — казалось, у Ломакса мелькнула какая-то мысль. — Вы помните, о чем я только что говорил?

— Вы говорили о стольких вещах...

— Я имею в виду эти неприятности. — Он понизил голос до таинственного шепота. — Мемуары, мемуары графа Стылптича.

— Вы напрасно тревожитесь, — сказал лорд Катерхэм, подавляя зевок. — Людям нравятся скандалы. И, черт побери, я сам с удовольствием читаю мемуары.

— Дело не в том, прочтут их или нет — пусть себе читают, — но публикация этих мемуаров в нынешней ситуации может все погубить. Народ Герцословакии мечтает восстановить монархию и вот-вот предложит корону князю Михаилу, которого поддерживает наше правительство.

— И который собирается предоставить концессию Айзекстайну и К° в обмен на миллионный заем, чтобы сесть на трон…

— Катерхэм, Катерхэм! — взмолился Ломакс сдавленным шепотом. — Осторожнее, прошу вас! Прежде всего — осторожность!

— И дело в том, — продолжал лорд Катерхэм с некоторым удовольствием, хотя и понизив голос, подчиняясь просьбе Ломакса, — что кое-что в мемуарах Стылптича может перевернуть тележку с яблоками? Деспотия и выходки членов семьи Оболовичей, да? Запросы в парламент? Почему нынешнее, всеми признанное демократическое правительство заменено абсолютной тиранией? Политика, диктуемая капиталистами-кровопийцами. Правительство под угрозой. Так, да?..

Ломакс кивнул.

— А может быть, и хуже, — вздохнул он. — Предположим, только предположим, что придется отвечать на вопросы о том злополучном исчезновении, — вы понимаете, что я имею в виду…

Лорд Катерхэм посмотрел на него с недоумением.

— Не очень. Какое исчезновение?

— Вы должны были слышать об этом. Ведь это случилось, когда они были в Чимнизе. Генри был страшно огорчен. Это едва не стоило ему карьеры.

— Вы меня заинтриговали, — сказал лорд Катерхэм. — Кто или что там исчезло?

Ломакс наклонился прямо к уху лорда Катерхэма, который поспешно отодвинул его.

— Ради Бога, не шипите так!

— Вы слышали, что я сказал?

— Да, — неохотно ответил лорд Катерхэм. — Я кое-что припоминаю. Весьма любопытно. Интересно, чьих это рук дело? Выяснить так ничего и не удалось?

— Нет. Разумеется, действовать пришлось с исключительной осторожностью. Даже намек на пропажу не должен был никуда просочиться. Но Стылптич был там как раз в это время. Он кое-что знал. Не все, конечно. Мы несколько раз столкнулись с ним по турецкому вопросу. Предположим, он имел злой умысел открыть эти факты всему миру. Представляете, какой будет скандал?! С далеко идущими последствиями. И прав будет любой, кто задаст нам вопрос: как мы допустили это?

— Да, разумеется, — с явным злорадством сказал лорд Катерхэм.

Ломакс повысил голос несколько больше допустимого, но потом взял себя в руки.

— Мне нужно сохранять спокойствие, спокойствие и еще раз спокойствие. Но ответьте мне, дорогой друг: если граф Стылптич не хотел скандала, зачем он послал рукопись в Лондон таким кружным путем?

— Странно, конечно. У вас проверенные данные?

— Абсолютно. У нас в Париже есть... э-э... агенты. Рукопись отправлена тайно за несколько недель до его смерти.

— Все указывает на то, что в ней что-то есть, — сказал лорд Катерхэм с тем же злорадством.

— Мы выяснили, что рукопись отправлена человеку, которого зовут Джимми, или Джеймс Макграт. Он — канадец, находящийся сейчас в Африке.

— Дело весьма деликатное, не так ли? — радостно сказал лорд Катерхэм.

— Джеймс Макграт должен прибыть судном «Грэнарт Кастл» в четверг, то есть завтра.

— И что вы собираетесь делать?

— Мы хотим войти с ним в контакт, указать ему на возможные тяжкие последствия, просить отложить публикацию мемуаров хотя бы на месяц и в любом случае добиться его согласия на некоторую… э-э… редактуру рукописи.

— А если предположить, что он откажется, или пошлет вас к черту, или сделает еще что-нибудь в том же духе? — спросил лорд Катерхэм.

— Этого-то я и боюсь, — сказал Ломакс. — Вот почему я подумал, что было бы неплохо пригласить его в Чимниз. С ним поговорят, представят князю Михаилу, и тогда его будет легче уломать.

— Я не собираюсь участвовать в этом, — запротестовал лорд Катерхэм. — Не желаю иметь дело с канадцами, особенно с теми, которые долго жили в Африке!

— Быть может, он вам и понравится — знаете, эти неотшлифованные алмазы…

— Нет, Ломакс! Я категорически отказываюсь! Пусть им занимается кто-нибудь другой, — не сдавался лорд Катерхэм.

— Думается, — сказал Ломакс, — здесь весьма кстати была бы женщина. И такая, которой можно было бы кое-что рассказать. Не слишком много, конечно. Она могла бы тактично и деликатно его уломать. Не то чтобы я одобрял участие женщин в политике — лучше обойтись без них. Но в своей области женщина может творить чудеса! К примеру, жена Генри — сколько она сделала для него! Марсия была великолепной, уникальной, идеальной хозяйкой политической гостиной.

— Вы хотите, чтобы я пригласил Марсию на этот вечер? — безо всякого энтузиазма спросил лорд Катерхэм, даже побледнев при упоминании о его грозной невестке.

— Нет-нет, вы не так меня поняли! Я говорю о силе женского обаяния вообще. Я имею в виду женщину молодую, красивую, обаятельную, умную.

— Но не Бандл? От нее не будет толку — она просто посмеется над подобным предложением.

— Я не имел в виду леди Эйлин. Ваша дочь, Катерхэм, мила, даже очень мила, но она сущий ребенок. Нам нужна деловая женщина, с известным самообладанием, знающая жизнь. Вот что! Лучше всего нам подойдет моя кузина Вирджиния!

— Миссис Ривел?! — просияв, воскликнул лорд Катерхэм. Он начал думать, что в конце концов этот вечер может доставить ему удовольствие. — Отличное предложение, Ломакс! Это самая обворожительная женщина Лондона!

— Несомненно, к тому же она в курсе герцословацких дел. Если помните, ее муж был там в посольстве. Ну и, как вы сказали, это женщина огромного личного обаяния.

— Божественное создание! — пробормотал лорд Катерхэм.

— Итак, договорились!

Мистер Ломакс слегка отпустил лацкан плаща лорда Катерхэма, и тот, воспользовавшись предоставленным ему шансом, поспешил освободиться.

— Всего доброго, Ломакс! Вы позаботитесь обо всем сами, не так ли?

Он юркнул в такси. Лорд Катерхэм не любил достопочтенного Джорджа Ломакса ровно настолько, насколько один истинный христианин может не любить другого истинного христианина. Ему не нравилось его пухлое, красное лицо, тяжелое дыхание и его голубые глаза навыкате. Лорд Катерхэм подумал о приближающемся уик-энде и тяжело вздохнул: «Морока! Какая морока!» Затем он подумал о Вирджинии Ривел и несколько приободрился. «Божественное создание! — сказал он про себя. — Божественное!»

ГЛАВА 4. ОБВОРОЖИТЕЛЬНАЯ ЛЕДИ

Джордж Ломакс направился прямо в Уайтхолл.

Входя в роскошные апартаменты, где вершил государственные дела, он услышал усиленное шуршание. Мистер Билл Эверсли усердно разбирал корреспонденцию, но большое кресло подле окна еще хранило тепло человеческого тела. Билл Эверсли — очень милый молодой человек, на вид лет двадцати пяти, крупный и довольно неуклюжий, с неправильными, но приятными чертами лица, с ослепительно белыми зубами и парой честных карих глаз.

— Ричардсон уже прислал отчет?

— Нет, сэр. Сходить к нему?

— Не стоит. Мне звонили?

— С телефонограммами разбирается мисс Оскар. Мистер Айзекстайн интересовался, не сможете ли вы пообедать с ним завтра в «Савойе».

— Попросите мисс Оскар взглянуть на календарь. И если я не занят, пусть позвонит ему — я согласен.

— Хорошо, сэр.

— А пока, Эверсли, найдите телефон в книге — миссис Ривел, Понт-стрит, 487 — и соедините меня с ней.

— Сейчас, сэр.

Билл схватил телефонную книгу, пробежал глазами колонку «Миссис», громко захлопнул книгу и подошел к стоявшему на столе аппарату. Он положил руку на трубку и остановился, как будто что-то вспомнил.

— Сэр. Я совсем позабыл. Ее телефонная линия сейчас на ремонте. Я имею в виду телефон миссис Ривел. Только что я пытался дозвониться, но безуспешно.

Джордж Ломакс нахмурился.

— Какая досада, — сказал он, — какая досада! — И в нерешительности забарабанил пальцами по столу.

— Если что-нибудь важное, сэр, я мог бы съездить к ней на такси. Сейчас утро, и она наверняка дома.

Джордж Ломакс задумался. Билл терпеливо ждал, готовый в случае его согласия мгновенно сорваться с места.

— Видимо, так будет лучше всего, — сказал наконец Ломакс. — Хорошо, поезжайте, узнайте у миссис Ривел, будет ли она дома сегодня в четыре часа. Я хотел бы поговорить с ней об очень важном деле.

— Хорошо, сэр.

Билл схватил шляпу и быстро вышел. Через десять минут он отпустил такси у дома на Понт-стрит, 487. Он позвонил и вдобавок громко постучал молотком. Дверь открыл слуга, которому Билл кивнул, как старому знакомому.

— Доброе утро, Чилверс. Миссис Ривел дома?

— Она собирается вот-вот уйти.

— Это вы, Билл? — раздался голос с верхнего пролета лестницы. — Я узнала вас по грохоту. Поднимайтесь и рассказывайте.

Билл посмотрел наверх, на ее смеющееся лицо — она всегда смеялась над ним, и не только над ним, доводя жертву до полной беспомощности. Он ринулся вверх по лестнице, перескакивая через ступеньки, и крепко сжал в своей руке протянутую руку Вирджинии Ривел.

— Привет, Вирджиния!

— Привет, Билл!

Обаяние — тайна за семью печатями. Сотня молодых женщин, и куда более красивых, нежели Вирджиния Ривел, могли бы сказать «Привет, Билл!» с той же интонацией, однако не произвели бы на него никакого эффекта. Но два слова, сказанные Вирджинией, произвели на Билла ошеломляющее впечатление.

Вирджинии Ривел было двадцать семь лет. Она была высока и так удивительно стройна, что ее исключительно пропорциональную фигуру можно было бы описывать в стихах. У нее были небольшой решительный подбородок, правильный нос, проницательные глаза, сиявшие из-под полуприкрытых век глубоким темно-васильковым цветом, и прелестный рот, один из уголков которого был несколько опущен, что, как известно, является «знаком Венеры». Лицо ее казалось необыкновенно выразительным, и вся она лучилась такой жизненной энергией, что никого не могла оставить равнодушным. Не обратить внимания на Вирджинию Ривел было совершенно невозможно. Она втянула Билла в небольшую гостиную, которая, словно усыпанный крокусами луг, была и зеленой, и розовой, и желтой.

— Милый Билл, — сказала она, — неужели форин офис отпустил вас? Мне казалось, без вас там все сразу же развалится.

— Я к вам с поручением от Ломакса. Кстати, Вирджиния, если он спросит, не забудьте, что нынче утром у вас не работал телефон.

— Но он работал!

— Я знаю. Но я сказал шефу, что нет.

— Зачем? Раскройте мне эту дипломатическую тайну.

Билл с упреком посмотрел на нее:

— Затем, чтобы приехать сюда и увидеть вас!

— Дорогой Билл! Как это глупо с моей стороны и как мило с вашей!

— Чилверс сказал, вы собираетесь уезжать.

— Да, на Слоан-стрит. А что нужно Джорджу?

— Он спрашивает, будете ли вы дома сегодня в четыре.

— Видимо, нет. Я собиралась в Ранелах. А почему так официально? Что он хочет мне предложить? Как вы думаете?

— Я не спрашивал.

— Вы сказали бы ему, что я предпочитаю мужчин, чьими предложениями руководит влечение?

— Как у меня?

— Это не влечение, Билл! Это привычка.

— Вирджиния, неужели никогда…

— Нет, нет и нет, Билл! Не будем говорить об этом до завтрака! Постарайтесь видеть во мне милую матушку средних лет, которая постоянно печется о вас.

— Вирджиния! Я вас люблю!

— Знаю, Билл, знаю! Просто я люблю быть любимой. Неужели это так ужасно и безнравственно? Мне хочется влюбить в себя всех мужчин на свете…

— Вы уже почти добились своего, — мрачно заметил Билл.

— Однако, надеюсь, Джордж не влюблен в меня? Никогда бы в это не поверила. Он так озабочен своей карьерой. Что еще он сказал?

— Только то, что это весьма важно.

— Билл, я заинтригована. Круг вопросов, которые Джордж считает важными, весьма ограничен. Наверное, мне придется отказаться от поездки в Ранелах. В конце концов, можно съездить туда в любой другой день. Передайте Джорджу, что я буду покорно ждать его в четыре часа.

Билл взглянул на часы:

— Полагаю, до ленча я могу не возвращаться. Подумайте над моим предложением.

— Только после ленча.

— Неважно. Если б вы согласились, то сразу бы все вокруг так чудесно переменилось для нас.

— Это было бы чудесно, — сказала Вирджиния, глядя на него с улыбкой.

— Вирджиния! Вы прелестны! Ну скажите, я нравлюсь вам? Ну, хоть немножко больше других?

— Билл! Я обожаю вас! Если бы меня вынудили выйти замуж — ну просто вынудили, — если бы, скажем, какой-нибудь безнравственный мандарин сказал мне: «Выйдешь за кого-нибудь замуж или умрешь медленной смертью», я непременно выбрала бы вас, Билл, честное слово.

— Правда?!

— Да! Но я не желаю замуж ни за кого. Мне нравится быть легкомысленной вдовой.

— Я не помешал бы вам остаться прежней. Все было бы так, как вам захочется. Вы бы меня даже не замечали.

— Вы ничего не поняли, Билл. Я из тех женщин, которые выходят замуж по велению сердца, если вообще выходят.

Билл тихо застонал.

— Я, видно, скоро застрелюсь, — мрачно сказал он.

— Не застрелитесь, дорогой! Вы пригласите на ужин хорошенькую девочку, как сделали это позавчера вечером...

Мистер Эверсли мгновенно сконфузился:

— Если вы говорите о Дороти Киркпатрик, то уверяю вас, у меня с ней ничего серьезного.

— Конечно, нет, Билл! Я рада, что вы забавляетесь. Но все-таки не претендуйте на то, чтобы застрелиться от неразделенной любви.

К мистеру Эверсли вернулось наконец сознание собственного достоинства.

— Вы не понимаете, Вирджиния, — строго сказал он. — Мужчины...

— Полигамны! Да, я знаю! У меня и самой закрадывались сомнения на этот счет... Билл, если вы действительно меня любите, то поехали скорее завтракать!

ГЛАВА 5. ПЕРВАЯ НОЧЬ В ЛОНДОНЕ

Даже в самых совершенных планах порой бывают изъяны. Джордж Ломакс допустил одну ошибку: в цепи его приготовлений оказалось слабое звено — Билл Эверсли.

Билл был очень милым парнем. Он отлично играл в гольф и в крикет, имел приятную внешность и хорошие манеры, но его присутствие в форин офисе объяснялось не столько его светлой головой, сколько хорошими связями. Впрочем, он идеально подходил для той работы, которую ему поручали, — малоответственной и не очень серьезной. Попросту говоря, он был у Джорджа на побегушках. В его обязанности входило быть всегда у Джорджа под рукой, чтобы переговорить с не очень важными посетителями, которых Джордж не желал видеть, бегать с разными поручениями, — словом, быть полезным. Со всем этим Билл вполне справлялся. В отсутствие Джорджа Билл любил развалиться в самом большом кресле и читать спортивную прессу, — поступая таким образом, он всего лишь отдавал дань освященной веками традиции.

Джордж, привыкший посылать Билла с различными поручениями, послал его в офис «Юнион Кастл» узнать, когда прибывает пароход «Грэнарт Кастл». Однако Билл, подобно большинству высокообразованных молодых англичан, имел приятную, но не вполне четкую дикцию. И любой логопед обнаружил бы ошибку в том, как он произносит слово «Грэнарт». Это можно было принять за что угодно. Клерк в офисе понял это как «Карнфраэ». Пароход «Карнфраэ Кастл» должен был прибыть в четверг. Так он и ответил. Билл поблагодарил клерка и ушел.

Джордж Ломакс принял к сведению эту информацию и соответственно построил свои планы, полагая, что Джеймс Макграт появится не раньше четверга.

Поэтому в среду утром, удерживая лорда Катерхэма за лацкан плаща на ступеньках клуба, он с большим удивлением узнал бы, что «Грэнарт Кастл» пришвартовался в Саутгемптоне еще вчера днем.

В два часа пополудни Энтони Кейд, путешествовавший под именем Макграта, сошел по трапу речного трамвайчика в Ватерлоо, взял такси и после минутного колебания назвал шоферу отель «Блиц». «Там должно быть вполне удобно», — подумал Энтони, с интересом глядя в окно машины. Он не был в Лондоне четырнадцать лет.

Энтони прибыл в отель, взял номер и пошел прогуляться по набережной. Приятно снова оказаться в Лондоне. Конечно, все изменилось. Вон там был маленький ресторанчик — сразу за Блэквфайерз-бридж, — в котором он не раз с удовольствием обедал в компании славных ребят.

Он направился обратно в отель. Но, едва повернув, столкнулся с прохожим, да так, что чуть не упал.

Когда оба пришли в себя, прохожий пробормотал извинения, пристально вглядываясь в лицо Энтони. Он был невысок и одет так, как обычно одевается рабочий люд. Но по его внешности в нем можно было предположить иностранца.

Энтони продолжил свой путь, размышляя над тем, чем это заслужил он такой пристальный взгляд незнакомца. Вероятно, ничем. Загорелый, он выглядел, конечно, непривычно на фоне бледных жителей Лондона — это-то, видимо, и привлекло внимание того парня.

Энтони поднялся в номер и, поддавшись внезапному чувству, подошел к зеркалу и стал изучать свое отражение. Возможно ли, чтобы кто-нибудь из его прежних немногочисленных приятелей узнал его, встретившись лицом к лицу? Вряд ли. Ему было восемнадцать, когда он покинул Лондон, — милый, немного полный юноша с обманчивой ангельской внешностью. Едва ли возможно узнать того мальчика в загорелом мужчине с насмешливым выражением лица.

Зазвонил стоящий возле постели телефон. Энтони взял трубку.

— Алло!

Он услышал голос портье:

— Мистер Джеймс Макграт?

— Да.

— Вас хочет видеть один джентльмен.

Энтони весьма удивился:

— Меня?!

— Да, сэр. Он иностранец.

— Как его имя?

— Я пришлю рассыльного с визитной карточкой, — сказал портье после некоторой паузы.

Энтони положил трубку и стал ждать. Через несколько минут в дверь постучали и появился мальчик с визиткой на подносе. Энтони взял ее и прочел выгравированное имя: «Барон Лолопретжил».

Теперь он понял, почему портье запнулся. Молча, он изучил карточку, а затем попросил проводить к себе этого джентльмена.

— Хорошо, сэр, — ответил мальчик.

Через несколько минут в номер вошел барон Лолопретжил. Это был мужчина с огромной черной веерообразной бородой и совершенно лысый. Он щелкнул каблуками и кивнул.

— Мистер Макграт! — сказал он.

Энтони попытался подражать ему, насколько это было в его силах.

— Барон! — сказал он. Затем предложил ему кресло. — Прошу вас, садитесь. Кажется, я не имел удовольствия видеть вас раньше?

— Да, это так, — усаживаясь, согласился барон. — К моему сожалению, — добавил он вежливо.

— И к моему также, — в тон ему ответил Энтони.

— К делу давайте перейдем, — предложил барон. — Представляю я в Лондоне монархическую партию Герцословакии.

— И уверяю вас, делаете это прекрасно, — пробормотал Энтони.

Принимая комплимент, барон кивнул.

— Вы слишком добры ко мне, — сказал он сухо. — Мистер Макграт, от вас не буду скрывать ничего. Время пришло восстановить монархию, которая пала с убийством светлой памяти Его Величества короля Николая IV.

— Аминь, — пробормотал Энтони. — Я слышал об этом.

— Занять должен трон Его Высочество князь Михаил, который поддержку британского правительства имеет.

— Великолепно! — воскликнул Энтони. — Очень любезно с вашей стороны рассказать мне об этом.

— Все уже готово, но тут являетесь вы и препятствуете! — Барон твердо смотрел в лицо Энтони.

— Дорогой барон! — запротестовал тот.

— Да, да! Я знаю, что говорю. У вас находятся мемуары графа Стылптича! — Он осуждающе глядел на Энтони.

— А если и так? Чем могут помешать мемуары графа Стылптича князю Михаилу?

— Они вызовут скандал!

— Это свойство всех мемуаров, — философски заметил Энтони.

— Секретов много знал он. Если откроется четверть из них хотя бы, в войну будет ввергнута Европа.

— Продолжайте, продолжайте, — сказал Энтони. — Неужели все так ужасно?!

— Об Оболовиче дурная слава пойдет. Англичане настроены демократично так.

— Допускаю, — сказал Энтони, — что Оболович мог пошутить, может быть, слишком жестоко и кроваво. Но здесь, в Англии, люди вполне способны ожидать от балканцев чего-нибудь подобного. Не знаю почему, но это так.

— Вы не понимаете, — сказал барон. — Вы не понимаете ничего. И на замке мои уста, — вздохнул он.

— Чего вы, собственно, боитесь? — спросил Энтони.

— Пока мемуары не прочту, не знаю, — объяснил барон. — Но там что-то есть наверняка. Так нескромны великие дипломаты. Говорит поговорка: тележка с яблоками перевернется.

— Ну что вы! — сказал Энтони. — Я уверен, вам все видится в черном цвете. Знаю я издателей — они садятся на рукописи и высиживают их, как яйца. Пройдет не меньше года, прежде чем рукопись будет опубликована.

— Молодой человек либо обманщик, либо простак. Все готово к тому, чтобы мемуары в воскресных газетах появились немедленно.

— Да ну! — Энтони начал сдавать позиции. — Но вы ведь можете все отрицать, — сказал он обнадеживающе.

Барон печально покачал головой:

— Нет-нет, глупости вы говорите. К делу перейдем. Тысячу фунтов вы должны получить, не так ли? Видите, у меня хорошая информация…

— Искренне поздравляю разведку монархистов!

— Предлагаю вам пятнадцать сотен.

Энтони с изумлением взглянул на него и сочувственно помотал головой.

— Боюсь, что это невозможно, — сказал он с сожалением.

— Хорошо. Предлагаю вам две тысячи.

— Барон, вы меня искушаете! Но я еще раз говорю вам, что это невозможно.

— Тогда вашу цену назовите.

— Боюсь, вы не вполне меня поняли. Я искренне верю, что ваши намерения ангельски чисты и мемуары могут помешать вам. Тем не менее я взялся передать их в издательство и должен сделать это. Я не могу себе позволить продаться противной стороне. Это совершенно невозможно.

Барон слушал очень внимательно. И когда Энтони закончил, он несколько раз кивнул:

— Понимаю. Ваша честь английского джентльмена.

— Ну, сами мы называем это несколько иначе, — сказал Энтони, — но думаю, несмотря на разницу в словах, мы говорим об одном и том же.

Барон встал.

— Так как честь англичанина весьма уважаю я, — произнес он, — мы должны по-другому попробовать. Желаю вам доброго утра.

Он щелкнул каблуками, поклонился и вышел, держась необычайно прямо. «Интересно, что он имел в виду, — раздумывал Энтони. — Угроза? Но старик Лоллипоп не вызывает у меня никаких опасений. Кстати, вот имечко! Барон Лоллипоп!»

Он зашагал по комнате, размышляя о своих дальнейших действиях. До истечения срока, назначенного для передачи рукописи в издательство, осталось чуть больше недели. Сегодня пятое октября. Энтони собирался передать ее в самый последний момент. По правде говоря, теперь ему очень захотелось прочитать эти мемуары. Он собирался сделать это еще на пароходе, но его свалила лихорадка, и не было никакого желания разбирать корявый почерк, ибо рукопись не была перепечатана на машинке. Теперь ему еще больше захотелось узнать, из-за чего, собственно, разгорелись такие страсти.

Но у него было и второе поручение.

Вспомнив о нем, он взял телефонную книгу и нашел фамилию Ривел. В книге их было шесть: Эдвард Генри Ривел, хирург, Харли-стрит; Джеймс Ривел и К°, шорник; Леннокс Ривел, Эбботбери-Мэнжэнс, Хэмпстед; мисс Мэри Ривел из Илинга; миссис Тимоти Ривел, Понт-стрит, 487; миссис Уиллис Ривел, Кэйдоген-сквер, 42. Исключая шорников и мисс Мэри Ривел, остаются четверо, при всем при том, что нет никакой уверенности, что искомая леди вообще проживает в Лондоне. Энтони захлопнул книгу и слегка покачал головой. «Положимся на случай, — заключил он. — Как-нибудь образуется».

Счастье таких людей, как Энтони Кейд, в этом мире объясняется тем, что они сами ни минуты в нем не сомневаются. Спустя каких-нибудь полчаса, листая иллюстрированный журнал, Энтони нашел то, что искал. Он наткнулся на сообщение о маскараде у герцогини Перт. Центральная фигура на фотографии — женщина в восточных одеждах — была, как гласила подпись: «Миссис Тимоти Ривел — Клеопатра. В девичестве — Вирджиния Коутрон, дочь лорда Эджбастона».

Энтони некоторое время рассматривал фотографию, шевеля губами. Затем он вырвал страницу, сложил ее и спрятал в карман. Потом поднялся наверх, открыл чемодан и достал оттуда связку писем. Вытащил из кармана сложенную страницу и подсунул ее под бечевку, которой были связаны письма.

Вдруг за спиной у него раздался какой-то шорох, и Энтони резко повернулся. В дверях стоял человек — до сих пор Энтони полагал, что подобных субъектов можно встретить разве что в хоре комической оперы. Приземистый, с толстым, грубым лицом, перекошенным злобной ухмылкой.

— Какого черта! — крикнул Энтони. — Кто позволил вам войти?

— Я хожу где хочу, — ответил незнакомец. Говорил он гортанно, с акцентом, хотя его английский был вполне сносен.

«Еще один иностранец», — подумал Энтони.

— Подите вон, слышите?!

Глаза незнакомца впились в связку писем, которую Энтони вынул из чемодана.

— Я уйду, когда получу то, за чем пришел.

— И что же вам нужно, позвольте спросить?

Незнакомец сделал шаг вперед.

— Мемуары графа Стылптича! — прошипел он.

— Слушайте, вас просто нельзя воспринимать серьезно, — сказал Энтони. — Ведь вы явно оперный крестьянин. Кто вас прислал? Барон Лоллипоп?

— Барон?.. — незнакомец произнес ряд трудновоспроизводимых согласных.

— Вот, оказывается, как вы это произносите? Нечто среднее между полосканием горла и собачьим лаем. Думаю, мне самому этого не произнести — моя гортань к этому не приспособлена. Я решил назвать его Лоллипоп. Так это он вас прислал?

Ответ был резко отрицательный, причем для убедительности посетитель даже несколько раз яростно плюнул. Потом он вынул из кармана клочок бумаги и бросил его на стол.

— Смотри! — сказал он. — Смотри и содрогайся, проклятый англичанин!

Энтони взглянул на клочок с некоторым интересом, отнюдь не смутившись второй частью приказания незнакомца. Там была грубо нарисована красная рука.

— Похоже на руку, — заключил он. — Но если вам угодно, я готов считать это изображением заката на Северном полюсе.

— Это знак Братства Багровой Руки. Я — член Братства.

— Никогда бы не подумал, — сказал Энтони, глядя на него с нескрываемым интересом. — Остальные Братья такие же? Не представляю себе, что сказали бы о них евгенисты.

Незнакомец гневно закричал:

— Собака! Хуже собаки! Наемный слуга прогнившей монархии! Давай сюда мемуары и останешься жив! И помни милосердие Братства!

— Очень мило с вашей стороны, — насмешливо произнес Энтони, — но боюсь, что все вы стали жертвой недоразумения. Мне поручено передать рукопись отнюдь не вашему почтенному сообществу, а издательству.

— Ха! — засмеялся незнакомец. — Неужели ты думаешь, что тебе позволят дойти туда живым? Хватит болтать! Выкладывай рукопись, иначе я стреляю!

Он выхватил из кармана револьвер и помахал им перед носом Энтони.

Но он недооценил Энтони Кейда. Видно, не привык иметь дело с людьми, которые действуют столь же стремительно — если не быстрее, — как и думают. Энтони не стал дожидаться, пока его продырявят пулей. Едва посетитель выхватил револьвер, Энтони прыгнул и выбил оружие у него из рук. Сила удара была такова, что незнакомец развернулся спиной к нападавшему.

Жалко было бы упустить такой случай. Сильным пинком Энтони послал незнакомца в направлении дверей, и тот вылетел в коридор, где и обмяк у стенки.

Энтони вышел за ним, но доблестный член Братства Багровой Руки уже получил свое. Он проворно вскочил на ноги и ринулся прочь по коридору. Энтони не стал его преследовать и вернулся в номер. «Поделом этому Братству! — заключил он. — Внешность, конечно, живописная, но, если действуешь правильно, справиться с ними ничего не стоит. Интересно, какой дьявол принес его? Одно совершенно ясно: дело будет совсем не таким простым, как мне казалось. Я уже насолил обеим партиям — и монархистам, и радикалам. Вероятно, вскоре последуют визиты делегаций националистов и независимых либералов. Во всяком случае, нынче же ночью рукопись нужно прочесть».

Взглянув на часы, Энтони обнаружил, что уже почти девять, и решил поесть в номере. Он не ожидал больше никаких непредвиденных визитов, но чувствовал, что все время нужно быть начеку. У него не было ни малейшего желания предоставить кому-нибудь возможность порыться в его чемодане, в то время пока он будет в ресторане. Он позвонил, попросил меню и заказал пару блюд и бутылку бордо. Стюард принял заказ и удалился. Ожидая, пока принесут обед, он распаковал рукопись и положил ее на стол рядом с письмами.

В дверь постучали, и стюард вкатил сервировочный столик. Энтони находился в этот момент у камина. Стоя спиной к двери, он оказался прямо напротив зеркала и, мельком взглянув в него, заметил нечто любопытное. Стюард прямо-таки пожирал глазами пакет с рукописью. Глядя на неподвижную спину Энтони, он медленно двинулся вокруг стола. Руки его дрожали, язык облизывал пересохшие губы. Энтони присмотрелся к нему. Это был высокий мужчина, гибкий, как и все стюарды, с чисто выбритым подвижным лицом. «Скорее итальянец, чем француз», — подумал Энтони.

В критический момент Энтони резко повернулся. Стюард застыл на месте и сделал вид, что занят солонкой.

— Как вас зовут? — неожиданно спросил Энтони.

— Джузеппе, мсье.

— Итальянец?

— Да, мсье.

Энтони заговорил с ним по-итальянски, и тот отвечал довольно бегло. Наконец Энтони кивком головы отпустил его. Но, поглощая принесенный Джузеппе отличный обед, Энтони усиленно размышлял. Не ошибся ли он? Быть может, интерес Джузеппе к пакету с рукописью был вызван простым любопытством? Может, и так... Но, вспомнив лихорадочное волнение итальянца, он переменил свое мнение. Как бы там ни было, он был весьма озадачен. «А ну их всех к черту! — подумал Энтони. — Не могут же все охотиться за этой проклятой рукописью. Может, мне все-таки почудилось?..»

Поев, он принялся за мемуары. Так как почерк графа Стылптича был весьма неразборчив, дело продвигалось очень медленно. Энтони начал позевывать, и промежутки между зевками подозрительно сокращались. В конце четвертой главы он сделал передышку. Пока что мемуары казались ему невыносимо скучными, и он не обнаружил даже намека на скандал. Энтони взял письма, стопкой лежавшие на столе, завернул их в обертку рукописей и запер в чемодан. Затем запер дверь и для предосторожности подставил к ней стул. А на стул поставил графин с водой.

Не без гордости оценил он все эти приготовления, наконец разделся и лег. Он попробовал было читать дальше, но веки его сомкнулись, и, засунув рукопись под подушку, он выключил свет и сразу же уснул.

Прошло, должно быть, часа четыре. Проснулся он внезапно. Он не понял, что его разбудило, — возможно, какой-нибудь звук, а возможно, и ощущение опасности, которое очень развито у людей, не раз бывавших в переделках.

Секунду он лежал совершенно неподвижно, пытаясь сосредоточиться на своих ощущениях. Он различил какой-то осторожный шорох, а вскоре и увидел что-то в темноте на полу между кроватью и окном, рядом с чемоданом! Одним прыжком Энтони соскочил с кровати и включил свет. Человек, стоявший на коленях возле чемодана, метнулся в сторону. Это был Джузеппе. В правой его руке блеснул нож. Он бросился с ним прямо на Энтони, который уже вполне осознал серьезность своего положения. Он был безоружен, а его противник заблаговременно позаботился об оружии.

Энтони отпрыгнул, и Джузеппе, ударив ножом, промахнулся. Мгновение спустя двое мужчин уже катались по полу, сцепившись друг с другом. Все свои усилия Энтони направил на то, чтобы мертвой хваткой держать правую руку противника, не позволяя ему воспользоваться ножом. Он понемногу заворачивал руку ему за спину. Но в это время свободной рукой итальянец вцепился ему в горло. Тогда Энтони, собрав последние силы, дернул вывернутую руку.

Нож со звоном упал на пол. В тот же момент итальянец рванулся и выскользнул из объятий. Энтони отпрыгнул от него, но совершил ошибку, отскочив к дверям и думая лишить Джузеппе возможности бегства. Слишком поздно он заметил, что стул и графин стоят на месте.

Джузеппе забрался через окно и воспользовался им снова. В тот момент, когда Энтони отпрыгнул к двери, он выскочил на балкон, перебрался с него на соседний и исчез в соседнем окне. Энтони сразу понял, что преследовать его нет никакого смысла. Без сомнения, путь отступления был подготовлен заранее. Энтони не стоило и беспокоиться.

Он подошел к кровати и с волнением сунул руку под подушку — рукопись была на месте. Счастье, что она была здесь, а не в чемодане. Энтони нагнулся к чемодану и заглянул в него, собираясь достать оттуда письма. У него перехватило дыхание. Писем не было!

ГЛАВА 6. ТОНКОЕ ИСКУССТВО ШАНТАЖА

Ровно без пяти четыре Вирджиния Ривел, сгорая от любопытства, вернулась в дом на Понт-стрит. Она открыла дверь своим ключом, вошла в холл И столкнулась лицом к лицу с невозмутимым Чилверсом.

— Прошу прощения, мэм, но вас хочет видеть один... э-э... субъект.

Сперва Вирджиния не обратила внимания на то существительное, которое употребил Чилверс.

— Мистер Ломакс? Где он? В гостиной?

— Нет, мэм, не мистер Ломакс, — сказал Чилверс почти с упреком. — Какой-то субъект. Я не хотел пускать его, но он сказал, что дело у него очень важное, связанное с капитаном, если я правильно понял. Подумайте хорошенько, стоит ли вам встречаться с ним. Пока я усадил его в кабинете.

Вирджиния на минуту задумалась. Она была вдовой уже несколько лет, и тот факт, что она редко говорила о своем муже, некоторые трактовали как знак того, что за своей беззаботностью она скрывает незаживающую душевную рану. Другие же, наоборот, полагали, что Вирджиния никогда не любила Тима Ривела, а ее сдержанность считали напускной и неискренней.

— Должен заметить, мэм, — продолжал Чилверс, — этот человек похож на иностранца.

Вирджиния заинтересовалась еще больше. Муж ее был на дипломатической службе, и они вместе находились в Герцословакии как раз перед нашумевшим убийством короля и королевы. Быть может, этот человек герцословак, кто-нибудь из прежних слуг, попавший, теперь в беду?

— Вы правильно сделали, Чилверс, — коротко сказала она, одобрительно кивнув ему. — Так где он? В кабинете? — Она проследовала через холл своей легкой, бодрой походкой и открыла дверь в небольшую комнату, примыкавшую к столовой.

Посетитель сидел на стуле у камина. При ее появлении он встал и посмотрел на нее. У Вирджинии была отличная память на лица, и она была совершенно уверена, что никогда раньше не видела этого человека. Он был высок, смугл и строен и, без сомнения, иностранец, но вряд ли славянин. Вирджиния подумала, что он итальянец или испанец.

— Это вы хотели видеть меня? — спросила она. — Я миссис Ривел.

Некоторое время незнакомец молчал. Он не спеша оглядывал ее, словно приценивался. В его поведении была скрыта какая-то наглость, которую Вирджиния незамедлительно почувствовала.

— Не перейдете ли вы к делу? — нетерпеливо спросила она.

— Вы миссис Ривел? Миссис Тимоти Ривел?

— Да. Я же сказала вам.

— Как же, как же! Это очень хорошо, миссис Ривел, что вы согласились принять меня. В противном случае, как я и сказал вашему дворецкому, я был бы вынужден обратиться к вашему мужу.

Вирджиния поглядела на него с изумлением, но что-то заставило ее удержаться от резкого ответа, уже готового сорваться с ее уст.

— С этим у вас возникли бы некоторые проблемы, — сухо заметила она.

— Навряд ли. Я очень настойчив. Но ближе к делу. Вы, вероятно, узнаете это?

Он помахал перед ней каким-то листом бумаги. Вирджиния посмотрела безо всякого интереса.

— Что это, по-вашему, мадам?

— Как будто письмо, — ответила Вирджиния, постепенно склоняясь к мысли, что имеет дело с душевнобольным.

— И вы, быть может, припоминаете, кому оно адресовано? — значительно сказал незнакомец, держа письмо подальше от Вирджинии.

— Если я верно прочла, — вежливо ответила Вирджиния, — оно адресовано капитану О'Нилу, Париж, Рю-де-Кенель, 15.

Незнакомец, казалось, жадно вглядывался в ее лицо, тщетно ища чего-то.

— Не хотите ли прочесть его?

Вирджиния взяла конверт, достала письмо и стала читать, но почти сразу же оторвалась и протянула письмо обратно:

— Это частное письмо, и оно явно не предназначено для моих глаз.

Незнакомец сардонически улыбнулся:

— Поздравляю вас, миссис Ривел, ваши действия восхитительны! Вы отлично играете свою роль. Тем не менее я полагаю, вы вряд ли станете отрицать, что подпись-то ваша.

— Подпись?

Вирджиния снова взяла письмо — и застыла в немом изумлении. Аккуратная подпись гласила: «Вирджиния Ривел». Сдержав возглас удивления, она вернулась к началу письма и прочла его до конца. На минуту она задумалась. Содержание письма явно подсказывало, что может последовать дальше.

— Итак, мадам, — сказал незнакомец, — это ваше имя, не так ли?

— Да, — ответила Вирджиния, — мое. — Она могла бы добавить, что почерк все-таки чужой. Вместо этого она с ослепительной улыбкой посмотрела на незнакомца. — Ну что же, — сказала она, — может быть, сядем и побеседуем?

Незнакомец был озадачен. Он не ждал подобной реакции. Его внутренний голос говорил ему, что она его не боится.

— Для начала мне хотелось бы знать, как вы разыскали меня?

— Это было нетрудно. — Он достал из кармана страницу, вырванную из иллюстрированного журнала, и протянул ее Вирджинии. Энтони Кейд легко бы узнал ее.

Вирджиния вернула страницу и слегка нахмурилась.

— Да, — сказала она, — это было нетрудно.

— Вы, конечно, понимаете, миссис Ривел, что письмо это не единственное. Есть и другие.

— Господи! — воскликнула Вирджиния. — Кажется, я была очень неосторожна. — И вновь она заметила, как его озадачил ее легкомысленный тон. Все это начинало ей нравиться. — Как бы там ни было, — сказала она улыбаясь, — очень любезно с вашей стороны зайти и вернуть мне эти письма.

Некоторое время незнакомец откашливался.

— Я небогатый человек, миссис Ривел, — сказал он наконец с деланной значительностью в голосе.

— В таком случае, как я слышала, вам будет гораздо легче попасть в царство небесное.

— Я не могу позволить себе вернуть вам эти письма просто так.

— Здесь какое-то недоразумение. Ведь эти письма принадлежат тому, кто писал их.

— Может, оно и так, мадам, но вряд ли вы захотите прибегнуть к помощи закона.

— Но есть закон и о шантаже, — напомнила Вирджиния.

— Оставьте, миссис Ривел! Я ведь не идиот. Я читал эти письма — письма женщины к своему любовнику. И все до одного они пронизаны страхом перед мужем. Не хотите же вы, чтобы я передал их ему?

— Вы упускаете из виду одно обстоятельство. Письма писались несколько лет назад. Представьте себе, что я уже овдовела.

Он понимающе покачал головой:

— Тогда вам нечего было бы бояться и вы бы сейчас не беседовали со мной.

Вирджиния улыбнулась.

— Сколько же вы хотите? — спросила она деловым тоном.

— За тысячу фунтов я готов передать вам весь пакет. Я прошу совсем немного. Вы же видите, мне не очень по нраву это дело…

— И не подумаю платить вам тысячу фунтов! — решительно сказала Вирджиния.

— Мадам, я не торгуюсь. Тысяча фунтов — и письма у вас в руках.

Вирджиния задумалась.

— Дайте мне время. Не так просто выложить сразу такую сумму.

— Несколько фунтов задатка, скажем, пятьдесят, — произнес незнакомец, — и я зайду к вам еще раз.

Вирджиния посмотрела на часы. Было пять минут пятого, и ей показалось, что она слышит колокольчик.

— Договорились, — поспешно сказала она. — Приходите завтра, но попозже. Около шести.

Она подошла к столу, стоявшему у стены, открыла один из ящиков и достала пачку банкнотов.

— Здесь около сорока фунтов. Думаю, вам пока хватит.

Он жадно схватил деньги.

— А сейчас немедленно уходите, — приказала Вирджиния.

Без всяких возражений незнакомец вышел из комнаты. В открытую дверь Вирджиния увидела в холле Джорджа Ломакса, которого Чилверс провожал наверх. Когда хлопнула дверь, Вирджиния окликнула Джорджа:

— Идите сюда, Джордж! Чилверс, будьте так добры, принесите нам чай.

Она распахнула оба окна, и Джордж Ломакс, войдя в комнату, увидел ее стоящей со сверкающими глазами и развевающимися на ветру волосами.

— Сейчас я закрою. Но нужно немного проветрить. Вы не встретили в холле шантажиста?

— Кого?

— Шантажиста, Джордж. Шан-та-жи-ста! Шантажиста! Человека, занимающегося шантажом.

— Вирджиния, дорогая, вы шутите!

— Я вполне серьезно.

— Кого же он пришел шантажировать?

— Меня, Джордж.

— Что вы натворили, Вирджиния?

— Ну, в данном случае как раз ничего. Этот джентльмен принял меня за кого-то другого.

— Надеюсь, вы позвонили в полицию?

— Нет. Разве это необходимо?

— Ну... — Джордж помолчал. — Пожалуй, нет, возможно, вы действовали разумно. Вокруг вашего имени мог бы подняться неприятный шум. Может быть, вам пришлось бы давать показания...

— Было бы даже интересно, — сказала Вирджиния. — Я бы хотела побывать на допросе и посмотреть, так ли все у судейских, как о том пишут. Недавно я заходила на Вайн-стрит справиться о брильянтовой брошке, которую потеряла. Так вот, там был очень симпатичный инспектор — самый симпатичный из всех, кого я знаю.

Джордж по обыкновению пропустил все не относящееся к делу мимо ушей:

— И как же вы поступили с этим негодяем?

— Боюсь, Джордж, что я позволила ему делать это.

— Что — это?

— Шантажировать меня.

Лицо Джорджа прямо-таки перекосилось от ужаса, и Вирджиния прикусила губу.

— Насколько я понял, вы говорите, что не рассеяли его иллюзий на ваш счет?

Вирджиния кивнула и искоса посмотрела на него.

— Господи! Вирджиния, да вы с ума сошли!

— Полагаю, на моем месте вы поступили бы так же.

— Но зачем? Боже, зачем?

— Причин несколько. Для начала, он делал все так замечательно — ну, шантажировал... Я вообще не люблю прерывать мастера, когда он делает свое дело, — и отлично делает! И потом, сами посудите — ведь меня никогда не шантажировали...

— Надеюсь.

— Мне хотелось испытать, каково это.

— Я отказываюсь вас понимать!

— Я знала, вы не поймете...

— Но вы, по крайней мере, не дали ему денег?

— Самую малость, — извиняющимся тоном сказала Вирджиния.

— Сколько?

— Сорок фунтов.

— Вирджиния!

— Джордж, дорогой мой! Это не больше того, что я плачу за вечернее платье. Купить новые ощущения ничуть не хуже, чем купить новое платье.

Джордж Ломакс гневно покачал головой, и лишь появившийся в этот момент Чилверс помешал ему выразить свое возмущение. Чилверс принес чайный прибор, и Вирджиния, довольно ловко управившись с тяжелым серебряным чайником, продолжила:

— Джордж, были и еще причины, и куда более серьезные. Нас, женщин, обычно считают кошками, бесполезными созданиями, но сегодня я, в сущности, выручила одну женщину. Этот шантажист, вероятно, не собирался разыскивать другую Вирджинию Ривел. Он считает, что птичка в клетке. Бедняжка! Она, видно, страшно боялась, когда писала эти письма. Господину шантажисту не пришлось бы много трудиться. Здесь же, хоть он и не догадывается, перёд ним совсем не так беззащитны. Благодаря моему безвинному прошлому, я могу вести с ним эту игру. Коварство, Джордж, бездна коварства!

Джордж снова покачал головой:

— Не нравится мне это! Совсем не нравится.

— Ладно, Джордж. Вы ведь пришли говорить не о шантажисте. Кстати, а зачем? Правильный ответ: «Повидать вас!» Ударение на «вас», а потом следует многозначительное пожатие руки, если, конечно, вы не ели перед тем густо намазанную маслом булку, — в этом случае все то же самое, но глазами.

— Я пришел повидать вас, — серьезно заметил Джордж. — Я рад, что вы одна.

— «О Джордж, это так неожиданно», — отвечает она, поглощая смородину, — смеясь сказала Вирджиния.

— Я хотел просить вас об одном одолжении. Вирджиния, я всегда считал вас женщиной огромного обаяния.

— Джордж!

— А также женщиной умной!

— В самом деле? Хорошо же вы меня знаете!

— Вирджиния, послезавтра в Англию приезжает один молодой человек. И я хочу, чтобы вы встретили его.

— Отлично, Джордж! Но при чем тут я? Говорите яснее.

— Вы могли бы, при желании, испытать на нем свое очарование.

Вирджиния склонила голову несколько набок:

— Вы же знаете, Джордж, мое очарование — не профессия. Я часто влюбляюсь, ну и в меня влюбляются... Но хладнокровно обольстить беззащитного незнакомца... Джордж, я не возьмусь за это! Существуют профессиональные сирены, у которых все это получится куда лучше моего.

— Вирджиния, это не то... Этот молодой человек канадец по фамилии Макграт...

— «Канадец шотландского происхождения», — отвечает она, проявляя способности к дедукции.

— Скорее всего, он не вполне готов к приему в высшем английском обществе. Мне хотелось бы, чтобы он по достоинству оценил манеры и обаяние настоящей английской леди.

— Вы имеете в виду меня?

— Именно.

— Почему?

— Не понял.

— Я говорю: почему? Ведь вы не станете разыскивать настоящую английскую леди для каждого канадского бродяги, который сходит на английский берег! Что здесь кроется? Попросту говоря, что вы хотите из этого извлечь?

— Вирджиния, я не понимаю, почему вам это интересно?

— Может быть, я не смогу очаровать кого бы то ни было, если не буду знать всего до конца.

— Вирджиния, ну разве так можно! Могут подумать…

— И пусть себе думают! Джордж, давайте-ка поподробнее.

— Вирджиния, дорогая, это дело некоторым образом слегка касается одной центрально-европейской страны. По некоторым причинам — не стоит говорить о них — нам важно, чтобы этот мистер, как его… Макграт, осознал, что реставрация монархии в Герцословакии — необходимое условие сохранения мира в Европе.

— Насчет мира в Европе — все вздор, — спокойно сказала Вирджиния. — Но я всегда за монархию, особенно для такого живописного народа, как герцословаки. Итак, вы готовите нового короля для Герцословакии, не так ли? Кто же он?

Джордж медлил, но не мог придумать, как уклониться от ответа. Разговор пошел совсем не так, как он планировал. Он собирался использовать Вирджинию как послушное орудие, беспрекословно подчиняющееся его воле и не задающее неуместных вопросов. Но вышло иначе. Кажется, Вирджиния вознамерилась узнать все, а именно этого Джордж, вообще сомневающийся в женской осторожности, любой ценой старался избежать. Он совершил ошибку: Вирджиния совсем не подходила для этой роли. Она, пожалуй, может доставить немало хлопот. Ее рассказ о разговоре с шантажистом внушил ему самые серьезные опасения. Очень уж она ненадежна и не умеет относиться серьезно к серьезным делам!

— Князь Михаил Оболович, — ответил он, так как Вирджиния все еще ждала ответа на свой вопрос. — И, пожалуйста, давайте оставим эту тему.

— Джордж, не говорите глупостей. В газетах полно заметок и статей, до небес превозносящих династию Оболовичей и говорящих об убитом Николае IV в таких выражениях, будто он чуть ли не святой или герой, а не заурядный глупец, облапошенный третьесортной актрисой.

Джордж вздрогнул. Он понял совершенно ясно, что совершил ошибку, рассчитывая на помощь Вирджинии. Нужно срочно вывести ее из игры.

— Вы правы, Вирджиния, — поспешно сказал он, вставая и собираясь попрощаться. — Мне не следовало обращаться к вам с этим предложением. Но в герцословацком кризисе мы не хотели бы оказаться в конфронтации с доминионами. А этот Макграт имеет определенное влияние в журналистских кругах. Я полагал, что, если бы вы, с вашей приверженностью к монархизму и с вашим знанием этой страны, встретили его, это было бы совсем неплохо.

— Дело только в этом, да?

— Да! И должен сказать, вам совершенно не обязательно обольщать его.

Вирджиния посмотрела на него и засмеялась:

— Джордж! Вы плохой лжец!

— Вирджиния!

— Да-да! С вашим-то опытом я, пожалуй, смогла бы управиться и получше — так, чтобы мне поверили! Бедный Джордж! Я ведь все сама разузнаю! Можете не сомневаться. Тайна мистера Макграта! Не удивлюсь, если дело прояснится в этот же уик-энд в Чимнизе.

— В Чимнизе? Вы собираетесь в Чимниз?

Джордж не сумел скрыть своего смятения. Он еще надеялся успеть к лорду Катерхэму и помешать ее приглашению.

— Утром позвонила Бандл и пригласила меня.

Джордж сделал последнюю попытку.

— Боюсь, там будет скучно... — сказал он. — Не в вашем вкусе, Вирджиния.

— Бедный Джордж, отчего вы сразу не сказали правду и не доверились мне? Еще ведь не поздно.

Джордж взял ее за руку и вяло отпустил.

— Я сказал правду, — холодно ответил он и даже не покраснел.

— Уже лучше, — одобрительно сказала Вирджиния. — Но все еще недостаточно хорошо. Смелее, Джордж! Я буду в Чимнизе со всем своим очарованием. Жизнь вдруг стала такой забавной. Сперва — шантажист, а теперь — Джордж со своими дипломатическими проблемами. Скажет ли он всю правду прекрасной женщине, которая столь искренне просит его о доверии? Нет! Он не откроет ничего до самой последней главы. Прощайте, Джордж. Ну, хоть один ласковый взгляд на прощанье, ну? Нет? Ах, Джордж, дорогой, ну не дуйтесь так!

Как только Джордж вышел и громко хлопнул входной дверью, Вирджиния поспешила к телефону. Она набрала номер и попросила позвать леди Эйлин Брент.

— Это вы, Бандл? Завтра я буду в Чимнизе. Что? Скучно? Нет-нет. Вы же знаете, я боюсь только диких лошадей. До встречи!

ГЛАВА 7. МИСТЕР МАКГРАТ НЕ ПРИНИМАЕТ ПРИГЛАШЕНИЯ

Письма исчезли! Ничего не поделаешь. Оставалось принять их исчезновение как свершившийся факт. Энтони вполне отдавал себе отчет в том, что преследовать Джузеппе в лабиринте коридоров отеля «Блиц» — дело совершенно безнадежное. Поднялся бы ненужный шум, и в любом случае погоня не привела бы к успеху.

Энтони пришел к заключению, что Джузеппе принял завернутую пачку писем за мемуары. Видимо, обнаружив свою ошибку, он вновь попытается завладеть мемуарами. И Энтони решил тщательно подготовиться.

Другой план состоял в том, чтобы дать в газеты осторожное объявление и таким образом попытаться вернуть письма. Полагая, что Джузеппе является агентом Братства Багровой Руки или, что представлялось Энтони более вероятным, агентом партии монархистов, можно сделать вывод, что письма ни для тех ни для других не представляют никакого интереса. И возможно, у Энтони есть некоторые шансы выкупить их за небольшую сумму.

С такими мыслями Энтони снова лег и спокойно проспал до самого утра. Он не мог себе представить, чтобы Джузеппе в эту же ночь совершил вторую попытку.

Энтони проснулся с готовым планом действий. Он плотно позавтракал, просмотрел утренние газеты, которые пестрели сообщениями об открытии нефтяных месторождений в Герцословакии, а затем побеседовал с управляющим отелем. И не был бы он Энтони Кейдом, обладающим способностью не сворачивать с избранного пути, если бы не выведал у управляющего все, что его интересовало.

Управляющий, изысканно вежливый француз, принял его в своем кабинете.

— Я так понимаю, вы хотели видеть меня, мистер... э-э... Макграт?

— Да. Я прибыл к вам в отель вчера днем. За обедом в номере меня обслуживал стюард по имени Джузеппе. — Энтони сделал паузу.

— Осмелюсь заметить, у нас служит стюард с таким именем, — равнодушно подтвердил управляющий.

— Меня поразило кое-что в его поведении, но сперва я не придал этому значения. А потом, ночью, меня разбудил шорох в комнате. Я включил свет и обнаружил этого самого Джузеппе роющимся в моем чемодане.

Равнодушие управляющего мгновенно улетучилось.

— Но я ничего не слышал об этом! — воскликнул он. — Почему мне раньше ничего не сказали?

— У меня с ним произошла короткая схватка, — кстати, у него был нож. В конце концов ему удалось сбежать через окно.

— Что же вы предприняли дальше, мистер Макграт?

— Я проверил содержимое своего чемодана.

— Что-нибудь пропало?

— Ничего ценного, — медленно сказал Энтони.

Со вздохом облегчения управляющий откинулся на спинку стула.

— Я рад, что все обошлось! — заключил он. — Но позвольте заметить, мистер Макграт, что ваше отношение ко всему этому я не вполне понимаю. Вы не подняли тревогу? Не пытались догнать вора?

Энтони пожал плечами:

— Как я уже говорил, он ничего такого не взял. Я, конечно, понимаю, что следовало бы обратиться в полицию...

Энтони замолк, и управляющий безо всякого энтузиазма пробормотал:

— В полицию... разумеется...

— В любом случае я совершенно уверен, что этот человек заранее позаботился о бегстве. А так как ничего не пропало, зачем беспокоить полицию?

Управляющий несколько просветлел.

— Я вижу, мистер Макграт, вы понимаете, я вообще-то не заинтересован в том, чтобы вы звонили в полицию. С моей точки зрения, это всегда ужасно. Если газетчикам попадает на язык хоть что-нибудь связанное с таким большим и комфортабельным отелем, они все подают в худшем свете, каким бы незначительным ни было дело в действительности.

— Именно так, — согласился Энтони. — Я сказал вам, ничего ценного не пропало, и это чистая правда. Ценного для вора. Но он украл нечто весьма ценное для меня.

— Да-а?..

— Это письма, вы понимаете?

Выражение сверхчеловеческой участливости, возможное только у француза, появилось на лице управляющего.

— Я понимаю, — пробормотал он. — Вы правы, это не для полиции.

— Здесь мы пришли к единому мнению. Но вы должны понимать, что я намерен предпринять все возможное, чтобы вернуть эти письма. В той части света, откуда я приехал, люди привыкли все делать самостоятельно. Поэтому все, о чем я вас прошу, предоставить мне возможно полные сведения об этом Джузеппе.

— Не вижу здесь никаких препятствий, — сказал управляющий после секундного раздумья. — Я не могу предоставить вам эти сведения сию минуту, но, если вы зайдете через полчаса, вся информация будет к вашим услугам.

— Благодарю вас. Это вполне меня устраивает.

Через полчаса, вернувшись в кабинет управляющего, Энтони убедился, что тот не бросает слов на ветер. На листке бумаги были выписаны все нужные сведения о Джузеппе Манели.

— Он служит у нас, как видите, всего три месяца. Умелый и опытный стюард. Он нас вполне устраивал. В Англии живет около пяти лет.

Они внимательно просмотрели список отелей и ресторанов, в которых итальянец работал прежде. Одна деталь показалась Энтони весьма примечательной. К примеру, в двух отелях произошли серьезные ограбления, и как раз в то время, когда Джузеппе служил там, хотя ни в одном ни в другом случае на него не пало никаких подозрений. Однако сам по себе факт примечательный.

Неужели он всего лишь опытный гостиничный вор? А поиски в чемодане Энтони — его обычное профессиональное занятие? Возможно, он держал в руках пакет с письмами в тот самый момент, когда Энтони включил свет, и механически сунул его в карман, чтобы освободить руки. Тогда это простое ограбление.

Но против этого свидетельствовало то возбуждение, с которым Джузеппе смотрел на бумаги, лежавшие вечером на столе. Там не было ни денег, ни ценных вещей, которые могли бы разжечь алчность в обыкновенном воре. Нет.

Энтони пришел к убеждению, что Джузеппе работал на кого-то другого. Используя сведения, полученные от управляющего, можно попробовать узнать поподробнее о частной жизни этого Джузеппе и в конце концов выследить его. Он собрал бумаги и поднялся.

— Благодарю вас. Полагаю, нет необходимости спрашивать, не объявился ли Джузеппе в отеле?

Управляющий улыбнулся:

— Постель его не тронута, он бросил все свои пожитки. Он, видимо, скрылся сразу же после нападения на вас. Не думаю, что наши шансы снова увидеть его достаточно велики.

— Да... Что ж, благодарю вас еще раз. Я пока остаюсь у вас в отеле.

— Надеюсь, вам удастся что-нибудь узнать, но должен признаться, я в этом сильно сомневаюсь.

— Я всегда надеюсь на лучшее.

Первым делом Энтони расспросил служащих отеля, с которыми был дружен Джузеппе, но ничего нового узнать не удалось. Энтони составил объявление и разослал его в пять популярных газет. Он уже собирался отправиться в ресторан, в котором прежде служил Джузеппе, когда зазвонил телефон. Энтони взял трубку.

— Алло! Кто это?

Бесстрастный голос спросил:

— Я говорю с мистером Макгратом?

— Да. Кто вы?

— С вами говорят из издательства «Балдерсон и Ходжкинс». Одну минуту. Я соединяю вас с мистером Балдерсоном.

«Это наши достопочтенные издатели, — подумал Энтони. — Вот и они забеспокоились. Из-за чего, собственно? Впереди еще целая неделя».

Энтони услышал приветливый голос:

— Алло! Это мистер Макграт?

— Да. Я слушаю.

— Я мистер Балдерсон из «Балдерсон и Ходжкинс». Как насчет рукописи, мистер Макграт?

— Все в порядке, — сказал Энтони. — А в чем дело?

— Да тут такое… Мистер Макграт, я понимаю, вы только что прибыли в нашу страну из Южной Африки. И вы совершенно не можете себе представить, что тут творится. С этой рукописью могут возникнуть неприятности, мистер Макграт, большие неприятности. Подчас я даже жалею, что мы дали объявление об ее опубликовании.

— В самом деле?

— Уверяю вас! Сейчас я озабочен, как бы поскорее получить рукопись, чтобы сделать несколько копий с нее. Тогда, если с оригиналом и случится что-нибудь, это не будет иметь серьезных последствий.

— Ну и ну! — воскликнул Энтони.

— Я понимаю, вам это кажется странным. Но уверяю вас, вы не представляете всей сложности положения. Кое-кто предпринимает усилия, чтобы не допустить передачи рукописи в издательство. Я говорю вам совершенно искренне и без преувеличений: если вы лично попытаетесь доставить рукопись к нам, то, ставлю десять к одному, вам просто не дадут дойти до издательства.

— Вряд ли, — сказал Энтони. — Когда я что-либо намерен сделать, я это делаю.

— Вы встали поперек дороги многим весьма опасным людям. Еще месяц назад я и сам бы не поверил в это. Говорю же вам, мистер Макграт, нам сулят деньги, угрожают и всяческим образом обрабатывают нас, так что мы уже перестали понимать, на каком мы свете. Я предлагаю вам не пытаться доставить рукопись лично. Кто-нибудь из наших служащих зайдет к вам в отель и возьмет ее.

— А если бандиты нападут на него? — спросил Энтони.

— Мы берем всю ответственность на себя. Вы передадите рукопись нашему человеку и получите оговоренную сумму. Но чек на... э-э... тысячу фунтов, который нам поручено передать вам, не может быть оплачен ранее следующего вторника, то есть ранее срока, обусловленного нашим договором с адвокатом, э-э... ну, автора... вы понимаете, о ком я говорю. Но если вы настаиваете, то с нашим человеком я пришлю свой чек на ту же сумму.

Энтони на минуту задумался. Он собирался отдать мемуары в самый последний день назначенного срока, поскольку хотел дочитать их до конца. Тем не менее аргументы издателя убедили его.

— Хорошо, — сказал он с легким вздохом. — Пусть будет по-вашему. Присылайте своего человека. И если не возражаете, пришлите с ним и чек, потому что я, может быть, уеду из Англии, не дожидаясь вторника.

— Договорились, мистер Макграт. Наш представитель зайдет к вам завтра утром. Будет разумнее не посылать кого-либо из офиса издательства. Наш сотрудник мистер Холмс живет как раз в Южном Лондоне. По пути он зайдет к вам и вручит чек в обмен на рукопись. Полагаю, вам стоит на ночь положить в сейф управляющего фальшивый пакет. Ваши враги узнают об этом, и эта предосторожность оградит вас от возможного нападения.

— Отлично! Так я и поступлю.

Энтони положил трубку и задумался. Нужно было решить, как узнать об исчезнувшем Джузеппе. Он достал листок, полученный от управляющего. Известно, что Джузеппе служил в ресторане, но, судя по всему, никто ничего не знал о его частной жизни и о его связях. «Я найду тебя, парень! — пробормотал Энтони. — Я еще найду тебя! Это лишь вопрос времени».

Вторая ночь в Лондоне прошла совершенно спокойно.

На следующее утро в девять часов ему прислали в номер визитную карточку мистера Холмса из «Балдерсон и Ходжкинс». Следом вошел мистер Холмс. Невысокий, красивый мужчина с изысканными манерами. Энтони вручил ему рукопись и получил в обмен на нее чек на тысячу фунтов. Мистер Холмс положил рукопись в небольшую коричневую сумку, пожелал Энтони доброго здоровья и удалился. Все произошло очень обыкновенно.

— Его ведь могут убить по пути отсюда, — пробормотал Энтони.

Он положил чек в конверт, написал на нем несколько строк и тщательно запечатал. Джимми, который во время их встречи в Булавайо был более или менее при деньгах, вручил ему довольно приличную сумму, которая практически еще пребывала нетронутой. «Одно дело сделано, а другое еще нет, — сказал Энтони самому себе. — Начал я его неудачно. Но не будем отчаиваться. Пожалуй, стоит замаскироваться и сходить на Понт-стрит, 487».

Он собрал вещи, спустился вниз, заплатил по счету и попросил перенести свой багаж в такси. Щедро наградив всех служащих, попавшихся ему по пути, хотя большинство из них не сделали для него ничего существенного, он уже собирался сесть в такси, когда к нему подбежал рассыльный с письмом в руке:

— Сэр, только что пришло письмо для вас.

Вздохнув, Энтони достал еще шиллинг. Такси зарычало и со страшным скрежетом рванулось вперед. Энтони стал читать письмо.

Это был весьма примечательный документ. Энтони пришлось прочитать его четырежды, прежде чем он понял, в чем дело. В переводе на обычный язык (письмо было написано тем самым туманным стилем, который присущ официальным правительственным документам) оно гласило, что мистеру Макграту, прибывшему сегодня, в четверг, из Южной Африки, предлагается ничего не предпринимать с имеющимися в его распоряжении мемуарами графа Стылптича до тех пор, пока он не переговорит конфиденциально с мистером Джорджем Ломаксом и другими заинтересованными лицами, весьма влиятельными, судя по неясным намекам. В письме было также настоятельное приглашение посетить Чимниз в качестве гостя лорда Катерхэма завтра, в пятницу. Весьма загадочное послание! Энтони получал большое удовольствие, перечитывая его.

— Старая добрая Англия! — сказал он с чувством. — Как всегда, на два дня позже. Очень жаль. Однако не стоит отправляться в Чимниз под вымышленным именем. Интересно, есть ли там гостиницы? Для мистера Энтони Кейда разумнее остановиться в гостинице.

Он посмотрел в окно и приказал шоферу такси изменить направление, на что тот отреагировал весьма презрительно. Такси остановилось у одной из самых захудалых гостиниц Лондона. Взяв номер на имя мистера Кейда, Энтони устроился в облупленном кабинете, вынул лист бумаги со штампом «Отель „Блиц“» и стал быстро писать.

Он написал, что прибыл в Англию в прошлый четверг, упомянутую рукопись передал в издательство «Балдерсон и Ходжкинс» и, к сожалению, не может принять любезное приглашение лорда Катерхэма, так как немедленно покидает Англию. И подписался: «преданный Вам Джеймс Макграт».

— А теперь, — сказал Энтони, приклеивая марку на конверт, — за дело! Джеймс Макграт исчезает — появляется Энтони Кейд!

ГЛАВА 8. МЕРТВЕЦ

В это же время, в четверг днем, Вирджиния Ривел играла в теннис в Ранелахе.

По пути домой, откинувшись на спинку сиденья длинного, роскошного лимузина, она с легкой улыбкой обдумывала свою роль в предстоящей встрече с шантажистом. Конечно, он мог и не появиться снова, но она была уверена, что придет. Что ж, на этот раз его ждет небольшой сюрприз!

Уже на ступеньках, выйдя из остановившейся у дома машины, она обернулась к шоферу:

— Забыла спросить, как ваша жена, Уолтон?

— Кажется, ей лучше, мэм. Доктор обещал зайти около половины седьмого. Вам еще понадобится машина?

Вирджиния на минуту задумалась.

— Я собираюсь уехать на уик-энд. Поезд в 6.40 с Паддингтонского вокзала, но вы мне больше не нужны — я доберусь на такси. Лучше повидайтесь с доктором. Если он скажет, что вашей жене стоит побыть пару дней за городом, поезжайте куда-нибудь. О расходах не беспокойтесь.

Нетерпеливым кивком головы оборвав его изъявления благодарности, она поднялась по ступенькам, поискала в сумочке ключ, вспомнила, что не взяла его с собой, и торопливо позвонила.

Дверь открылась не сразу, и, пока она ждала, к ней приблизился молодой человек в поношенной одежде с пачкой каких-то листов в руке. Один из них он показал Вирджинии, на листке было написано: «Почему я служу моей стране?» В другой руке он держал ящик для денег.

— Я не могу покупать по два в день этих жутких произведения, — умоляющим голосом сказала Вирджиния. — Одно я уже купила утром. Честное слово.

Молодой человек откинул голову и рассмеялся. Вирджиния засмеялась тоже. Беззаботно разглядывая его, она подумала, что он не такой противный, как все ему подобные. Ей нравилось его смуглое лицо, худощавая, но крепкая фигура. Она даже захотела подыскать ему какую-нибудь работу. Но в этот момент дверь отворилась, и она мгновенно забыла о судьбе безработных, ибо, к ее удивлению, дверь ей открыла ее горничная — француженка Элиза.

— А где Чилверс? — раздраженно спросила она, входя в комнату.

— Но он уехал, мадам. Вместе с остальными.

— Куда уехал? Вместе с кем?

— В Датчет, мадам, в ваше поместье, как говорилось в вашей телеграмме.

— В моей телеграмме? — растерянно переспросила Вирджиния.

— Разве мадам не посылала телеграмму? Да нет, ошибки быть не может. Ее принесли час назад.

— Я не посылала никакой телеграммы. Что в ней говорилось?

— Наверное, она все еще на столе.

Элиза подошла к столу, схватила телеграмму и с победным видом повернулась к хозяйке:

— Voilá, мадам!

Телеграмма была адресована Чилверсу и гласила следующее:

Пожалуйста, собирайтесь и переезжайте в поместье. Займитесь там приготовлениями к приему гостей на уик-энд. Постарайтесь успеть на поезд 5.49.

В тексте не было ничего необычного, такие телеграммы приходилось посылать, когда она вдруг решала устроить прием в своем загородном доме. В таких случаях она перевозила всю прислугу, оставляя лишь одну старуху присматривать за домом. Чилверс не заподозрил в этой телеграмме ничего странного и, как хороший слуга, добросовестно выполнил приказание.

— А я осталась, — объяснила Элиза, — зная, что мадам захочет, чтобы я собрала ее вещи.

— Это дурацкая шутка! — воскликнула Вирджиния, сердито отшвырнув телеграмму. — Вы прекрасно знали, Элиза, что я собираюсь в Чимниз. Я уже предупреждала вас сегодня утром.

— Я подумала, мадам изменила свое решение. Так ведь бывает иногда, ведь правда, мадам?

Улыбка Вирджинии подтвердила истинность обвинения. Она мучительно искала объяснение этой невероятной шутке. Элиза выдвинула предположение.

— Mon Dieu! — воскликнула она, всплеснув руками. — Что, если это преступники, воры? Они посылают поддельную телеграмму, выманивают всех из дома, а потом грабят его.

— Может быть, может быть… — с сомнением проговорила Вирджиния.

— Да, да, мадам. Можете не сомневаться. Каждый день мы читаем в газетах о таких вещах! Мадам нужно позвонить в полицию немедленно, немедленно, пока они не появились и не перерезали нам горло!

— Не волнуйтесь так, Элиза. Не придут же они и не перережут нам горло в шесть часов дня.

— Умоляю вас, мадам, позвольте мне сходить за полицейским прямо сейчас.

— Да зачем он нам? Не глупите, Элиза. Идите наверх и уложите мои вещи для поездки в Чимниз, если вы еще не приготовили их. Новое вечернее платье, и белое с кремовым, и… да, и черное вельветовое — черный вельвет необыкновенно политичен, верно?

— Мадам восхитительно выглядит в сатине, — предложила Элиза, к которой постепенно возвращались ее профессиональные привычки.

— Нет, это я не возьму. Поторопитесь, Элиза, будьте добры. У нас совсем мало времени. Я телеграфирую Чилверсу в Датчет и, когда мы будем выходить, поговорю с дежурным полицейским, пусть приглядывает за домом. Не начинайте снова вращать глазами, Элиза. Если вы так испугались, когда еще ничего не произошло, что же будет с вами, когда какой-нибудь тип выскочит из темного угла и воткнет в вас нож?

Элиза издала нечто похожее на скрип и отправилась наверх, на каждом шагу нервно оглядываясь по сторонам. Вирджиния скорчила гримасу вслед ее удаляющейся спине и прошла через комнату в маленький кабинет, где стоял телефон. Предложение Элизы позвонить в полицию было вполне разумным, и она решила осуществить его, не откладывая. Она открыла дверь кабинета и подошла к телефону. И вдруг застыла с телефонной трубкой в руке. В большом кресле, как-то странно сжавшись, сидел человек. От неожиданности она не сразу вспомнила о своем предполагаемом госте. Видимо, он уснул, ожидая ее.

Чуть заметно улыбаясь, она подошла вплотную к креслу. Но внезапно улыбка исчезла.

Человек не спал. Он был *мертв.*

Она поняла это сразу же, поняла инстинктивно, еще до того как заметила и разглядела небольшой блестящий пистолет на полу, маленькое отверстие в одежде незнакомца чуть повыше сердца с черным пятном вокруг и уродливо отвисшую челюсть.

Она стояла не шевелясь, опустив руки. В тишине послышались шаги Элизы, спускавшейся по лестнице.

— Мадам! Мадам!

— Да, в чем дело?

Она быстро двинулась к двери. Инстинкт подсказывал ей скрыть — хотя бы на время — случившееся от Элизы. С Элизой наверняка сделается истерика, а ей обязательно нужно было спокойно все обдумать.

— Мадам, можно я накину дверную цепочку? Эти преступники, они могут появиться в любую минуту.

— Как хотите. Все что угодно.

Она услышала звон дверной цепочки, потом шаги Элизы, возвращавшейся наверх, и облегченно перевела дух.

Она взглянула на человека в кресле, затем на телефон. Она ясно знала, что делать, — немедленно звонить в полицию.

И все же она не позвонила. Она стояла не двигаясь, парализованная ужасом, с вихрем противоречивых мыслей, закружившихся у нее в голове. Поддельная телеграмма. Имеет ли она какое-нибудь отношение ко всему этому? А если бы Элиза уехала вместе с другими слугами? Ей пришлось бы отпереть дверь самой — не забудь она утром ключ — и оказаться одной во всем доме, наедине с убитым, с человеком, которому она в Предыдущую встречу позволила себя шантажировать. Конечно, она могла бы объяснить полиции свой поступок, но все-таки уверенности у нее не было. Она вспомнила, насколько невероятным показалось ее объяснение Джорджу. А остальные, ведь они подумают так же? Эти письма — конечно, не она писала их, — но легко ли будет это доказать?

Она сжала ладонями виски: *«Я должна подумать. Я просто должна подумать»*.

Кто впустил этого человека? Конечно, не Элиза. Если б его впустила Элиза, она бы сразу рассказала. Чем больше она думала, тем загадочнее становилась эта история. Оставалось, в сущности, лишь одно — позвонить в полицию.

Она протянула руку к телефону и вдруг вспомнила о Джордже. Мужчина — вот кто ей нужен, обыкновенный, уравновешенный, спокойный мужчина, который мог бы взглянуть на вещи трезво и найти какой-нибудь выход.

Но потом она покачала головой. Первое, о чем подумает Джордж, — о собственном положении. Он разозлится, что его пытаются впутать в такую историю. Джордж совершенно не подходит.

Вдруг лицо ее прояснилось. Конечно, Билл. Не раздумывая, она позвонила Биллу. Ей ответили, что полчаса назад он уехал в Чимниз.

— О черт, — воскликнула Вирджиния, бросая трубку. Просто ужасно. Она заперта одна с этим трупом, и совершенно некого попросить о помощи.

В этот момент у входной двери зазвенел звонок. Вирджиния вскочила. Элиза, она знала, была наверху и не могла услышать звонок.

Вирджиния спустилась в холл, откинула цепочку и отперла многочисленные замки, ни один из которых не был обойден Элизиной ретивостью. Затем, глубоко вздохнув, она открыла дверь. На ступеньках стоял давешний безработный.

Вирджиния подалась вперед, словно освобождаясь от сковавшего ее нервного напряжения.

— Входите, — сказала она, — может быть, у меня найдется для вас работа.

Она провела молодого человека в столовую, подвинула ему стул, села лицом к нему и очень внимательно на него поглядела.

— Прошу прощения, — начала она, — но вы… я имею в виду…

— Итон и Оксфорд, — произнес молодой человек, — вы ведь это хотели узнать, не правда ли?

— Нечто в этом роде, — подтвердила Вирджиния.

— Оказался на улице исключительно из-за полной непригодности к любой нормальной работе. Надеюсь, то, что вы мне предложите, — не обычная работа?

Улыбка промелькнула на ее губах.

— Весьма необычная.

— Прекрасно, — с довольным видом отозвался он.

Вирджиния одобрительно оглядела его бронзовое лицо и длинную крепкую фигуру.

— Видите ли, — начала она, — я попала в довольно неприятную историю, а большинство моих друзей занимают приличное положение… короче, им всем есть что терять.

— Ну а мне терять решительно нечего. Так что продолжайте. В чем же дело?

— Там, в соседней комнате, покойник. Его убили, и я ума не приложу, что с ним делать, — она выпалила все сразу, как-то просто, по-детски. То, как молодой человек отреагировал на ее слова, бесконечно возвысило его в ее глазах. Можно было подумать, что он привык выслушивать подобные известия каждый день.

— Отлично! — в его голосе послышалось воодушевление. — Я всегда мечтал хоть немного побыть детективом-любителем. Пойдемте осмотрим тело. Или вы прежде мне все расскажете?

— Я думаю, будет лучше сначала все рассказать. — Она помедлила, обдумывая, как бы рассказать покороче, а затем заговорила спокойно и рассудительно: — Впервые этот человек появился в моем доме вчера. Он хотел видеть меня. У него были письма, любовные письма, подписанные моим именем.

— Но написанные не вами, — вставил молодой человек.

Вирджиния в изумлении посмотрела на него:

— Как вы узнали?

— С помощью дедукции. Однако продолжайте.

— Он пытался меня шантажировать, а я... не знаю, поймете ли вы, но я позволила ему.

Она с надеждой посмотрела на собеседника. Он утвердительно кивнул:

— Конечно, я понимаю. Вам было интересно попробовать побыть в этой роли.

— Как вы умны! Все было именно так.

— Я действительно умен, — гордо заявил молодой человек, — но заметьте, очень немногие смогут вас понять. Большинство людей, знаете ли, совершенно лишены воображения.

— Боюсь, вы правы... Этому человеку я велела прийти сегодня, в шесть часов. Вернувшись из Ранелаха, я обнаружила, что поддельная телеграмма вызвала из дома всех моих слуг, кроме горничной. Потом я вошла в кабинет и нашла там убитого человека.

— Кто впустил его в дом?

— Понятия не имею. Если бы это сделала моя горничная, она, я думаю, мне бы рассказала.

— Она знает о том, что случилось?

— Я ей ничего не сказала.

Молодой человек кивнул и поднялся со стула.

— А теперь взглянем на труп, — оживленно произнес он. — Но хочу вас предупредить. В таких случаях всегда лучше говорить правду. Одна ложь заставит вас солгать вновь, а продолжительное вранье ужасно надоедает.

— По-вашему, я должна позвонить в полицию?

— Возможно. Но сперва мы все же посмотрим на этого типа.

— Кстати, — остановилась она, — вы ведь еще не сказали мне, как вас зовут.

— Как меня зовут? Энтони Кейд.

ГЛАВА 9. ЭНТОНИ ИЗБАВЛЯЕТСЯ ОТ ТРУПА

Энтони, слегка усмехнувшись про себя, вышел из комнаты вслед за Вирджинией. События принимали неожиданный оборот. Но когда он наклонился над фигурой в кресле, то снова стал серьезен.

— Еще не остыл, — отрывисто произнес он. — Его убили менее получаса назад.

— Как раз перед моим приходом.

— Именно.

Он стоял прямо и неодобрительно хмурился. Затем задал вопрос, цель которого Вирджиния не сразу поняла:

— Ваша горничная, конечно, не входила в комнату?

— Нет.

— Она знает, что вы заходили сюда?

— Почему вы... Да. Я подходила к двери, когда разговаривала с ней.

— После того как нашли труп?

— Да.

— И вы ей ничего не сказали?

— А что бы это дало? Я подумала, что у нее начнется истерика — она ведь француженка и легко расстраивается, — а мне хотелось все спокойно обдумать.

Энтони кивнул, но ничего не ответил.

— Вы, я вижу, считаете, что я зря это сделала?

— Пожалуй, вышло не слишком удачно, миссис Ривел. Если бы вы обнаружили труп вместе с горничной сразу же после вашего возвращения, это многое бы упростило. Тогда было бы очевидно, что его убили до вашего прихода.

— А теперь могут подумать, что это случилось *после*. Да, я понимаю.

Он следил, как она обдумывает его слова, и убеждался, что первое впечатление о ней, там, на ступеньках, во время их первого разговора, не было ошибочным. Помимо красоты у нее были и мужество, и ум.

Вирджиния настолько углубилась в размышления, что не удивилась, когда молодой человек назвал ее по имени.

— Почему, интересно, Элиза не слышала выстрела? — пробормотала она.

Энтони показал на открытое окно, в которое врывался шум проезжавших автомобилей.

— Довольно шумно. Лондон не то место, где можно услышать пистолетный выстрел.

Вирджиния с легкой дрожью обернулась и посмотрела на человека в кресле.

— Он похож на итальянца, — удивленно заметила она.

— Он и есть итальянец, — подтвердил Энтони. — По-моему, его основная профессия — официант. Шантажом он занимался в свободное время. Весьма вероятно, что его имя — Джузеппе.

— О Господи! — воскликнула Вирджиния. — Вы что — Шерлок Холмс?

— Скорее переодетый полицейский или просто шарлатан. Я потом вам все объясню. Так вы говорите, что этот человек показал вам письма и потребовал денег! Вы дали ему что-нибудь?

— Да.

— Сколько?

— Сорок фунтов.

— Это плохо, — заметил Энтони. — А теперь давайте посмотрим телеграмму.

Вирджиния взяла ее со стола и протянула ему. Она увидела, как помрачнело его лицо, когда телеграмма была прочитана.

— В чем дело?

Он повернул к ней листок, показывая на место отправления.

— Барнес, — сказал он. — А вы в это время были в Ранелахе. Что могло помешать вам самой отправить телеграмму?

Его слова заворожили Вирджинию. У нее возникло ощущение, будто какая-то петля все крепче и крепче затягивается вокруг нее. Энтони лишь заставил ее увидеть все то, что она уже смутно ощущала где-то в глубине сознания.

Энтони вынул носовой платок, обмотал им руку и поднял пистолет.

— Нам, преступникам, нужно соблюдать осторожность, — наставительно произнес он. — Отпечатки пальцев, знаете ли.

Вдруг она увидела, как он весь напрягся. Теперь он заговорил другим тоном — резко и отрывисто:

— Миссис Ривел, вы когда-нибудь видели этот пистолет?

— Нет, — удивленно ответила Вирджиния.

— Вы в этом уверены?

— Абсолютно.

— А у вас есть пистолет?

— Нет.

— А был когда-нибудь?

— Нет, никогда.

— Вы уверены?

— Абсолютно.

Некоторое время он пристально смотрел на Вирджинию, совершенно изумленную его неожиданно изменившимся тоном.

Наконец он вздохнул и расслабился:

— Печально. Как вам нравится вот это?

Он показал ей пистолет. Пистолет был совсем небольшой — изящная вещь, почти игрушка, однако игрушка вполне смертоносная. На пистолете было выгравировано имя «Вирджиния».

— Не может быть! — воскликнула Вирджиния.

Ее изумление было столь искренним, что Энтони не мог не поверить.

— Сядьте, — сказал он спокойно. — Дело явно сложнее, чем могло показаться вначале. Прежде всего, каковы наши предположения? Их может быть два. Существует, без сомнения, настоящая Вирджиния, написавшая эти письма. Она могла так или иначе выследить его, убить, выкрасть письма и скрыться. Это вполне вероятно.

— Кажется, да, — вяло проговорила Вирджиния.

— Другая версия намного интереснее. Тем, кто Хотел убить Джузеппе, было нужно, чтобы подозрение пало на вас, и в этом была их главная цель. Они легко могли убить его в любом другом месте и тем не менее постарались, чтобы он оказался именно здесь. И кто бы они ни были, они все знали о вас: о вашем поместье в Датчете, о порядках в вашем доме, а также о том, что сегодня вы были в Ранелахе. Нелепый вопрос, миссис Ривел, но скажите, есть у вас враги?

— Конечно, нет. Во всяком случае, таких.

— Вопрос в том, — сказал Энтони, — что же нам теперь делать. У нас есть два выхода: А — позвонить в полицию, все рассказать и надеяться на ваше прочное положение в обществе и безупречное прошлое и Б — благополучно избавиться от трупа. Лично я предпочел бы второй. Мне всегда хотелось проверить, хватит ли у меня ловкости скрыть преступление, но все никак не получалось, потому что меня тошнит от кровопролития. Хотя, конечно, первый вариант самый надежный. К тому же его можно немного подредактировать. Звоните в полицию и так далее, но спрячьте пистолет и письма, — если, конечно, они еще у него.

Энтони торопливо осмотрел карманы убитого.

— Здорово его обчистили, — объявил он, — нет ничего. Стоп, а это что? Дырка в подкладке — что-то завалилось туда, и когда вытаскивали, оставили клочок бумаги.

Он вынул тот клочок, о котором говорил, и поднес его к свету. Вирджиния подошла к нему.

— Жаль, что у нас нет остального, — пробормотал он. — «Чимниз. 11.45. Четверг». Похоже, речь идет о какой-то встрече.

— Чимниз! — воскликнула Вирджиния. — Как странно!

— Что странно? Слишком изысканное место для такого типа?

— Я собираюсь в Чимниз сегодня вечером. По крайней мере, собиралась.

Энтони обернулся к ней:

— Что? Повторите, что вы сказали?

— Я собиралась в Чимниз сегодня вечером, — повторила Вирджиния.

Энтони посмотрел на нее:

— Я начинаю понимать. Конечно, может, я и ошибаюсь, но это идея. Предположим, кто-то страшно хотел, чтобы вы не поехали в Чимниз.

— Мой кузен Джордж Ломакс хотел, — сказала Вирджиния с улыбкой, — но я не могу всерьез заподозрить Джорджа в убийстве.

Энтони даже не улыбнулся. Он был погружен в размышления.

— Если вы позвоните в полицию, можете распрощаться с мыслью попасть в Чимниз сегодня или хотя бы завтра. А мне хотелось бы, чтобы вы поехали туда. Я думаю, это сильно огорчит наших неизвестных друзей. Миссис Ривел, согласны ли вы довериться мне?

— И действовать по плану Б?

— И действовать по плану Б. А для начала нужно выпроводить из дома вашу горничную. Можете вы это сделать?

— С легкостью.

Вирджиния вышла в зал и крикнула наверх:

— Элиза, Элиза!

— Мадам?

Дальше Энтони услышал быстрый обмен репликами, после чего хлопнула входная дверь. Вирджиния вернулась в комнату:

— Она ушла. Я послала ее за духами, сказала, что магазин открыт до восьми. На самом-то деле он уже закрыт.

— Отлично, — одобрительно произнес Энтони. — Теперь мы можем приступить к ликвидации трупа. Есть проверенный временем способ, но для этого нам понадобится такая вещь, как сундук. Найдется у вас сундук?

— Конечно. Спуститесь в подвал и выберите, какой вам нужен.

В подвале действительно нашлось несколько сундуков. Энтони выбрал экземпляр подходящего размера.

— Я займусь упаковкой, — сказал он, — а вы поднимитесь наверх и подготовьтесь к отъезду.

Вирджиния кивнула. Она скинула теннисный костюм, надела коричневое дорожное платье, маленькую оранжевую шляпку и спустилась вниз, где ее уже ждал Энтони. Возле него стоял тщательно перевязанный сундук.

— Я хотел бы рассказать вам историю моей жизни, — заметил он, — но нам предстоит довольно хлопотливый вечер. Итак, что должны делать вы? Вызовите такси, погрузите багаж, в том числе и этот сундук. Поезжайте на Паддингтонский вокзал. Скажите, чтобы сундук отнесли в левую камеру хранения. Я буду на платформе. Проходя мимо меня, уроните багажный талон. Я подниму его и сделаю вид, что возвращаю вам, а на самом деле оставлю у себя. Уезжайте в Чимниз, а остальное предоставьте мне.

— Просто не знаю, как вас благодарить, — сказала Вирджиния. — Я чувствую себя ужасно виноватой: взвалила на вас совершенно незнакомого человека, тем более — мертвеца...

— Да бросьте... — откликнулся Энтони. — Мне ведь самому интересно. Если бы один из моих друзей, Джимми Макграт, был здесь, он бы сказал вам, что такие дела в моем вкусе.

Вирджиния удивленно смотрела на него.

— Как вы сказали? Джимми Макграт?

Энтони спокойно встретил ее взгляд.

— Да. А что? Вы слышали о нем?

— И совсем недавно. — Она остановилась в нерешительности, потом продолжала: — Мистер Кейд. Мне нужно с вами поговорить. Не могли бы вы приехать в Чимниз?

— Вы увидите меня, миссис Ривел, и очень скоро. Обещаю вам. А теперь конспираторы уходят. Конспиратор А выскальзывает через заднюю дверь. Конспиратор Б в сиянии славы отправляется через парадную дверь к такси.

План их с успехом осуществился. Энтони тоже взял такси, появился на платформе и благополучно подобрал оброненный Вирджинией талон. Потом он уехал и вернулся на подержанной, дряхлой машине, которую нанял еще утром, рассчитывая, что она может ему понадобиться. На вокзале он вручил билет носильщику, который забрал сундук и погрузил его в машину.

Энтони выехал из Лондона, миновал Ноттинг-Хилл, Шефердс Буш, потом свернул на голдхаукскую дорогу, проехал Брентфорт и Хanслоу и направился в сторону Стайнса. Это был довольно загруженный машинами участок. Ни отпечатки колес, ни следы не должны были бросаться в глаза. Энтони выбрал место и остановился. Для начала он залепил грязью номер машины. Затем, дождавшись, пока дорога опустеет, он открыл сундук, выволок труп Джузеппе и аккуратно положил его в кювет так, чтобы его не освещали фары проезжающих машин.

Потом он вернулся к машине и уехал. Вся операция заняла не более полутора минут. Он свернул направо, чтобы возвратиться в Лондон через Вернхам Бичез. Там он вновь остановился, зашел поглубже в лес и залез на большое дерево. Это был своего рода подвиг, даже для Энтони. В небольшое дупло, оказавшееся рядом с одной из верхних ветвей, он засунул пакет, завернутый в коричневую бумагу. «Очень неглупый способ прятать пистолет, — похвалил он сам себя. — Ищут обычно на земле или в воде. Но едва ли в Англии найдется несколько человек, способных забраться на это дерево!»

Возвратившись в Лондон, он снова заехал на Паддингтонский вокзал. Здесь он оставил сундук, на этот раз в другой камере хранения, в зале прибытия. Ему давно уже мерещились дымящиеся бифштексы, сочные свиные отбивные и целые груды жареного картофеля. Но, взглянув на часы, он решительно тряхнул головой, отгоняя мысль о еде. Заправив машину, он снова выехал из Лондона. На этот раз на север.

Было около половины двенадцатого, когда он остановил машину на дороге, ведущей в чимнизский парк. Он легко перебрался через ограду и направился к дому. Идти оказалось дальше, чем он предполагал, и под конец он перешел на бег. Огромная серая масса возникла из темноты — древняя громада Чимниза. Вдали пробили часы — три четверти.

11.45 — время, упомянутое в записке. Энтони поднялся на террасу и внимательно оглядел здание. Там царили темнота и спокойствие. «Рано же они ложатся спать, эти политиканы», — пробормотал Энтони. И вдруг он услышал звук, звук выстрела. Энтони стремительно обернулся. Звук, он был уверен, донесся из дома. Он подождал с минуту, но все было тихо, как на кладбище. Подождав еще, он подошел к одному из высоких французских окон, из-за которого донесся насторoживший его звук. Он подергал за ручки. Окно было заперто. Он попробовал открыть соседние окна, все время настороженно прислушиваясь. Но ничто не нарушало тишину.

В конце концов, решил он, ему просто послышалось. А может быть, это стрелял в лесу какой-нибудь браконьер. Разочарованный и раздосадованный, он повернулся и пошел назад через парк.

Отойдя немного, он еще раз обернулся, и в этот момент в одном из верхних окон вспыхнул свет. В следующее мгновение свет погас, и все опять погрузилось в темноту.

ГЛАВА 10. ЧИМНИЗ

Инспектор Бэдсворти в своем кабинете. Время — 8.30 утра. Инспектор Бэдсворти — высокий, полный человек с тяжелой, размеренной походкой. В минуты профессионального напряжения склонен к одышке. В присутственном помещении — констебль Джонсон, новичок в полиции. У него всегда какой-то простодушно-удивленный взгляд, придающий ему сходство с только что вылупившимся птенцом.

Телефон на столе резко зазвонил, и инспектор со свойственной ему тяжеловесной медлительностью, снял трубку.

— Да. Полицейский участок Маркет Бейсинг. Инспектор Бэдсворти. Что?!

Интонация инспектора меняется. Точно так же, как он, инспектор Бэдсворти, лицо более значительное, чем Джонсон, так есть люди более значительные, чем он сам.

— Слушаю вас, милорд. Прошу прощения, милорд? Я не совсем расслышал, что вы сказали.

Долгая пауза, во время которой инспектор слушает, причем целая гамма выражений сменяется на его обычно бесстрастном лице. Наконец после короткого «Сию минуту, милорд» он кладет трубку.

Утвердив трубку на телефоне, инспектор повернулся к Джонсону, на глазах раздуваясь от важности.

— От его светлости... В Чимнизе... убийство...

— Убийство?! — отозвался пораженный Джонсон.

— Да, убийство, — с большим удовлетворением подтвердил инспектор.

— Ну и ну! Да ведь у нас никогда не бывало убийств — я, по крайней мере, не слышал, если не считать того случая, когда Том Пирс застрелил свою подружку.

— Да и то, по правде говоря, нельзя назвать убийством. Так, пьяный скандал, — пренебрежительно заметил инспектор.

— Его ведь даже не повесили, — согласился Джонсон. — Но теперь-то это серьезно, да, сэр?

— Можешь не сомневаться, Джонсон. Один из гостей его светлости, иностранный джентльмен, найден мертвым. Окно открыто, и на земле следы.

— Жаль, что джентльмен иностранец, — в голосе Джонсона послышалось разочарование: это делало убийство менее серьезным — ему казалось, что иностранцы как-то более подвержены убийствам.

— Его светлость страшно волнуется — мы зайдем за доктором Картрайтом и сразу же поедем туда. Я надеюсь, они догадаются не трогать следы...

Бэдсворти на седьмом небе от счастья. Убийство! В Чимнизе! Инспектор Бэдсворти ведет расследование. Полиция располагает уликами. Сенсационный арест. Вышеупомянутый инспектор становится знаменитым и получает повышение. «Только бы не вмешался Скотленд-Ярд!» — подумал инспектор. Эта мысль сразу же испортила ему настроение. В сложившихся обстоятельствах появление Скотленд-Ярда было вполне вероятно.

Они зашли к доктору Картрайту. Доктор, еще сравнительно молодой человек, проявил жгучий интерес к убийству. Его реакция была примерно такая же, как у Джонсона.

— Черт возьми! — воскликнул он. — У нас не бывало убийств со времени Тома Пирса.

Все трое погрузились в маленькую машину доктора и направились в Чимниз. Проезжая мимо местной гостиницы, называвшейся «Веселые крикетисты», доктор заметил стоявшего в дверях человека.

— Неизвестный, — сказал он. — Довольно симпатичный парень. Интересно, давно ли он приехал? И зачем торчит в дверях «Крикетистов»? Я никогда прежде не встречал его. Должно быть, он появился ночью.

— Он приехал не на поезде, — откликнулся Джонсон. Его брат служил носильщиком на местной станции, и Джонсон всегда знал всех приезжающих и отъезжающих.

— Кто вчера приехал в Чимниз? — спросил инспектор.

— Леди Эйлин, она приехала в 3.40, и два джентльмена с ней, американец и молодой армейский капитан — оба без слуг. Его светлость приехали в 5.40 с иностранным джентльменом, тем самым, которого убили, с ним был слуга. Мистер Эверсли приехал тем же поездом. В 17.25 приехали миссис Ривел и еще один джентльмен, похожий на иностранца, лысый и с крючковатым носом. Горничная миссис Ривел приехала в 8.56.

Джонсон остановился, запыхавшись.

— А к «Крикетистам» никто не приезжал?

Джонсон отрицательно покачал головой.

— Выходит, он приехал на машине, — заключил инспектор. — Джонсон, на обратном пути зайдите в гостиницу и расспросите там. Мы должны все узнать об этом неизвестном. Он очень загорелый, этот джентльмен. Не исключено, что он тоже иностранец.

Инспектор кивнул, приняв вид необыкновенно проницательный, как бы давая понять, насколько он бдителен, — настолько, что ни одна деталь не укроется от него.

Машина приблизилась к Чимнизу и въехала в парковые ворота. Описание этого исторического места можно найти в любом путеводителе. Оно также упоминается под номером 3 в «Исторических домах Англии», 21 фунт за экземпляр. По четвергам из Миддинхэма отправляются экскурсии, осматривающие некоторые открытые для публики места усадьбы. Поэтому описывать Чимниз представляется излишним.

У входа их встречал дворецкий с безупречными манерами. В этих стенах, говорил его вид, не привыкли к убийствам. Но настали скверные времена. Так давайте же встретим несчастье с безупречным хладнокровием, будем стараться жить так, словно ничего не случилось.

— Его светлость ждет вас, — сказал дворецкий. Он провел их в маленькую комнату, служившую лорду Катерхэму убежищем от окружающего великолепия.

— Полиция, милорд, и доктор Картрайт.

Лорд Катерхэм возбужденно расхаживал по комнате.

— А, инспектор, наконец-то. Весьма признателен. Как поживаете, Картрайт? Очень скверная история. Очень скверная.

И лорд Катерхэм принялся лихорадочно теребить руками свою шевелюру, растрепав ее до такой степени, что стал еще меньше, чем обычно, походить на пэра королевства.

— Где тело? — стараясь попасть в деловой тон, спросил Картрайт.

Лорд Катерхэм обернулся к нему, как будто обрадовавшись возможности перейти к делу:

— В зале заседаний, там, где его нашли. Я приказал ничего не трогать. Мне казалось… э-э… что так нужно поступать в подобных случаях…

— Совершенно верно, милорд, — подтвердил инспектор. Он достал блокнот и карандаш. — А кто обнаружил тело? Вы?

— Боже мой, нет, — ответил лорд. — Не думаете же вы, что я просыпаюсь в такую рань? Нет, его нашла служанка. Представляю, как она заорала! Сам я, правда, не слышал. Потом пришли сказать мне, я встал и спустился: он действительно лежал там.

— И вы узнали в нем одного из ваших гостей?

— Именно так, инспектор.

— Как его имя?

Этот простой вопрос, казалось, расстроил лорда. Раз или два он открывал рот и закрывал его снова. Наконец он промямлил:

— Вы спрашиваете, вы спрашиваете, как его имя?

— Да, милорд.

— Видите ли… — Лорд обвел комнату глазами, как бы в надежде, что его осенит вдохновение. — Его звали… да, я бы сказал, звали… да, именно так… граф Станислав.

Лорд Катерхэм вел себя так странно, что инспектор оторвался от блокнота, куда приготовился записать имя, и уставился на лорда. Но в этот момент, очень кстати для сконфуженного пэра, их прервали. Открылась дверь, и в комнату вошла девушка — высокая, стройная, смуглая, с привлекательным мальчишеским лицом и очень респектабельными манерами. Это была леди Эйлин Брент, старшая дочь лорда, в домашнем кругу звавшаяся Бандл. Она кивнула остальным и сразу же заговорила с отцом.

— Я нашла его, — объявила она.

В первый момент инспектор чуть было не сорвался с места, решив почему-то, что леди захватила в плен кровавого убийцу, но очень скоро до него дошло, что говорит она совсем о другом.

Лорд Катерхэм облегченно вздохнул:

— Молодец. Что же он сказал?

— Он сейчас же выезжает. Нам следует соблюдать благоразумие.

Лорд досадливо поморщился:

— Именно такой глупости и можно было ожидать от Джорджа Ломакса. Однако он приедет, и я умываю руки. — Лорд, казалось, несколько приободрился.

— Так вы говорите, убитого звали граф Станислав? — вдруг спросил доктор.

Отец и дочь обменялись короткими как молния взглядами, и лорд довольно высокомерно ответил:

— Ну да. Я же только что сказал.

— Я лишь потому спросил, что мне показалось, вы не были совершенно уверены в этом, — робко объяснил Картрайт.

Лорд укоризненно посмотрел на него.

— Я проведу вас в зал заседаний, — сказал он, несколько оживляясь.

Все последовали за ним, при этом замыкавший шествие инспектор все время зорко оглядывался по сторонам, словно рассчитывал обнаружить улики за дверью или в картинной раме.

Лорд Катерхэм достал из кармана ключ, отпер дверь и распахнул ее. Все вошли в большую комнату, обшитую дубовыми панелями, с тремя высокими, выходящими на террасу окнами. В комнате стоял длинный обеденный стол, несколько дубовых комодов и несколько красивых, старинных стульев. На стенах висели портреты почивших Катерхэмов и других родственников. У левой стены, примерно посередине между окнами и дверью, на спине, широко раскинув руки, лежал человек.

Доктор Картрайт подошел к трупу и опустился на колени. Инспектор занялся изучением окон. Среднее было притворено, но не заперто. Снаружи на ступеньках были видны следы, поднимавшиеся к окну и затем спускавшиеся обратно в парк.

— Все ясно, — кивнув, произнес инспектор. — Но следы должны были остаться и внутри. Почему же их нет на паркете?

— Я знаю почему, — вмешалась Бандл. — Сегодня утром служанка натирала пол и только под конец увидела труп. Понимаете, когда она пришла сюда, было еще темно… она прошла прямо к окну, подняла шторы, начала натирать пол и, естественно, ничего не увидела, поскольку труп лежал в другом конце комнаты. Лишь потом она наткнулась на него.

Инспектор кивнул.

— Ну что ж, — начал лорд Катерхэм, которому хотелось поскорее освободиться, — я покидаю вас, инспектор. Вы можете найти меня, если… э-э… я вам понадоблюсь. Но скоро из Виверн Эбби приедет мистер Джордж Ломакс, он сможет вам рассказать намного больше, чем я. Вы сами убедитесь, когда он приедет.

Не дожидаясь ответа, лорд Катерхэм предпринял решительное отступление.

— Черт бы побрал этого Ломакса, — пробормотал он. — Впутал меня в эту историю… В чем дело, Тредвелл?

Убеленный сединой дворецкий почтительно тронул его за локоть:

— Поскольку вы, милорд, были заняты, я взял на себя смелость распорядиться завтраком. В столовой все приготовлено.

— Я даже подумать не могу о еде, — мрачно ответил лорд, поворачиваясь и направляясь в столовую. — Даже представить себе не могу...

Бандл взяла его под руку, и они вместе вступили в столовую.

На буфете стояло с десяток тяжелых, золотых блюд, которые поддерживались горячими с помощью патентованных приспособлений.

— Омлет, — объявил лорд Катерхэм, поднимая крышку, — яйца с беконом, почки, жареная дичь, рыба, холодная ветчина, холодный фазан. Я ничего не хочу из этого, Тредвелл. Будьте добры, скажите, чтобы мне сварили яйцо.

— Слушаю, милорд.

Тредвелл удалился. Между тем лорд Катерхэм в какой-то задумчивости положил себе на тарелку порядочную порцию почек и бекона, налил чашку кофе и сел за стол. Бандл уже приступила к яичнице с ветчиной.

— Я ужасно проголодалась, — сказала она с набитым ртом. — Должно быть, от волнения.

— Все это хорошо вам, молодым, — проворчал ее отец. — Вы любите волноваться. Мое же здоровье требует осмотрительности. Избегать всяческих волнений — вот что сказал сэр Абнер Уилс. Всяческих волнений. Легко говорить человеку, сидящему в своем кабинете на Харлей-стрит. Как я могу избегать волнений, когда этот осел Ломакс взваливает на меня дела вроде этого. Впредь буду тверже.

Печально кивнув головой, лорд Катерхэм поднялся и положил себе ветчины.

— Ничего, — весело сказала Бандл, — скоро приедет Джордж. По телефону он нес что-то несуразное. Через пару минут он будет здесь и прожужжит нам все уши, твердя о благоразумии и улаживании скандала.

Эта перспектива заставила лорда Катерхэма застонать.

— Он уже встал? — спросил лорд.

— Он сказал мне, — ответила Бандл, — что диктовал письма и меморандумы аж с семи утра.

— Есть чем гордиться! — заметил ее отец. — Эти государственные люди необыкновенно глупы. Они заставляют своих секретарей подыматься в самое несусветное время, чтобы диктовать им всякий вздор. Если бы приняли закон, запрещающий им вставать раньше одиннадцати, сколько пользы это принесло бы нации! По крайней мере, они не успевали бы наговорить столько чепухи. Ломакс все время твердит мне о моей позиции. Как будто у меня есть какая-нибудь позиция! Кому в наши дни охота быть пэром!

— Никому, — откликнулась Бандл. — Любой охотнее согласится открыть процветающую пивную.

Совершенно бесшумно в столовой появился Тредвелл с двумя вареными яйцами на маленьком серебряном подносе, который он поставил перед лордом Катерхэмом.

— Что это, Тредвелл? — вяло спросил лорд, с отвращением глядя на поднос.

— Вареные яйца, милорд.

— Ненавижу вареные яйца, — недовольно пробурчал лорд. — Они абсолютно безвкусны. Мне противно даже смотреть на них. Пожалуйста, унесите их, Тредвелл.

— Слушаю, милорд. — И Тредвелл, и вареные яйца исчезли так же бесшумно, как появились.

— Слава Богу, в этом доме поздно встают, — серьезно сказал лорд Катерхэм. — Когда наши гости проснутся, нам придется, по-видимому, все рассказать.

Он вздохнул.

— Кто же все-таки убил его? — осведомилась Бандл. — И зачем?

— К счастью, это не наша забота, — ответил лорд. — Пусть ищет полиция. Хотя вряд ли инспектор Бэдсворти способен что-нибудь найти. На самом деле, я думаю, это сделал Айзекстайн.

— То есть?

— Всебританский синдикат.

— Зачем бы это понадобилось мистеру Айзекстайну, если он специально приехал сюда, чтобы повидаться с убитым?

— Высокая политика и финансы, — туманно объяснил лорд. — Кстати, я не удивлюсь, если этот господин имеет привычку рано вставать. Чувствую, он вот-вот свалится на нас. У них в Сити это принято. Ты можешь быть сколь угодно богат, но при этом все равно успевать к поезду в 9.17.

Через открытое окно донесся шум мощного мотора.

— Ломакс! — воскликнула Бандл.

Отец и дочь высунулись из окна и приветствовали пассажира подъехавшей к дому машины.

— Мы здесь, друг мой, мы здесь! — крикнул лорд Катерхэм, поспешно дожевывая кусок ветчины.

Джордж не обнаружил желания забраться в окно. Он прошел сквозь входную дверь и появился, предводительствуемый Тредвеллом. Последний тут же снова растворился.

— Позавтракайте с нами, — предложил лорд, пожав гостю руку. — Хотите почек?

Джордж нетерпеливым жестом отринул почки.

— Какое ужасное бедствие, ужасное, ужасное!

— В самом деле, ужасное. Немного рыбы?

— Нет, нет. Надо все уладить. Любой ценой надо все уладить!

Как и предсказывала Бандл, Джордж тут же начал тараторить.

— Я понимаю ваши чувства, — мягко сказал лорд Катерхэм. — Попробуйте яичницу с ветчиной или, может быть, рыбу?

— Совершенно непредвиденная случайность… национальное бедствие… концессии под угрозой…

— Сделайте передышку, — перебил его лорд, — и поешьте немного. Вам нужно немного поесть, чтобы прийти в себя. Хотите вареных яиц? Здесь только что были вареные яйца.

— Да не буду я есть, — сказал Джордж. — Я уже завтракал, а если бы и не завтракал, все равно бы не стал. Мы должны подумать, как действовать дальше. Вы еще никому не сказали?

— Пока знаем только мы с Бандл. И еще местная полиция. И Картрайт. И слуги, разумеется.

Джордж застонал.

— Возьмите себя в руки, дорогой друг, — сердечно проговорил лорд. — Я все же хочу, чтобы вы позавтракали. Вы, кажется, не понимаете, что убитого все равно не воскресить. Остается заняться похоронами. Очень печально, но ничего не поделаешь.

Джордж вдруг успокоился.

— Вы правы, Катерхэм. Так вы вызвали местную полицию? Это не то. Здесь нужен Баттл.

— Кто?

— Я имею в виду инспектора Баттла из Скотленд-Ярда. Исключительно осторожный человек. Он сотрудничал с нами в той печальной истории с партийными фондами.

— Что это за история? — заинтересовался лорд.

Но Джордж наткнулся взглядом на сидевшую на подоконнике Бандл и вспомнил, как только что говорил об осторожности. Он поднялся.

— Нельзя терять времени. Я должен Послать несколько телеграмм.

— Вы можете написать, а Бандл продиктует их по телефону.

Джордж достал из кармана ручку и начал с невероятной скоростью писать. Закончив первое послание, он вручил его Бандл. Та прочитала его с явным интересом.

— Боже, что за имя! — заметила она. — Барон — как?

— Барон Лолопретжил.

— Я-то вижу, но вот почте, боюсь, придется помучиться.

Джордж снова сел писать. Закончив и вручив плоды своих трудов Бандл, он обратился к хозяину дома:

— Мне кажется, лучшее, что вы можете сделать, Катерхэм, это…

— Да? — настороженно переспросил лорд.

— …Это предоставить все дело мне.

— Разумеется, — с облегчением согласился лорд. — Я и сам думал о том же. Полицию и Картрайта вы найдете в зале заседаний. Там же и… э-э… тело. Дорогой Ломакс, я предоставляю Чимниз в ваше полное распоряжение. Делайте, что вам угодно.

— Благодарю вас, — сказал Джордж. — Если я захочу посоветоваться с вами…

Но лорд Катерхэм уже скромно удалился в дальнюю дверь столовой. Бандл насмешливо наблюдала за его бегством.

— Я сейчас же отошлю ваши телеграммы, — сказала она. — Вы найдете дорогу в зал заседаний?

— Да, леди Эйлин. Благодарю вас.

Джордж поспешно покинул комнату.

ГЛАВА 11. ИНСПЕКТОР БАТТЛ ПРИБЫВАЕТ

Лорда Катерхэма настолько удручала перспектива совещаться с Джорджем Ломаксом, что все утро он провел в обходе своего поместья. Только чувство голода заставило его вернуться. Он проник в дом через боковую дверь и осторожно прокрался в кабинет. Ему казалось, что его появление осталось незамеченным, но он ошибался. Бдительный Тредвелл замечал все. Он возник на пороге кабинета:

— Прошу прощения, милорд…

— В чем дело, Тредвелл?

— Мистер Ломакс, милорд, хотел поговорить с вами. Он просил вас пройти в библиотеку, как только вы придете.

С помощью этого деликатного оборота Тредвелл намекал, что лорд Катерхэм может вернуться тогда, когда захочет. Но лорд Катерхэм вздохнул и поднялся:

— Рано или поздно этого все равно не миновать. Так вы говорите, в библиотеке?

— Да, милорд.

Вновь вздохнув, лорд Катерхэм совершил путешествие по длинным коридорам своего родового дома и подошел к библиотеке. Дверь была заперта. Когда он подергал за ручку, внутри повернули ключ, дверь немного приоткрылась и в проеме показалось настороженное лицо Джорджа Ломакса. При виде лорда выражение лица изменилось.

— А, Катерхэм. Входите. Мы как раз удивлялись, куда это вы пропали?

Бормоча нечто туманное о заботах о поместье, о ремонтных работах у арендаторов, лорд с покаянным видом вступил в библиотеку. Там находились еще двое. Первым оказался начальник полиции полковник Мелроуз. Второй был крепкого сложения, человек средних лет, привлекавший к себе внимание поразительно бесстрастным лицом.

— Инспектор Баттл прибыл полчаса назад, — объяснил Джордж. — Он уже повидался с инспектором Бэдсворти и доктором Картрайтом. Теперь он хочет задать несколько вопросов вам.

Лорд Катерхэм поздоровался с Мелроузом и инспектором Баттлом, и все уселись.

— Я должен настоятельно предупредить вас, — сказал Джордж, — что в этом деле нужно соблюдать величайшую осторожность.

Инспектор кивнул довольно бесцеремонно, чем сразу же вызвал симпатию лорда Катерхэма:

— Можете не беспокоиться, мистер Ломакс. Но вы не должны ничего скрывать. Я понял, что убитого звали граф Станислав, по крайней мере, под этим именем его принимали в доме. Это его настоящее имя?

— Нет.

— Как его звали на самом деле?

— Князь Михаил Герцословацкий.

Баттл никак не прореагировал на это сообщение, разве что глаза его раскрылись чуть шире.

— Могу я узнать цель его приезда в Чимниз? Просто удовольствия ради погостить здесь?

— Была и другая цель, Баттл. Но это, разумеется, строго конфиденциально.

— Да-да, конечно, мистер Ломакс.

— Полковник Мелроуз?

— Разумеется.

— Так вот, князь Михаил приехал сюда для встречи с мистером Германом Айзекстайном. Речь шла о получении займа на определенных условиях.

— На каких же?

— Всех деталей и я не знаю. Они, в сущности, еще не были оговорены окончательно. Но речь шла о том, что в случае вступления на трон князь Михаил брал на себя обязательство предоставить определенные нефтяные концессии тем компаниям, в которых заинтересован мистер Айзекстайн. Наше правительство, принимая во внимание известные британские симпатии князя, готово было поддержать его притязания на трон.

— Хорошо, — сказал инспектор Баттл. — Мне кажется, нет нужды углубляться. Князь Михаил хотел получить деньги, мистер Айзекстайн — нефть, а Британское правительство готово было благословить этот союз. Всего один вопрос: интересовался ли еще кто-нибудь этими концессиями?

— Я знаю, что группа американских финансистов обращалась к Его Высочеству.

— И получила отказ?

Но Джордж не дал ничего из себя вытянуть.

— Князь Михаил полностью придерживался пробританских симпатий, — повторил он.

Инспектор Баттл не стал настаивать.

— Лорд Катерхэм, насколько я знаю, вчерашний день прошел так: вы встретились с князем Михаилом в городе и вместе приехали сюда. Князя сопровождал его камердинер, герцословак по имени Борис Анчукофф, а его конюший, капитан Андраши, остался в городе. По приезде князь сказался очень усталым и удалился в отведенные ему апартаменты. Обед ему подали туда, и с остальными обитателями дома он не встречался. Верно?

— Абсолютно.

— Сегодня утром, примерно в 7.45, служанка обнаружила тело. Доктор Картрайт установил, что смерть наступила в результате пулевого ранения. Стреляли из пистолета. Но обнаружить его не удалось, и никто в доме выстрела не слышал. Но при падении часы убитого остановились и, следовательно, показывают время преступления — без четверти двенадцать. Скажите, в котором часу вы легли вчера?

— Довольно рано. Не знаю уж почему, но вчерашний вечер не получился, если вы понимаете, что я имею в виду. Мы легли, мне кажется, около половины десятого.

— Благодарю вас, лорд. А теперь я попросил бы вас описать всех, кто был вчера в доме.

— Но, простите, я думал, что убийца проник в дом снаружи?

Инспектор улыбнулся:

— Я тоже так думаю… тоже так думаю. Но все равно я должен знать, кто был в доме. Таков порядок.

— Ну хорошо. В доме были князь Михаил, его камердинер и мистер Герман Айзекстайн. О них вы все знаете. Затем мистер Эверсли…

— …Который служит в моем департаменте, — снисходительно вставил Джордж.

— Он был приглашен в связи с пребыванием князя Михаила?

— Нет, я бы не сказал, — весело ответил Джордж. — Едва ли он не понимал, что здесь происходит, но я не считал необходимым полностью вводить его в курс дела.

— Понятно. Будьте добры, продолжайте, лорд Катерхэм.

— Постойте, дайте вспомнить. Еще был мистер Хирам Фиш.

— Кто он, мистер Хирам Фиш?

— Мистер Хирам Фиш — американец. Он приехал с рекомендательным письмом от мистера Луциуса Готта — вы слышали о Луциусе Готте?

Инспектор Баттл понимающе улыбнулся. Кто не слышал о мистере Луциусе Г. Готте, мультимиллионере?

— Он интересовался моей коллекцией первоизданий. Конечно, до коллекции мистера Готта мне далеко, но и у меня есть несколько жемчужин. Мистер Фиш — энтузиаст. Мистер Ломакс предложил пригласить на уик-энд двух-трех интересных людей, чтобы все выглядело более естественно. Я воспользовался возможностью и послал приглашение мистеру Фишу. С мужчинами все. Что касается леди, то здесь была только миссис Вирджиния Ривел и с ней, я думаю, горничная или кто-нибудь в этом роде. Кроме нее, моя дочь и, конечно, дети, их няни, гувернантки и все слуги.

Лорд Катерхэм остановился и перевел дух.

— Благодарю вас, — сказал детектив, — скучнейшая процедура, но, к сожалению, без нее не обойтись.

— А что, есть сомнения, — спросил Джордж, — что убийца проник через окно?

Баттл немного помолчал, потом медленно проговорил:

— На ступеньках обнаружены следы, ведущие к окну, и следы, ведущие обратно в парк. Вчера, в 11.40 вечера, у парка останавливалась машина. В двенадцать часов к гостинице «Веселые крикетисты» подъехал на машине молодой человек и снял комнату. Он поставил почистить туфли — они были мокрые и грязные, как будто он ходил по траве.

Джордж подался вперед:

— Нельзя ли сравнить ботинки со следами на ступеньках?

— Уже сравнили.

— И что же?

— Точно совпадают.

— Все ясно! — воскликнул Джордж. — Вот вам убийца. Молодой человек, — кстати, как его имя?

— В гостинице он назвался Энтони Кейдом.

— Этого Энтони Кейда нужно немедленно выследить и арестовать.

— Нет никакой нужды выслеживать его, — сказал инспектор Баттл.

— Почему?

— Потому что он все еще там.

— Что?

— Странно, не правда ли?

Полковник Мелроуз пристально посмотрел на инспектора.

— Что у вас на уме, Баттл? Выкладывайте.

— Я только говорю, что это странно, вот и все. Молодой человек должен был бы собраться и уехать, но он не собрался и не уехал. Он остался здесь и предоставил нам возможность опознать следы.

— И что же вы думаете?

— Признаться, не знаю, что и думать. Очень неприятное состояние.

— Вы предполагаете… — начал полковник Мелроуз, но остановился, прерванный тихим дробным стуком в дверь.

Джордж поднялся и подошел к двери. Тредвелл, тяжело переживающий необходимость стучаться столь унизительным способом, появился на пороге и обратился к своему хозяину:

— Прошу прощения, милорд, какой-то джентльмен хочет видеть вас по важному и неотложному делу, связанному, насколько я понимаю, с утренней трагедией.

— Как его зовут? — внезапно спросил Баттл.

— Его имя, сэр, мистер Энтони Кейд, но он предупредил, что он никому ничего не скажет.

Однако это имя все же произвело некоторый эффект. Все четверо застыли в разной степени изумления.

Опомнившись, лорд Катерхэм торопливо проговорил:

— Все это начинает мне нравиться. Проводите его сюда, Тредвелл. Проводите немедленно.

ГЛАВА 12. ЭНТОНИ РАССКАЗЫВАЕТ

— Мистер Энтони Кейд, — объявил Тредвелл. — Входит подозрительный незнакомец из деревенской гостиницы, — объявил Энтони, появляясь на пороге.

Он направился прямо к лорду Катерхэму, которого узнал каким-то чутьем. В то же время он подытожил первые впечатления от остальных. Результат получился такой: номер один — Скотленд-Ярд, номер два — местный начальник, возможно, начальник полиции, номер три — встревоженный джентльмен на грани апоплексии, может быть, имеет отношение к правительству.

— Прошу извинить меня за вторжение, — продолжал он, обращаясь к лорду Катерхэму, — но в «Веселой собаке», или как там называется этот трактир, болтают, что у вас произошло убийство, а я, по-видимому, могу пролить кое-какой свет на это дело.

Минуту или две никто не нарушал молчания. Инспектор Баттл молчал потому, что был человеком большого опыта и знал, что всегда лучше вынудить говорить кого-нибудь другого, чем говорить самому; полковник Мелроуз молчал потому, что вообще был человеком молчаливым; Джордж молчал потому, что имел привычку высказываться, только если ему нужно было решить какой-нибудь вопрос; лорд Катерхэм молчал потому, что совершенно не знал, что сказать. Однако общее молчание, а также то обстоятельство, что Энтони обращался именно к нему, заставили наконец лорда заговорить.

— Э-э… так… так… — нервно начал он, — не хотите ли… э-э… присесть?

— Благодарю вас, — ответил Энтони.

Джордж внушительно откашлялся.

— Э-э… когда вы сказали, что можете пролить свет на это убийство, вы имели в виду…

— ...Что вчера вечером, примерно без четверти двенадцать, я, да простит мне лорд Катерхэм, вторгся в его владения и слышал выстрел. По крайней мере, я могу сообщить вам точное время преступления.

Он оглядел присутствующих, дольше всего его взгляд задержался на инспекторе Баттле, чье бесстрастное лицо Энтони уже успел оценить.

— Но кажется, это не новость для вас? — добавил он.

— Почему вы так думаете, мистер Кейд? — спросил Баттл.

— Вот почему. Сегодня утром я надел туфли. Потом, когда попросил принести мне мои сапоги, их не оказалось. Их забрал какой-то юный констебль. Тогда я сложил два и два и поспешил сюда, чтобы, по возможности, дать сведения о себе.

— Очень благоразумный поступок, — неопределенно отозвался Баттл.

Глаза Энтони чуть блеснули.

— Мне по душе ваша сдержанность, инспектор. Инспектор, если я не ошибся?

Лорд Катерхэм счел нужным вмешаться в разговор. Энтони ему все больше нравился.

— Инспектор Баттл из Скотленд-Ярда. Это полковник Мэлроуз, наш начальник полиции, и мистер Ломакс.

Энтони пристально посмотрел на Джорджа.

— Мистер Джордж Ломакс?

— Да.

— Мне кажется, мистер Ломакс, позавчера я имел удовольствие получить ваше письмо.

Джордж посмотрел на него.

— Мне кажется, вы ошибаетесь, — произнес он холодно. При этом он все же пожалел, что здесь не было мисс Оскар. Мисс Оскар писала для него все письма и помнила, кому они посылались и что в них говорилось. Великие люди, вроде Джорджа, просто не в состоянии запомнить все эти подробности.

— По-моему, мистер Кейд, — продолжил Джордж, — вы собирались как-то… э-э… объяснить ваше присутствие здесь прошлой ночью?

Его тон, видимо, означал: каково бы ни было ваше объяснение, мы вовсе не обязаны ему верить.

— Да, мистер Кейд, что вы делали здесь? — спросил лорд Катерхэм с живейшим интересом.

— Боюсь, рассказ будет слишком долгий, — извиняющимся тоном проговорил Энтони. Он достал портсигар. — Вы позволите?

Лорд Катерхэм кивнул, Энтони закурил сигарету и приготовился к тяжелому испытанию. Он отчетливо сознавал, в сколь опасном положении он находится. На протяжении всего 24 часов он оказался замешанным в двух совершенно не связанных между собой преступлениях. Уничтожив следы одного убийства и спрятав тело, что явно противоречило интересам правосудия, он появился на месте другого убийства как раз в момент его совершения. Человеку, ищущему острых ощущений, трудно было бы желать большего. «Куда там Латинской Америке!» — подумал Энтони. Впрочем, он уже решил, как будет действовать. Он расскажет всю правду, утаив лишь одно важное обстоятельство и слегка изменив другое, менее важное.

— Эта история, — сказал Энтони, — началась три недели назад, в Булавайо. Мистер Ломакс, конечно, знает, где это — аванпост империи: «Что знают об Англии те, кто лишь Англию знает» и все такое. Я встретился там с моим другом, мистером Джеймсом Макгратом… — Энтони выговорил имя медленно, не отрывая взгляда от Джорджа. Тот заерзал на своем стуле и с трудом удержался от восклицания. — В результате нашего разговора я отправился в Англию, чтобы выполнить одно поручение мистера Макграта, который сам не мог заняться этим делом. Поскольку билет был заказан на его имя, я поехал как Джеймс Макграт. Уж не знаю, какое именно преступление я тем самым совершил, — вероятно, инспектор объяснит мне и, если необходимо, упечет меня на положенное число месяцев.

— Если не возражаете, сэр, вернемся к вашему рассказу, — ответил Баттл, но глаза его слегка блеснули.

— Приехав в Лондон, я остановился в отеле «Блиц» также под именем Макграта. Мое поручение в Лондоне заключалось в том, чтобы передать издательской фирме некую рукопись. Но сразу же после приезда меня посетили делегации двух политических партий иностранного государства. Одна из них придерживалась строго конституционных методов, другая — нет. С обеими я поступил одинаково. Но на этом мои беды не кончились. Ночью в мою комнату вломился один из служащих отеля и пытался меня ограбить.

— Я думаю, вы не сообщили об этом случае в полицию? — спросил инспектор.

— Вы правы, в полицию я не обращался. Дело в том, что он ничего не украл. Но я рассказал об этом случае администратору отеля, он подтвердит вам мои слова и сообщит также, что этот служащий неожиданно исчез среди ночи. На другой день мне позвонили издатели и предложили, чтобы их представитель зашел и забрал рукопись. Я согласился, и встреча состоялась на следующее утро. С тех пор я ничего не слышал о рукописи и полагаю, что она благополучно попала к ним. Вчера, опять-таки на имя Джеймса Макграта, я получил письмо от мистера Ломакса…

Энтони сделал паузу. Он был доволен собой. Джордж замялся.

— Вспомнил, — проговорил он. — Такая обширная корреспонденция… И потом, имя было другое, я же не мог знать… Но могу сказать, — его голос несколько окреп от зазвучавшей в нем убежденности в моральной правоте, — могу сказать, что нахожу этот… маскарад с именами в высшей степени неуместным. Я не сомневаюсь, что вы совершили поступок, строго караемый законом.

— В этом письме, — продолжал Энтони как ни в чем не бывало, — мистер Ломакс сделал несколько предложений относительно вверенной мне рукописи. Он также передал мне приглашение лорда Катерхэма провести уикэнд в его замке.

— Рад приветствовать вас, дорогой друг, — отозвался аристократ. — Лучше поздно, чем никогда… а?

Джордж неодобрительно посмотрел на него.

Инспектор Баттл пристально вглядывался в Энтони.

— И этим, сэр, вы объясняете свое присутствие здесь вчерашней ночью?

— Конечно, нет, — ласково ответил Энтони. — Когда меня приглашают погостить в загородном доме, я не являюсь ночью, не перелезаю через ограду и не пытаюсь открыть окна. Я подъезжаю к парадной двери, звоню и вытираю ноги о коврик. Но продолжим.

Я ответил мистеру Ломаксу, что более не располагаю интересующей его рукописью и потому с сожалением отклоняю любезное приглашение лорда Катерхэма. Но позже я вспомнил об одном обстоятельстве, до тех пор выпавшем из памяти. — Он сделал паузу. Наступил момент, когда приходилось продвигаться по очень тонкому льду. — Должен сообщить вам, что когда я боролся с официантом Джузеппе, то вырвал у него клочок бумаги, на котором было несколько слов. В тот момент они ничего мне не говорили, но обрывок этот я сохранил, и упоминание о Чимнизе заставило меня вспомнить о нем. Я достал записку и перечитал ее. Там было именно то, чего я ожидал. Вот этот обрывок, джентльмены, можете сами убедиться. На нем написано: «Чимниз, 11.45, четверг».

Баттл внимательно осмотрел записку.

— Конечно, — продолжал Энтони, — слово «Чимниз» может не иметь никакого отношения к этому дому. Но ведь может и иметь. И уж совершенно бесспорно, что этот Джузеппе — вор и мошенник. Подумав, я решил взять машину, приехать сюда вчерашней ночью, убедиться, что все в порядке, затем переночевать в гостинице, а наутро повидать лорда Катерхэма и предупредить, чтобы на всякий случай он принял меры предосторожности.

— Так — так, — одобрительно сказал лорд Катерхэм.

— У меня было мало времени, поэтому я приехал поздно. Я оставил машину, перелез через ограду и пересек парк. Я подошел к дому — в нем было темно и тихо. Я уже было собирался уйти, как услышал выстрел. Мне показалось, что он донесся из дома, и я взбежал на террасу и попытался открыть окна. Но они были закрыты, и никаких звуков я больше не услышал. Я еще немного подождал, но все было тихо как в могиле, и я решил, что ослышался и стреляли браконьеры в лесу, — вполне естественное предположение в подобных обстоятельствах.

— Вполне естественное, — бесстрастно подтвердил инспектор Баттл.

— Я переночевал в гостинице и утром узнал новости. Я, конечно, понял, что в сложившихся обстоятельствах должен вызывать подозрения, потому и пришел сюда, чтобы все рассказать, надеясь, что после этого на меня не наденут наручники.

На несколько мгновений воцарилась тишина. Полковник Мелроуз вопросительно посмотрел на инспектора Баттла.

— Кажется, все достаточно понятно, — заметил он.

— Да, — сказал Баттл. — Я не думаю, что сегодня утром нам понадобятся наручники.

— У вас есть вопросы, Баттл?

— Есть один. Что это была за рукопись?

Он посмотрел на Джорджа, который с большой неохотой ответил:

— Воспоминания графа Стылптича. Видите ли…

— Можете ничего не объяснять, — сказал Баттл. — Мне все ясно.

Он повернулся к Энтони:

— Знаете ли вы, кто был убитый?

— В «Веселой собаке» говорили о каком-то графе Станиславе.

— Скажите ему, — обратился Баттл к Джорджу Ломаксу.

Несмотря на явное нежелание, Джордж вынужден был объяснить.

— Джентльмен, пребывавший здесь под именем графа Станислава, был Его Высочество князь Михаил Герцословацкий.

Энтони даже присвистнул.

— Вот так скверная история!

Инспектор Баттл издал какое-то короткое урчание, означающее, очевидно, удовлетворение, и резко поднялся на ноги.

— Конечно, конечно, — ответил лорд Катерхэм. — Вы можете пойти, куда вам угодно.

Энтони и детектив вышли из библиотеки и спустились в зал, где произошло убийство. Труп уже вынесли, и ничто, кроме темного пятна на полу, не напоминало о недавней трагедии. Солнечные лучи, проникавшие сквозь три больших окна, заливали комнату и подчеркивали мягкий густой цвет старых деревянных панелей. Энтони с одобрением оглядел комнату.

— Замечательно! — прокомментировал он. — Все-таки нет ничего лучше доброй старой Англии!

— Когда вы услышали выстрел, вам показалось, что он донесся именно из этой комнаты? — спросил детектив, оставив без ответа панегирик.

— Сейчас посмотрю.

Открыв окно, Энтони вышел на террасу и огляделся.

— Да, это та самая комната. Она вынесена вперед и занимает весь угол. Если бы стреляли где-нибудь в другом месте, выстрел послышался бы слева, а эта комната находилась позади меня или, в крайнем случае, чуть правее. Поэтому я и подумал о браконьерах. Она ведь расположена в самом конце крыла.

Он перешагнул через порог и вдруг, осененный внезапной мыслью, спросил:

— Но зачем вы проверяли? Вы же знали, что он был убит здесь?

— А, — промолвил инспектор, — мы никогда не знаем столько, сколько хотели бы. Но он действительно был убит здесь. Вы что-то говорили о закрытых окнах?

— Да. Они были заперты изнутри.

— Какие окна вы пробовали открыть?

— Все три.

— Вы в этом уверены, сэр?

— До сих пор был уверен. Почему вы спрашиваете?

— Забавно получается, — заметил инспектор.

— Что забавно?

— Когда преступление обнаружилось сегодня утром, среднее окно было открыто, точнее говоря — не заперто.

— Вот так так! — Энтони опустился на стул и потянулся за портсигаром. — Вот это сюрприз! Это придает делу новый оборот. Я вижу два варианта. Или он был убит кем-то из обитателей дома, и этот кто-то, после того как я ушел, открыл окно, чтобы подумали, что убийца появился снаружи, и вы бы заподозрили кого-нибудь, кто случайно здесь оказался, вроде меня, или, попросту говоря, я лгу. Боюсь, что вы склоняетесь ко второму варианту, но, честное слово, вы ошибаетесь.

— Никто не покинет этот дом, пока я не разберусь во всем, уверяю вас, — решительно заявил инспектор.

— Как долго вы верили, что убийца — посторонний? — Энтони внимательно посмотрел на Баттла.

— С самого начала я чувствовал, что это не так. Ваши следы как-то уж слишком бросались в глаза. Когда же ваши сапоги совпали с отпечатками на ступеньках, я и вовсе усомнился.

— Поздравляю Скотленд-Ярд! — ответил Энтони. И в тот момент, когда инспектор, казалось бы, подтвердил, что он совершенно вне подозрений, Энтони почувствовал необходимость соблюдать еще большую осторожность: инспектор Баттл был весьма хитер, и забывать об этом не следовало.

— Это произошло здесь? — Энтони кивнул в сторону темного пятна на полу.

— Да.

— Стреляли из пистолета?

— По всей видимости, да, но точно мы узнаем, когда извлекут пулю.

— Оружие не нашли?

— Нет, не нашли.

— И никаких улик?

— Кое-что есть. Вот это, — жестом фокусника инспектор Баттл достал половину тетрадного листа. При этом он опять, не подавая виду, внимательно наблюдал за Энтони.

Но Энтони и не пытался скрыть, что этот листок ему знаком:

— А... Снова Братство Багровой Руки... Могли бы отпечатать эти штуки в типографии, раз уж решили разбрасывать их направо и налево. А то приходится возиться с каждой в отдельности. Где ее нашли?

— На полу, под телом. Вы видели это прежде, сэр?

Энтони подробно описал ему свое короткое знакомство с этой общественной организацией.

— Так что же, это они ухлопали его?

— Думаете, это возможно?

— Это вполне вероятно, если верить их пропаганде. Но знаете, я заметил, что те, кто больше всех толкует о крови, никогда сами не видели, как она течет. Боюсь, что у Братьев для такого дела кишка тонка. И потом, у них у всех чересчур живописный вид. Не представляю, чтобы кто-нибудь из них мог оказаться гостем в загородном доме! И все же, кто знает?

— Вот именно, мистер Кейд, кто знает?

Энтони внезапно повеселел.

— Вот что я хочу вам сказать. Открытое окно, следы на ступеньках, подозрительный неизвестный в деревенской гостинице — все это так. Но в одном могу вас уверить, дорогой инспектор, кто бы я ни был, я, во всяком случае, не имею никакого отношения к Братству Багровой Руки.

Инспектор Баттл слегка улыбнулся. Затем он разыграл свою последнюю карту.

— Если не возражаете, осмотрим тело?

— Ничего не имею против, — ответил Энтони.

Баттл вынул из кармана ключ, повел Энтони по коридору, остановился у какой-то двери и открыл ее. Это была одна из малых гостиных. Тело, накрытое простыней, лежало на столе.

Инспектор подождал, пока Энтони подойдет к столу, и вдруг резким движением скинул простыню. Вырвавшийся у его спутника возглас удивления заставил его глаза ярко вспыхнуть.

— Так вы узнаете его, мистер Кейд. — В голосе Баттла звучало с трудом сдерживаемое торжество.

— Да, я видел его прежде, — ответил Энтони, приходя в себя, — но не как принца Михаила Оболовича. Он приходил от «Балдерсона и Ходжкинса» и назвался мистером Холмсом.

ГЛАВА 13. АМЕРИКАНСКИЙ ГОСТЬ

Инспектор Баттл снова накрыл тело простыней. Вид у него был слегка разочарованный, как у человека, чья коронная шутка не имела успеха. Энтони стоял, засунув руки в карманы и углубившись в размышления.

— Так вот что имел в виду старый Лоллипоп, когда толковал о «других средствах», — пробормотал он.

— Вы что-то сказали, мистер Кейд?

— Ничего, инспектор. Простите, я немного отвлекся. Видите ли, меня или, точнее, моего друга Джимми Макграта надули на тысячу фунтов.

— Тысяча фунтов — очень приличная сумма, — заметил Баттл.

— Ну, тысяча фунтов это не так много, — сказал Энтони, — но вы правы, это очень приличные деньги. Есть от чего взбеситься. Меня провели с этой рукописью, как мальчишку! Чертовски обидно, инспектор, чертовски обидно! Детектив промолчал.

— Ну, ну, — сказал Энтони, — сожаления напрасны, да и не все еще потеряно. Нужно только разыскать воспоминания дорогого старика Стылптича до следующей среды, и все будет шито-крыто.

— Если не возражаете, вернемся обратно в зал заседаний, мистер Кейд. Там есть еще одна вещь, которую я хочу показать вам.

В зале заседаний детектив сразу же подошел к среднему окну:

— Вот что я подумал, мистер Кейд. Это окно открывается очень туго, действительно очень туго. Вы могли ошибиться, решив, что оно заперто. Оно могло быть просто прикрыто. Я уверен, да, совершенно уверен, что вы ошиблись.

Энтони пристально посмотрел на него.

— Но, предположим, я совершенно уверен, что не ошибся?

— Вы не хотите допустить, что могли ошибиться?

— Ну, из уважения к вам, пожалуй.

Баттл довольно рассмеялся:

— Вы быстро схватываете, мистер Кейд. И вы ничего не имеете против, чтобы повторить это в подходящий момент?

— Решительно ничего. Я... — Он запнулся, поскольку Баттл схватил его за руку. Инспектор подался вперед, к чему-то прислушиваясь. Сделав Энтони знак молчать, он тихо подкрался к двери и внезапно распахнул ее.

На пороге стоял высокий человек с черными, тщательно разделенными на пробор волосами, широким безмятежным лицом и почти младенчески ясными голубыми глазами.

— Мои извинения, джентльмены, — произнес он, растягивая слова на заокеанский манер. — Разрешено ли осматривать место преступления? Я так понимаю, что оба джентльмена из Скотленд-Ярда?

— Я не имею этой чести, — ответил Энтони, — но этот джентльмен действительно инспектор Баттл из Скотленд-Ярда.

— Это правда? — переспросил американский джентльмен с живейшим интересом. — Рад познакомиться. Мое имя Хирам П. Фиш из Нью-Йорк-Сити.

— Что вы хотели посмотреть, мистер Фиш? — спросил детектив.

Американец мягко прошелся по комнате и остановился, заинтересовавшись темным пятном на полу.

— Меня интересуют преступления, мистер Баттл. Это одно из моих хобби. Я написал монографию для одного из наших еженедельников на тему «Дегенерация и преступность».

Пока он говорил, его взгляд скользил по комнате, не упуская, казалось, ни одной детали, и остановился лишь на несколько секунд на окне.

— Тело уже унесли, — сказал инспектор Баттл, подтверждая и без того очевидный факт.

— Ну, разумеется, — ответил мистер Фиш, оглядывая стены. — Есть замечательные картины. Гольбейн, два Ван-Дейка и, если не ошибаюсь, Веласкес. Я интересуюсь живописью, а также первоизданиями. Именно поэтому, ради первоизданий, я воспользовался любезностью лорда Катерхэма и приехал сюда. — Он вздохнул: — Теперь уж ничего не получится. Я полагаю, гостям следует побыстрее убраться в город?

— Боюсь, что это невозможно, сэр, — сказал детектив. — Пока не закончится следствие, никому не будет разрешено уехать.

— Вот как? А когда же оно закончится?

— Может быть, завтра, а может быть, только в понедельник. Мы должны провести вскрытие и повидать следователя.

— Понятно, — ответил мистер Фиш. — Боюсь, что при этих обстоятельствах мы не слишком весело проведем время.

Баттл подошел к двери:

— Нам лучше выйти отсюда. Пусть комната будет закрыта. — Он подождал, пока остальные выйдут, и запер дверь на ключ.

— Я полагаю, — сказал мистер Фиш, — вы ищете отпечатки пальцев?

— Возможно, — лаконично ответил инспектор.

— В такую ночь, как вчера, пришелец должен был оставить следы на паркете.

— Внутри нет, но снаружи сколько угодно.

— Моих, — весело вставил Энтони.

Ясные глаза мистера Фиша обратились на него.

— Молодой человек, вы меня удивляете!

Они завернули за угол и попали в большой, широкий зал с просторной галереей наверху, также обшитый старым дубом. В другом конце зала появились еще две фигуры.

— Ага! — воскликнул мистер Фиш. — Наш замечательный хозяин.

Этот эпитет настолько не подходил к лорду Катерхэму, что Энтони, отвернувшись, с трудом скрыл улыбку.

— А с ним, — продолжал американец, — леди, чье имя я вчера не запомнил. Но она прекрасна, она прекрасна.

Спутницей лорда Катерхэма была Вирджиния Ривел.

Энтони все время с беспокойством думал об этой встрече. Он не знал, как ему вести себя. Это должна была решить Вирджиния. Хотя он был совершенно уверен, что у нее хватит присутствия духа, но представить себе, что она придумает, он решительно не мог. Впрочем, сомнения его скоро рассеялись.

— А, мистер Кейд? — сказала Вирджиния, протягивая ему обе руки. — Я вижу, вы все-таки смогли приехать?

— Дорогая миссис Ривел, я понятия не имел, что вы знакомы с мистером Кейдом, — сказал лорд Катерхэм.

— О, он мой старинный друг, — ответила Вирджиния, с плутовской улыбкой глядя на Энтони. — Вчера я неожиданно встретила его в Лондоне и сказала ему, что собираюсь сюда.

Энтони показал себя хорошим партнёром.

— Я объяснил миссис Ривел, что вынужден был отклонить ваше любезное приглашение, — обратился он к лорду Катерхэму, — поскольку оно, в сущности, было адресовано другому. Я не захотел воспользоваться этим и навязать вам общество совершенно незнакомого человека.

— Полно, полно, друг мой, — сказал лорд, — теперь это все позади. Я пошлю в «Веселые крикетисты» за вашими вещами.

— Вы очень добры, лорд, но…

— Вздор, вам, конечно, нужно перебраться в Чимниз. Жуткое место эти «Крикетисты», я имею в виду, чтобы жить там…

— Конечно, вы должны переехать, мистер Кейд, — поддержала Вирджиния.

Энтони почувствовал, как благодаря Вирджинии отношение к нему изменилось. Его уже не считали сомнительным незнакомцем. Ее положение в обществе было настолько прочным, что одной ее рекомендации было достаточно, чтобы человека охотно принимали. Энтони улыбнулся про себя, вспомнив о пистолете, спрятанном на дереве в Бернхэм Бичез.

— Я пошлю за вашими вещами, — обратился лорд Катерхэм к Энтони. — Боюсь, что теперь придется отказаться от охоты. Жаль. Но ничего не поделаешь. Вот только не знаю, что делать с этим Айзекстайном.

Расстроенный пэр тяжело вздохнул.

— Итак, решено, — сказала Вирджиния. — Осваивайтесь, мистер Кейд, а для начала проводите меня к озеру. Там замечательно красиво, и вообще, так хочется скрыться подальше от всех этих дел! Бедный лорд Катерхэм, убийство в собственном доме! Но это Джордж виноват. Он все затеял.

— А, — вздохнул лорд Катерхэм. — В другой раз я не стану его слушать.

Он принял вид сильного человека, пораженного минутной слабостью.

— Никому не удавалось отказать Джорджу, — сказала Вирджиния. — Он умеет так прижать вас, что не отвертеться. Я подумываю о том, чтобы изобрести отцепляющиеся лацканы.

— Надеюсь, вам это удастся, — заметил хозяин дома. — Я рад, что вы приехали, Кейд. Мне нужна поддержка.

— Я ценю вашу доброту, лорд Катерхэм, — сказал Энтони. — Особенно потому, что понимаю, какой подозрительной личностью кажусь. Но с другой стороны, мое пребывание здесь удобно для Баттла.

— Чем же, сэр? — полюбопытствовал инспектор.

— Будет легче следить за мной, — спокойно ответил Энтони. И по вспыхнувшим на мгновение глазам инспектора он понял, что его удар достиг цели.

ГЛАВА 14. РЕЧЬ ИДЕТ ПРЕИМУЩЕСТВЕННО О ПОЛИТИКЕ И ФИНАНСАХ

Если не считать коротко вспыхнувших глаз, инспектор ничем не изменил своей обычной бесстрастности. Если он и удивился тому, что Вирджиния оказалась знакома с Энтони, то никак этого не показал. Он стоял рядом с лордом Катерхэмом и вместе с ним смотрел вслед уходящей в садовую дверь паре. Мистер Фиш тоже смотрел на них.

— Славный парень, — сказал лорд Катерхэм.

— Приятно было миссис Ривел встретить старого друга, — пробормотал американец. — Они давно знакомы, как по-вашему?

— Кажется, да, — ответил лорд Катерхэм. — Но она никогда прежде не упоминала о нем. Да, кстати, Баттл, мистер Ломакс спрашивал о вас. Он в голубой гостиной. — Спасибо, лорд, я сейчас же иду к нему.

Баттл без труда нашел голубую гостиную. Он уже вполне освоился с географией дома.

— А, это вы, Баттл, — встретил его Ломакс.

В задумчивости он ходил взад и вперед по ковру. Кроме него, в комнате присутствовал еще один человек, он сидел в кресле у камина. Это был высокий полный мужчина, одетый в традиционный английский охотничий костюм, который сидел на нем как-то странно. У него было жирное желтое лицо, черные глаза, непроницаемые, как у кобры, и властный, тяжелый, квадратный подбородок.

— Входите, Баттл, — раздраженно сказал Ломакс, — и заприте дверь. Это мистер Герман Айзекстайн.

Баттл почтительно склонил голову. Он многое знал о мистере Германе Айзекстайне, и, хотя говорил все время Джордж, безостановочно бегая по комнате, инспектор понимал, кто в этой комнате был настоящей силой.

— Теперь мы можем говорить более свободно, — сказал Ломакс, — в присутствии лорда Катерхэма и полковника Мелроуза я вынужден был следить за тем, чтобы не сказать лишнего. Вы понимаете, Баттл? Эти вещи не должны распространяться.

— Да, конечно, — ответил Баттл, — но, как правило, к сожалению, они все-таки распространяются.

Он заметил скользнувшую по толстому желтому лицу мгновенную тень улыбки. Она исчезла так же неожиданно, как появилась.

— Теперь скажите, что вы на самом деле думаете об этом молодом парне — Энтони Кейде? — продолжал Джордж. — Вы по-прежнему считаете, что он невиновен?

Баттл слегка пожал плечами:

— Рассказывает он вполне связно. Кое-что можно будет проверить. От этого будет зависеть наше отношение к его рассказу о вчерашней ночи. Я свяжусь с Южной Африкой, и, разумеется, мы наведем справки о его прошлом.

— И если все подтвердится, вы снимете с него подозрение?

Баттл поднял широкую, квадратную ладонь.

— Не так быстро, сэр. Этого я не говорил.

— Что вы думаете о преступлении, инспектор? — спросил Айзекстайн.

Это были его первые слова за весь разговор. У него был густой, сочный голос, обладавший какой-то способностью внушения. Эта способность не раз в прошлом помогала ему в деловых переговорах.

— Еще слишком рано делать выводы, мистер Айзекстайн. Ведь я даже не знаю ответа на первый вопрос.

— Что за вопрос?

— Он всегда один и тот же. Мотивы. Кому выгодна смерть князя Михаила? Прежде всего нужно ответить на этот вопрос.

— Революционной партии в Герцословакии, — начал Джордж.

Инспектор перебил его, изменив своей обычной вежливости:

— Но не Братству Багровой Руки, если вы говорите о нем.

— А листок с багровой рукой?

— Подброшен, чтобы навести нас на ложный след. Это очевидно.

Джордж почувствовал себя задетым.

— Не понимаю, почему вы так уверены?

— Помилуйте, Ломакс, мы знаем о Братстве решительно все! Мы следим за ними с тех пор, как князь Михаил поселился в Англии. Это входит в наши повседневные обязанности. Им никогда бы не позволили приблизиться к нему ближе чем на милю.

— Я согласен с инспектором Баттлом, — сказал Айзекстайн. — Искать следует в другом месте.

— Видите ли, сэр, — продолжал Баттл, почувствовав поддержку, — мы все же кое-что знаем о случившемся, и если мы не знаем, кто выиграет от этой смерти, то мы, по крайней мере, знаем, кто проиграет.

— Кого вы имеете в виду? — спросил Айзекстайн.

Он уставился на детектива. Баттлу казалось, что на него смотрит кобра.

— Вас, мистера Ломакса, не говоря уже о роялистской партии в Герцословакии. Теперь вам будет трудно, извините за выражение, расхлебать эту кашу.

— Послушайте, Баттл, — перебил шокированный Джордж.

— Нет-нет, продолжайте, Баттл, — сказал Айзекстайн. — Вы правильно описали положение. Вы умный человек, Баттл.

— У вас был король. Теперь вы потеряли вашего короля — вот так. — Он щелкнул толстыми пальцами. — В результате вам придется спешно искать нового, а это не так уж легко. Я не собираюсь вникать в детали вашего плана, мне достаточно знать его в общих чертах, но ведь я прав, не так ли?

Айзекстайн медленно кивнул:

— Да, вы правы.

— Так вот, мы подходим ко второму моему вопросу: кто следующий претендент на герцословацкий трон?

Айзекстайн взглянул на Ломакса. Тот с явной неохотой и сомнением ответил:

— Это… я думаю… скорее всего… князь Николай.

— Так, — сказал Баттл. — А кто он, этот князь Николай?

— Старший двоюродный брат князя Михаила.

— Я хотел бы знать все о князе Николае и прежде всего, где он сейчас находится.

— О нем почти ничего не известно, — ответил Ломакс. — В молодости он увлекался разными идеями, связался с социалистами и республиканцами и вообще вел себя неподобающим его положению образом. Его выгнали из Оксфорда, наверное, за какую-то дикую выходку. Два года назад был слух о том, что он умер в Конго, но это был только слух. Он объявился месяца два назад, когда стали поговаривать о реставрации.

— В самом деле? — спросил Баттл. — И где же?

— В Америке.

— В Америке, — Баттл обернулся к Айзекстайну. — Нефть?

Финансист кивнул:

— Он заявил, что если в Герцословакии захотят избрать короля, то его предпочтут брату Михаилу, поскольку он придерживается более прогрессивных взглядов. Он ссылался на свои прежние демократические убеждения и республиканские идеи. В обмен на финансовую поддержку он обещал предоставить нефтяные концессии группе американских финансистов.

Инспектор Баттл настолько изменил своей обычной бесстрастности, что даже присвистнул.

— Вот как, — пробормотал он. — А в то же время роялистская партия поддерживает князя Михаила, и вы уверены в своем успехе. Но тут происходит это убийство.

— Но вы же не думаете… — начал Джордж.

— Это крупная сделка, — сказал Баттл. — Так утверждает мистер Айзекстайн. И я думаю, если он говорит «крупная сделка», это действительно крупная сделка.

— Не всегда удается быть разборчивым в средствах, — сказал Айзекстайн. — Пока победа за Уолл-стрит. Но они еще не покончили со мной. Найдите, кто убил князя Михаила, инспектор, если хотите послужить стране.

— Одно обстоятельство кажется мне подозрительным, — вставил Джордж. — Почему вчера не приехал телохранитель князя, капитан Андраши?

— Я интересовался этим, — ответил Баттл. — Все очень просто. Он остался, чтобы по поручению князя условиться с некой леди о свидании на следующий уик-энд. Барон не очень одобряет эти вещи, полагая, что в нынешнем положении это неблагоразумно. Вот его светлости и приходилось действовать тайком. Он был, если можно так выразиться, довольно беспутным молодым человеком.

— Боюсь, что так, — грустно подтвердил Джордж. — Боюсь, что так.

— Есть еще одно обстоятельство, которое мы должны принять во внимание, — с некоторым сомнением в голосе сказал Баттл. — Есть основания думать, что король Виктор находится в Англии.

— Король Виктор? — Джордж нахмурился, пытаясь что-то припомнить.

— Известный французский преступник, сэр. Мы получили из Парижа предупреждение от Сюрте.

— Да-да, я вспомнил, — сказал Джордж. — Кражи драгоценностей, не так ли? Но он…

Он замолк на полуслове. Айзекстайн, безучастно наблюдавший за огнем в камине, слишком поздно поднял глаза, чтобы заметить предупреждающий взгляд Баттла, адресованный собеседнику. Но, будучи человеком чувствительным к колебаниям атмосферы, он почувствовал какую-то натянутость.

— Я вам больше не нужен, Ломакс? — спросил он.

— Нет, благодарю вас, дорогой друг.

— Я не нарушу ваших планов, инспектор, если вернусь в Лондон?

— Боюсь, что нарушите, сэр, — произнес Баттл официальным тоном. — Видите ли, если вы уедете, то и другие захотят. А этого допускать нельзя.

— Хорошо, — великий финансист вышел из комнаты и закрыл дверь.

— Замечательный человек этот Айзекстайн, — промямлил Джордж.

— Очень сильный характер, — согласился Баттл.

Джордж снова принялся расхаживать по комнате.

— Вы меня очень огорчили, Баттл, — сказал он. — Король Виктор! Я считал, что он в тюрьме!

— Вышел несколько месяцев назад. Французская полиция собиралась следить за ним, но он сразу же от них скрылся. И снова уйдет. Самый дерзкий негодяй, который когда-либо появлялся на свет. По каким-то причинам они полагают, что он в Англии, и потому предупредили нас.

— Но что ему делать в Англии?

— Вы должны догадаться, сэр, — сказал Баттл со значением.

— Вы имеете в виду?.. Вы думаете?.. Вы, видимо, знаете… ах да, я вижу, вы знаете. Я еще не служил тогда в департаменте, но слышал эту историю от прежнего лорда Катерхэма. Ни с чем не сравнимая катастрофа.

— «Кохинор»… — задумчиво произнес Баттл.

— Тише, Баттл, — Джордж подозрительно огляделся. — Прошу вас, не надо имен. Лучше не надо. Если вы хотите говорить о нем, называйте его «К».

Инспектор снова выглядел бесстрастным.

— Вы считаете, что король Виктор связан с этим преступлением, Баттл?

— Всего лишь предположение, не более. Если вы потрудитесь припомнить, было всего четыре места, где… э-э… некий коронованный визитер мог хранить камень. Чимниз — одно из них. Король Виктор был арестован в Париже через три дня после… исчезновения, я бы так сказал. Всегда считалось, что рано или поздно он приведет нас к камню.

— Но Чимниз тогда перерыли вдоль и поперек.

— Да, — рассудительно ответил Баттл, — но поиски обычно ничего не дают, если не знаешь, где искать. Представьте, что король Виктор вернулся сюда за камнем, случайно столкнулся с князем Михаилом и убил его.

— Вполне возможно, — ответил Джордж. — Наиболее вероятная причина убийства.

— Я бы не стал заходить так далеко. Это возможно, но не более того.

— Почему?

— Потому что король Виктор никогда не убивает, — серьезно ответил Баттл.

— Да, но такой человек... опасный преступник...

Инспектор недовольно покачал головой:

— Преступники бывают разных типов, мистер Ломакс, и всегда поступают соответственно своему. Так что было бы странно... И все же...

— Да?

— Я хотел бы допросить слугу князя. Если не возражаете, сэр, пригласим его сюда.

Джордж кивнул. Инспектор нажал кнопку звонка. Появился Тредвелл. Получив инструкции, он удалился и вернулся в сопровождении высокого, красивого человека, с широкими скулами, глубоко посаженными голубыми глазами, лицом, своей бесстрастностью соперничавшим с лицом Баттла.

— Борис Анчукофф?

— Да.

— Вы были камердинером князя Михаила?

— Я был камердинером Его Высочества. — Человек говорил на хорошем английском, хотя и с заметным акцентом.

— Вы знаете, что вашего хозяина убили сегодня ночью?

Настоящий рев, словно рев раненого зверя, был ответом на вопрос Баттла. Джордж, устыдившись, отвернулся к окну.

— Когда вы в последний раз видели своего хозяина?

— Его Высочество отправился в постель в половине десятого. Я спал, как всегда, в передней. Он, должно быть, вышел через другую дверь, выходящую в коридор. Я не слышал, как он прошел. Может быть, мне подсыпали снотворного. Я был плохим слугой! Спал, когда мой хозяин еще не спал. Я — никудышный слуга!

Джордж растроганно посмотрел на него.

— Вы любили своего хозяина? — спросил Баттл, пристально наблюдая за слугой князя.

Лицо Бориса болезненно исказилось. Он дважды сглотнул, затем заговорил срывающимся голосом:

— Говорю вам, английский полицейский, я бы умер ради него. А теперь, когда он умер, а я еще жив, я не сомкну глаз, не дам отдыха сердцу, пока не отомщу за него. Как собака, я нюхом выслежу убийцу и когда найду его… — В его глазах зажегся огонь. Вдруг он выхватил из-под полы огромный нож и потряс им. — О, я не сразу убью его — нет! Сначала я отрежу ему нос и уши, выколю глаза и только потом воткну нож в его черное сердце!

Он убрал нож так же стремительно, как вынул, и, повернувшись, вышел из комнаты. Глаза Джорджа, и без того выпуклые, теперь, казалось, вот-вот выскочат из орбит. Он поднялся и закрыл дверь.

— Типичнейший герцословак, — пробормотал он. — Абсолютно дикий народ. Нация разбойников.

Инспектор медленно поднялся.

— Или этот человек искренен, — заметил он, — или он величайший актер, каких я когда-либо видел. И если верно первое, да поможет убийце Бог, когда этот верный пес придет мстить за своего хозяина!

ГЛАВА 15. НЕИЗВЕСТНЫЙ ФРАНЦУЗ

Вирджиния и Энтони шли по тропинке, спускавшейся к озеру. Несколько минут они молчали. Наконец Вирджиния коротким смешком нарушила молчание.

— Какой ужас! — воскликнула она. — Я столько хочу сказать вам и о стольком спросить, что просто не знаю, с чего начать. Прежде всего, — она понизила голос, — что вы сделали с трупом? Как страшно это звучит, правда? Я и представить не могла, что окажусь причастной к преступлению.

— Охотно верю, что для вас это абсолютно незнакомое ощущение, — согласился Энтони.

— А для вас?

— Признаюсь, я никогда прежде не избавлялся от трупа.

— Что вы с ним сделали?

Энтони вкратце рассказал о событиях предыдущей ночи. Вирджиния внимательно слушала.

— Вы поступили очень умно, — одобрительно сказала она, когда он закончил. — Я заберу сундук, когда вернусь на Паддингтонский вокзал. Единственная трудность может возникнуть, если вам придется отчитываться в том, где вы были вчера вечером.

— Это вряд ли понадобится. Ни ночью, ни даже утром тела еще не нашли. Иначе что-нибудь появилось бы об этом в утренних газетах. И потом, что бы там ни писали в детективных романах, доктора вовсе не такие волшебники, чтобы точно установить, сколько часов прошло с момента смерти. Время убийства останется довольно неопределенным. Сейчас для меня гораздо важнее алиби на вчерашнюю ночь.

— Я знаю. Лорд Катерхэм говорил мне об этом. Но кажется, человек из Скотленд-Ярда вполне убежден в вашей невиновности?

Энтони медлил с ответом.

— Он не кажется особенно проницательным, — продолжала Вирджиния.

— Не знаю, не знаю, — медленно проговорил Энтони. — У меня, напротив, сложилось впечатление, что инспектора Баттла не проведешь. Он делает вид, что убежден в моей невиновности, но я сомневаюсь в его искренности. Сейчас он озадачен явным отсутствием у меня мотивов убийства.

— Явным?! — воскликнула Вирджиния. — Но какие у вас могут быть причины убивать какого-то иностранного князя?

Энтони бросил на нее острый взгляд.

— Вы ведь были когда-то в Герцословакии? — спросил он.

— Да, я провела там два года с моим мужем. В посольстве.

— Это было как раз перед убийством короля и королевы. — Вы встречались с князем Михаилом Оболовичем?

— Князем Михаилом? Конечно. Бедняга! Он предлагал мне морганатический брак.

— В самом деле? А как он думал поступить с вашим мужем?

— Как Давид с Урией.

— И как вы отнеслись к этому любезному предложению?

— К несчастью, — ответила Вирджиния, — приходилось быть дипломатичной. Поэтому бедняга князь Михаил не получил по физиономии. Просто убрался ни с чем. Почему вы интересуетесь князем Михаилом?

— Потому что я, кажется, кое о чем догадываюсь. Вы ведь не видели убитого?

— Нет… Как пишут в книгах, он отправился в свои апартаменты немедленно по прибытии.

— Вы не могли бы посмотреть на него?

— Ну, если прибегнуть к связям в высших сферах — я имею в виду лорда Катерхэма, — думаю, это можно устроить. А зачем? Это что, приказ?

— Да нет же, о Господи, — ответил Энтони, поморщившись. — Дело в том, что под именем графа Станислава скрывался князь Михаил Герцословацкий.

Глаза Вирджинии широко раскрылись.

— Понятно. — Внезапно на ее лице появилась очаровательная улыбка. — Я надеюсь, вы не думаете, что Михаил поспешил в свою комнату, чтобы избежать встречи со мной.

— Что-то в этом роде, — признался Энтони. — Видите ли, если я прав, что кто-то хотел предотвратить ваш приезд в Чимниз, то причина заключается в вашем знании Герцословакии. Вы отдаете себе отчет в том, что здесь вы — единственный человек, знающий князя Михаила в лицо?

— Вы имеете в виду, что убитый — самозванец? — резко спросила Вирджиния.

— Эта возможность приходила мне в голову. Если вы заставите лорда Катерхэма показать вам тело, кое-что прояснится.

— Его застрелили в 11.45, — задумчиво произнесла Вирджиния. — Как раз в то время, что было на клочке бумаги. Все в этой истории ужасно загадочно!

— Да, кстати. Которое из окон ваше? Второе от угла — над залом заседаний?

— Нет, моя комната в елизаветинском крыле, с другой стороны. Почему вы спрашиваете?

— Когда я уходил отсюда прошлой ночью, после того как мне показалось, что я услышал выстрел, в том окне зажегся свет.

— Странно! Я не знаю, чья это комната, но можно спросить у Бандл. Возможно, там тоже слышали выстрел.

— Даже если и так, они не сообщили об этом. Я знаю от Баттла, что в доме никто не слышал выстрела. Это окно — единственный ключ к пониманию происшедшего, который я обнаружил. Боюсь, он почти ничего не дает, но я все же постараюсь что-нибудь с его помощью извлечь.

— Все это очень любопытно, — задумчиво сказала Вирджиния.

Они дошли до пристани и остановились.

— А теперь, — сказал Энтони, — остается взять лодку и покататься по озеру под надзором всевидящих глаз Скотленд-Ярда, американских визитеров и любопытных горничных.

— Я кое-что слышала о вас от лорда Катерхэма, — сказала Вирджиния, — но этого совершенно недостаточно. Начнем с того, кто вы на самом деле — Энтони Кейд или Джимми Макграт?

Второй раз за это утро Энтони поведал историю последних шести недель его жизни — с тем лишь отличием, что в отчете, данном Вирджинии, не требовалось никакой редактуры. Он закончил тем, что в шутку назвал себя мистером Холмсом.

— Между прочим, миссис Ривел, я еще не поблагодарил вас за то, что вы не пожалели свою бессмертную душу, сказав, что я ваш старый друг.

— Разумеется, вы старый друг! — воскликнула Вирджиния. — Вы же не думаете, что я способна впутать вас в эту историю с трупом, а при следующей встрече едва вас узнать? Ни в коем случае! — Она помолчала. — Знаете, что поражает меня во всем этом? — продолжала она. — Мне кажется, мы знаем еще далеко не все тайны, связанные с этими мемуарами.

— Думаю, вы правы, — согласился Энтони. — Есть еще одна вещь, которую мне хотелось бы услышать от вас, — продолжал он.

— Какая?

— Почему вы так удивились, когда я назвал вам вчера на Понт-стрит имя Джимми Макграта? Вы когда-нибудь слышали его?

— Да, дорогой Шерлок Холмс. Джордж — мой кузен Джордж Ломакс, вы знаете его — явился ко мне вчера и наговорил кучу глупостей. Его идея заключалась в том, чтобы я приехала сюда, понравилась этому Макграту и выудила бы у него мемуары. Макграт и Далила! Конечно, он выразился не так прямо. Рассуждал об английской леди и тому подобное. Однако было совершенно ясно, что у него на уме. Гнусность как раз в его духе. А когда я хотела узнать слишком много, он попытался отвлечь меня ложью, которой не провести и двухлетнего ребенка.

— Однако его план, кажется, удается, — заметил Энтони. — Ведь я — Джеймс Макграт, и вы действительно понравились мне. Но, увы, бедный старый Джордж, не видать ему мемуаров.

— Теперь я спрошу вас. Когда я сказала, что не писала тех писем, вы заявили, что знаете это, — но вы не можете знать подобных вещей.

— Могу, — улыбаясь произнес Энтони. — Я хорошо разбираюсь в психологии.

— Вы имеете в виду, что ваша вера в мои высокие нравственные качества такова, что...

Но Энтони энергично затряс головой:

— Отнюдь, мне ничего не известно о ваших нравственных качествах. Вы можете иметь любовника и можете писать ему. Но вы никогда не допустите, чтобы вас шантажировали. Вирджиния Ривел в тех письмах выглядит крайне беспомощной. Вы бы боролись.

— Интересно, кто настоящая Вирджиния Ривел и где она? У меня такое ощущение, будто у меня есть где-то двойник.

Энтони закурил сигарету.

— Вы знаете, что одно из писем было написано в Чимнизе? — спросил он наконец.

— Что?! — Вирджиния была поражена. — Когда?

— Там нет даты. Интересно, правда?

— Я совершенно уверена в том, что никакая другая Вирджиния Ривел никогда не была в Чимнизе. Иначе Бандл или лорд Катерхэм обязательно бы упомянули о совпадении имен.

— Да, это довольно странно. Знаете, миссис Ривел, я начинаю сильно сомневаться в существовании той, другой Вирджинии Ривел.

— Кажется, она только видимость, — согласилась Вирджиния.

— Более чем. Я начинаю думать, что писавший эти письма намеренно использовал ваше имя.

— Но почему?! — воскликнула Вирджиния. — Зачем это делать?

— В этом весь вопрос. Чертовски многое надо понять в этой истории!

— Как вы думаете, кто убил Михаила? — внезапно спросила Вирджиния. — Братство Багровой Руки?

— Они способны на это, — сказал Энтони недовольным голосом. — Бессмысленное убийство вполне в их духе.

— Давайте займемся делом, — сказала Вирджиния. — Я вижу, лорд Катерхэм прогуливается вместе с Бандл. Во-первых, нужно выяснить, является ли убитый Михаилом или нет.

Энтони подгреб к берегу, и несколько минут спустя они присоединились к лорду Катерхэму и его дочери.

— Мы опаздываем к ленчу, — произнес его светлость унылым голосом.

— Бандл, это мой друг, — сказала Вирджиния. — Будь приветлива с ним.

Несколько минут Бандл пристально разглядывала Энтони, затем обратилась к Вирджинии, будто его и не было здесь:

— Где ты подобрала такого красавца?

— Можешь взять его себе, — великодушно предложила Вирджиния. — А мне оставь лорда Катерхэма. — Она улыбнулась польщенному пэру, взяла его под руку, И все двинулись к дому.

— Вы разговариваете? — спросила Бандл. — Или вы сильный и молчаливый?

— Разговариваю? — переспросил Энтони. — Я лепечу. Я бормочу. Я журчу как ручей. А иногда я даже задаю вопросы.

— Например?

— Кто занимает вторую от левого угла комнату? — Он указал на нее.

— Замечательный вопрос! — заявила Бандл. — Вы сильно интригуете меня. Дайте вспомнить. Да. Это комната мадемуазель Брюн, гувернантки из Франции. Она воспитывает моих младших сестер, Дульчи и Дэзи — как в песенке, — вы знаете ее? Думаю, что следующую они назвали бы Дороти Мэй. Но моя мать устала рожать одних девочек и умерла.

— Мадемуазель Брюн, — медленно повторил Энтони. — Сколько времени она живет у вас?

— Два месяца. Она приехала сюда, когда мы были в Шотландии.

— Ага! — сказал Энтони. — Я чую неладное.

— А я бы хотела почуять запах еды, — призналась Бандл. — Вы не знаете, мистер Кейд, должна ли я пригласить человека из Скотленд-Ярда позавтракать с нами? Вы многое повидали и, может быть, знаете толк в таких вещах. У нас в доме никогда раньше не случалось убийств. Правда, это бодрит? Мне очень жаль, что утром вас подвергли допросу. Я бы хотела встретиться с убийцей и посмотреть, так ли он очарователен, как о том толкуют воскресные газеты. Боже! Что это?

«Что» относилось к такси, направлявшемуся к дому. Его пассажирами были высокий лысый мужчина с черной бородой и второй — пониже и помоложе, с черными усами. Энтони узнал первого, и возглас удивления сорвался с его губ.

— Если не ошибаюсь, это мой старый друг, барон Лоллипоп, — сказал он.

— Барон — кто?

— Я называю его Лоллипопом для удобства. Его полное имя слишком сложно для меня.

— Сегодня утром сломался телефон, — заметила Бандл. — Итак, это барон. Надо ожидать, что после полудня он привяжется ко мне, а я и так провела все утро с Айзекстайном. Пусть Джордж занимается своей грязной работой сам, и к дьяволу всю политику. Простите меня, вас покидающую, мистер Кейд, но я должна быть с моим бедным старым отцом.

Бандл быстро направилась к дому.

Энтони постоял пару минут, глядя ей вслед, и закурил. Вдруг он уловил странные звуки, как будто кто-то крадется рядом с ним. Он стоял возле лодочного домика, и звуки, казалось, исходили из-за угла.

Мысленно он представил себе такую картину: человек, который тщетно пытается сдержаться и не чихнуть. «Интересно, даже очень интересно, кто там? — сказал Энтони сам себе. — Стоит посмотреть». С этой мыслью он загасил сигарету, бросил ее и бесшумно забежал за угол.

Он наткнулся на мужчину, который стоял на коленях и пытался подняться на ноги. Он был высок, одет в светлое пальто, в очках, с черной бородкой и усами. На вид ему было между тридцатью и сорока, его внешность показалась Энтони довольно респектабельной.

— Что вы здесь делаете? — спросил Энтони. Он был почти уверен, что этот человек не является одним из гостей лорда Катерхэма.

— Прошу прощения, — сказал незнакомец с заметным акцентом и смущенно улыбнулся. — Я хотел попасть в трактир «Веселые крикетисты» и сбился с дороги. Может быть, мсье будет так добр и укажет мне правильный путь?

— Разумеется, — ответил Энтони. — Но вы же не пойдете по воде?

— М-да, — растерянно пробормотал незнакомец.

— Я говорю, — повторил Энтони, со значением глядя на него, — что вы не можете передвигаться по воде. Есть дорога через парк, но здесь — частное владение. Проход запрещен.

— Мне очень жаль, — сказал незнакомец. — Но я совсем не знаю дорогу. Я думал, что здесь я смогу кого-нибудь спросить.

Энтони воздержался от замечания, что стояние на коленях позади лодочного домика — несколько странный способ выяснения правильного пути. Он доброжелательно взял незнакомца за руку.

— Обогните озеро справа, — сказал он, — и дальше идите прямо. Когда вы дойдете до дороги, поверните налево, и она приведет вас в деревню. Так вы сказали, что остановились у «Крикетистов»?

— Да, мсье. Сегодня утром. Премного благодарен вам.

— Не стоит, — ответил Энтони. — Надеюсь, вы не схватите насморк. Напрасно вы стояли на коленях на такой влажной земле. Мне кажется, я слышал, как вы чихнули.

— Да, я чихал, но только один или два раза, — признался незнакомец.

— Вот видите, — продолжал Энтони. — А вы еще пытались сдержаться. Один выдающийся доктор говорил мне, что это крайне опасно. Не помню точно почему, — то ли потому, что в вас что-то там застаивается, то ли потому, что сжимаются артерии, то ли еще что. Во всяком случае, никогда не делайте этого. Всего хорошего.

— Всего доброго. И еще раз спасибо, мсье, что вы указали мне правильную дорогу.

«Уже второй подозрительный иностранец, остановившийся в деревенской гостинице, — пробормотал сам себе Энтони. — И опять я не знаю, кем бы он мог быть. Выглядит как обычный французский путешественник или торговец. Вряд ли он принадлежит к Братству Багровой Руки. Может быть, он представляет какую-нибудь третью партию несчастной Герцословакии. Окно француженки гувернантки — второе от угла. Словно из-под земли появляется неизвестный француз и пытается подслушать разговор, не предназначенный для его ушей. Я готов спорить на свою шляпу, что тут что-то не так».

Размышляя таким образом, Энтони направился к дому. На террасе он встретил лорда Катерхэма, который выглядел очень подавленным, и обоих новоприбывших гостей. Увидев Энтони, лорд немного оживился.

— А-а, это вы, — сказал он. — Позвольте представить вам барона... э-э-э... — он не мог выговорить имени, — и капитана Андраши. А это — мистер Кейд.

Барон с подозрением взглянул на Энтони.

— Мистер Кейд? — недоуменно переспросил он. — Я думал, что зовут вас иначе.

— Барон, прошу вас на пару слов, — сказал Энтони. — И я вам все объясню.

Барон поклонился, и они отошли.

— Я должен просить у вас прощения, — начал Энтони. — Я прибыл в Англию под чужим именем. Вам я представился как мистер

Джеймс Макграт. Но вы не можете не признать, что я обманул вас весьма незначительно. Без сомнения, вы читали Шекспира. Помните его замечание о том, что были б розы, а как назвать их — неважно? Это как раз тот самый случай. Вы хотели видеть человека, который владеет мемуарами. Я и есть тот человек. Но как вам хорошо известно, у меня их больше нет. Ловкий трюк. Очень ловкий. Кто это придумал — вы или ваш принц?

— Это была Его Высочества идея. И другому никому он позволить сделать это не хотел.

— Неплохо у него вышло, — одобрительно сказал Энтони. — Мне и в голову не пришло, что он не англичанин.

— Воспитан он как английский джентльмен. Это обычай герцословацкий, — пояснил барон.

— Уверяю вас, никакой профессионал не украл бы их лучше, — сказал Энтони. — Могу я спросить вас, что с ними стало?

— Как джентльмену, я отвечу.

— Вы очень добры, дорогой барон. Меня никогда так часто, как в последние сорок восемь часов, не называли джентльменом.

— Говорю вам я это, я думаю, сожжены они.

— Вы думаете? Значит, вы не уверены?

— Его Высочество держал их у себя. Прочитать он хотел и уничтожить в огне затем.

— Я понимаю, — сказал Энтони. — Это не та литература, на которую хватит и получаса.

— В бумагах моего павшего господина не оказалось их. Значит, сожжены они были.

— Гм-м, — пробурчал Энтони, — странно. — Он помолчал минуту и затем продолжал: — Я расспрашиваю вас, барон, потому что, как вы, может быть, слышали, я сам вовлечен в преступление. И я должен снять с себя подозрения.

— Без сомнения, — подтвердил барон. — Требует того ваша честь.

— Совершенно верно. Вы хорошо разбираетесь в подобных вещах. В отличие от меня. Я смогу снять с себя подозрения только тогда, когда найду настоящего убийцу. И для этого мне нужны все факты. Для меня важно все, что имеет отношение к мемуарам. Мне кажется, преступление совершено именно из-за них. Вы согласны?

Минуту-другую барон колебался.

— Вы сами мемуары читали? — осторожно спросил он.

— Кажется, я уже ответил, — сказал Энтони улыбаясь. — Теперь, барон, вот что. Я бы хотел вас честно предупредить, что я по-прежнему намерен передать рукопись издателям в следующую среду, 15 октября.

Барон уставился на него:

— Но у вас же ее нет!

— Я же сказал, я отдам ее в среду. Сегодня пятница. В моем распоряжении есть еще пять дней, чтобы достать ее.

— А если она сожжена?

— Думаю, она не сгорела. У меня есть основания быть уверенным в этом. — Пока он говорил, они повернули за угол террасы. Массивная фигура направлялась к ним. Энтони, еще не видевший мистера Германа Айзекстайна, взглянул на него с нескрываемым интересом.

— О, барон! — воскликнул Айзекстайн, размахивая большой черной сигарой. — Скверная история, очень скверная история.

— Мой дорогой друг, мистер Айзекстайн, это действительно так, — закричал барон. — Вся наша знать к погибели близка.

Энтони тактично покинул обоих джентльменов, предавшихся грустным рассуждениям, и вернулся на террасу. Внезапно он остановился. Тонкая струйка дыма поднималась в воздух прямо из самой тисовой изгороди. «Должно быть, там две изгороди, — подумал Энтони. — Я слышал прежде о подобном».

Он быстро осмотрелся по сторонам. Лорд Катерхэм вместе с капитаном Андраши стояли в дальнем конце террасы спиной к Энтони. Энтони пригнулся и стал пробираться к изгороди.

Его предположение оказалось правильным. Глядя на изгородь со стороны, никто бы не догадался, что за ней есть еще одна. Их разделял узкий проход.

Энтони нашел неприметную калитку и заглянул в нее. В десяти метрах от нее в шезлонге полулежал человек. В руке он держал непотушенную сигару и, казалось, спал. «Гм, — сказал Энтони сам себе. — Очевидно, мистер Хирам Фиш предпочитает отдыхать в тени».

ГЛАВА 16. ЧАЙ В КЛАССНОЙ КОМНАТЕ

Энтони вернулся на террасу в полной уверенности, что наилучшее место для ведения конфиденциальных бесед находится на середине озера.

Из дома послышался звук гонга, и в проеме боковой двери появилась величественная фигура Тредвелла.

— Ленч подан, — сообщил он.

— Замечательно, — сказал лорд Катерхэм, немного оживляясь.

В этот момент из дома выбежали две девочки. Это были веселые, резвые создания двенадцати и десяти лет — Дульчи и Дэзи, как назвала их Бандл, переодетые в Гугл и Винкль. Они исполнили воинственный танец, испуская пронзительные крики, пока Бандл не вышла и не прервала их.

— Где мадемуазель? — осведомилась она.

— У нее мигрень, ужасная мигрень, страшная мигрень, — орала Винкль.

— Ура-а! — закричала Гугл.

Лорд Катерхэм весьма умело справлялся с обязанностями хозяина, успевая занять большую часть гостей. Он взял Энтони за руку и сказал:

— Давайте пройдем в мой кабинет. У меня там есть кое-что интересное.

Быстро миновав холл, лорд Катерхэм, более похожий сейчас на вора, чем на владельца поместья, ввел Энтони в свою святая святых. Он отпер стенной шкафчик и извлек оттуда несколько бутылок.

— Разговоры с иностранцами всегда вызывают у меня жажду, — пояснил он. — Я абсолютно не представляю, отчего так.

В дверь постучали, и Вирджиния, приоткрыв ее и просунув в щель голову, потребовала:

— Пожалуйста, сделайте коктейль и для меня.

— Непременно. Входите-входите, — любезно предложил лорд Катерхэм.

Следующие несколько минут они сосредоточенно поглощали напиток.

— Это мне необходимо, — произнес наконец лорд Катерхэм, вздыхая и ставя стакан на стол. — Как я только что сказал, разговоры с иностранцами меня утомляют. Я думаю, потому что они невероятно вежливы. Что ж, давайте немного подкрепимся.

И он направился в столовую. Вирджиния взяла Энтони под руку, и они двинулись следом.

— Сегодня я сделала полезное дело, — прошептала Вирджиния. — Я добилась от лорда, чтобы он показал мне тело.

— Отлично, — нетерпеливо сказал Энтони. Одно из его предположений приблизилось к тому, чтобы либо подтвердиться, либо же нет.

Вирджиния покачала головой:

— Вы были не правы. Это князь Михаил.

— Ну да?! — Энтони был глубоко поражен. — Мадемуазель страдает от мигрени, — добавил он громко, недовольным голосом.

— И что из этого следует?

— Возможно, что и ничего, но я бы хотел увидеть ее. Я разузнал, что мадемуазель занимает вторую от конца комнату, — как раз ту, в окне которой минувшей ночью я заметил свет…

— Это любопытно.

— Может быть, это ничего не значит. Но все же я хотел бы повидать мадемуазель еще сегодня.

Ленч оказался нелегким испытанием. Даже веселости и любезности Бандл не хватало, чтобы хоть как-то объединить разнородное общество. Барон и Андраши держались очень корректно. Лорд Катерхэм выглядел удрученным и подавленным. Билл Эверсли все время смотрел на Вирджинию. Джордж, ни на секунду не забывавший о своем тяжелом положении, беседовал о чем-то с бароном и мистером Айзекстайном. Гугл и Винкль, полные впечатлений от происшедшего в доме убийства, ерзали на своих стульях. Мистер Хирам Фиш медленно пережевывал пищу и изредка вставлял в разговор сухие замечания. Инспектор Баттл незаметно исчез, и никто не знал, что с ним.

— Слава Богу, кажется, все, — шепнула Бандл Энтони, когда они вышли из-за стола. — Джордж собирался со своими иностранцами отправиться к себе в Виверн Эбби, чтобы там обсудить государственные тайны.

— Пожалуй, это может разрядить атмосферу, — заметил Энтони.

— Я не ожидала, что американец может быть таким, как этот, — продолжала Бандл. — Они с отцом довольно мило побеседовали в уединении. О, мистер Фиш. — К ним приблизился предмет их разговора. — Я как раз думала, что бы предпринять, чтобы вам приятно провести здесь время.

Американец поклонился:

— Вы очень добры, леди Эйлин.

— Мистер Фиш, — сказал Энтони, — весьма приятно уже провел утро.

Мистер Фиш кинул на него быстрый взгляд:

— Неужели, сэр, вы обнаружили мое убежище? Оказаться вдали от толпы — это единственная цель тихого человека.

Бандл ушла, и Энтони остался вдвоем с американцем. Последний немного понизил голос и сказал:

— Мне кажется, что это происшествие окутано большой тайной.

— В общем, да, — согласился Энтони.

— Лысый человек, он что — принадлежит к семье?

— Что-то в этом роде.

— Похоже, что все эти центральноевропейские народы передрались, — заявил мистер Фиш. — О покойном джентльмене говорят, что он был королевским высочеством. Это правда?

— Он остановился здесь под именем графа Станислава, — уклончиво ответил Энтони.

Мистер Фиш ничего на это не сказал. Внезапно он воскликнул:

— Идиот!

После чего погрузился на несколько минут в молчание.

— Этот полицейский, — произнес он наконец, — Баттл или как там его, он хорошо знает свое дело?

— Скотленд-Ярд в этом уверен, — сухо ответил Энтони.

— Мне он показался очень ограниченным человеком, — заметил мистер Фиш. — Идея, конечно, блестящая, — заставить нас оставаться тут, но только зачем? — говоря это, он искоса посмотрел на Энтони.

— Вы знаете, что расследование требует, чтобы все остались до завтрашнего утра.

— Прекрасно. А больше ему ничего не надо? И как он смеет подозревать кого-нибудь из гостей лорда Катерхэма?

— Мой дорогой мистер Фиш!

— Мне очень нелегко — я чужой в этой стране. Теперь-то я понимаю, каково это. Окно было не закрыто, да?

— Да, — сказал Энтони, глядя прямо перед собой.

Мистер Фиш вздохнул. Помолчав пару минут, он сказал жалобным голосом:

— Молодой человек, известно ли вам, как откачивают воду из шахты?

— Как?

— С помощью насосов. Но это страшно тяжелая работа. Я вижу моего любезного хозяина. Я присоединюсь к нему.

Мистер Фиш удалился, и в то же время к Энтони подошла Бандл.

— Фиш очень забавен, не правда ли? — спросила она.

— Пожалуй.

— С Вирджинией что-то стряслось, — быстро проговорила Бандл.

— Не знаю, не заметил.

— В самом деле? Мне неизвестно, что именно. Но причина не та, о которой она говорит. Мальчик мой! Никак, она совсем покинула вас?

Она просила меня быть приветливой с вами, и я готова быть приветливой с вами — даже через силу, если потребуется.

— Через силу не надо, — сказал Энтони. — Но если возможно, я бы хотел, чтобы вы были любезны со мной и в лодке.

— Неплохая идея, — мечтательно произнесла Бандл.

Они вместе спустились к озеру.

— Я хотел бы задать вам один вопрос, — сказал Энтони, медленно отгребая от берега, — раньше чем мы перейдем к более увлекательной теме. Дело прежде всего…

— Чья спальня занимает вас на этот раз? — осведомилась Бандл.

— На этот раз ничья. Но я хотел бы знать, как у вас появилась гувернантка-француженка.

— Вы очаровательны, — сказала Бандл. — Я нашла ее через агентство, плачу ей сто фунтов в год, ее христианское имя — Женевьева. Что вас интересует еще?

— У нее были рекомендации?

— Да, прекрасные. Она жила десять лет у графини де Бретайль, замок де Бретайль в Динаре, во Франции.

— Вы сами когда-нибудь видели ее? Или только ее письмо?

— Только письмо.

— Гм-м, — пробормотал Энтони.

— Вы интригуете меня, — призналась Бандл. — И очень сильно. Это любовь или преступление?

— Возможно, просто идиотизм с моей стороны. Давайте не будем больше об этом.

— «Давайте не будем больше об этом», — безразлично сказал он, получив нужную информацию. Мистер Кейд, кого вы подозреваете? Я бы подумала на Вирджинию, но она-то подходит меньше всех. Или, может быть, Билл?

— А что можно сказать о вас?

— Аристократка, тайно принадлежащая к Братству Багровой Руки. Это была бы неплохая сенсация.

Энтони рассмеялся. Бандл нравилась ему, однако он немного побаивался ее проницательных серых глаз.

— Вы можете гордиться всем, что здесь есть, — неожиданно сказал он, указывая рукой на величественный дом.

Бандл пристально посмотрела на него и опустила голову.

— Да, это впечатляет, может быть, даже чересчур. Но мы не слишком-то любим это место — здесь смертельная скука. Все лето мы провели за городом — в Коузе и Дювилле, а потом отправились в Шотландию. Примерно в течение пяти месяцев в году Чимниз — самое пыльное поместье на свете. А когда развеется пыль, сюда собираются толпы туристов, которые внимают Тредвеллу: «...А справа вы видите портрет четвертого маркиза Катерхэма, кисти сэра Джошуа Рейнольдса», и так далее.

А Эд или Берт — душа общества — подталкивает свою девчонку и говорит: «О Глэдис! Они тут понавешивали двухпенсовых репродукций, пойдем-ка отсюда». И они проходят мимо большинства картин, зевая и шаркая, пока наконец не отправятся восвояси.

— И эта история повторяется без конца.

— Вы ведь слышали Джорджа, — сказала Бандл, — он всегда выражается подобным образом.

Энтони приподнялся на локте и пристально вгляделся в берег.

— Это уже третий подозрительный незнакомец, которого я вижу рядом с лодочным домиком. Или это один из гостей?

Бандл подняла голову с красной подушки.

— Это Билл, — сказала она.

— Кажется, он кого-то ищет.

— Может быть, меня, — заметила Бандл без малейшего энтузиазма.

— Давайте я буду грести в противоположном направлении, — предложил Энтони.

— Это было бы неплохо, но от вас потребуется слишком много усилий.

— После такого замечания я буду грести с удвоенной энергией!

— Гордость не позволяет мне убежать, — сказала Бандл. — Что ж, гребите к этому молодому ослу. Кто-то же должен присматривать за ним. Вирджиния, видимо, улизнула от него. Конечно, от скуки я могла бы захотеть выйти замуж за Джорджа, — с мечтательной иронией добавила она, — но тогда мне пришлось бы играть роль хозяйки хорошо известного политического салона.

Энтони покорно направил лодку к берегу.

— А что же остается мне? — грустно спросил он. — Я отказываюсь быть третьим лишним. Хотя на берегу я вижу детей.

— Будьте с ними осторожны, не то они привяжутся к вам.

— Я люблю детей, — сообщил Энтони. — Я мог бы научить их одной занимательной игре.

— Потом не жалуйтесь, что я не предупреждала вас.

Оставив Бандл с Биллом, Энтони направился в ту сторону, откуда доносились пронзительные крики. Он был встречен приветственными возгласами.

— Вы будете играть в индейцев? — сурово спросила его Гугл.

— Если хотите, с удовольствием, — ответил Энтони. — Сейчас я закричу, как будто вы скальпировали меня. Слушайте! — И он заорал.

— Неплохо, — неохотно одобрила Винкль. — Еще раз.

Энтони заорал так, что кровь стыла в жилах. И в следующую минуту игра была в полном разгаре.

Примерно час спустя Энтони вытер со лба пот и начал догадываться о причинах мигрени, мучившей мадемуазель. Он был бы рад услышать о том, что эта леди наконец выздоровела. Дети считали его уже своим, он предложил им пойти пить чай в классную комнату.

— И там вы расскажете нам о том человеке, которого вы видели повешенным, — сказала Гугл.

— Вы говорили, что у вас есть веревка, да? — спросила Винкль.

— Она лежит в чемодане, — серьезно ответил Энтони. — Но потом я дам вам каждой по куску.

Винкль немедленно издала индейский клич радости.

— Ну ладно, пошли, — распорядилась Винкль. — Вы же хотели чаю. Или уже забыли?

Энтони подумал, что ничто не освободит его от данного обещания и придется где-то найти веревку.

Гугл и Винкль с воинственным видом направились к дому. Энтони постоял некоторое время, глядя им вслед, и вдруг он заметил человека, быстро идущего через парк. Это был тот самый чернобородый незнакомец, которого он встретил утром. Пока он колебался, стоит ли догонять его, из-за деревьев появился мистер Хирам Фиш и подошел к Энтони.

— Вы хорошо провели время, мистер Фиш? — спросил Энтони.

— Да, благодарю вас.

Однако это утверждение противоречило внешнему виду мистера Фиша. Его лицо раскраснелось, и он тяжело дышал, словно после бега. Он вытащил из кармана часы и посмотрел на них.

— Похоже, — начал он, — по вашим британским обычаям настало время послеполуденного чая.

С щелчком закрыв часы, мистер Фиш быстро удалился в сторону дома.

Энтони же остался стоять, погруженный в свои мысли, пока рядом не возник инспектор Баттл. Ни один звук не выдал его приближения, и можно было подумать, что он материализовался из воздуха.

— Откуда вы взялись? — раздраженно спросил Энтони.

С обиженным видом Баттл показал на деревья позади них.

— Кажется, сегодня самое популярное занятие — прятаться за деревьями.

— Вы ошибаетесь, мистер Кейд.

— Может быть. Знаете, чем я занимался, Баттл? Я пытался сложить один и два, и пять, и три, чтобы получить четыре. Но ничего не вышло, Баттл, потому что это невозможно.

— Да, нелегко, — согласился детектив.

— Вы-то мне и нужны, Баттл. Я бы хотел уехать. Вы позволите?

— Это зависит от того, куда вы хотите уехать, — невозмутимо ответил он.

— Вам я могу сказать. Я оставлю мои документы на столе. Я хочу съездить в Динар — это замок графини де Бретайль. Хорошо?

— Когда вы думаете ехать?

— Завтра утром. Я бы вернулся в воскресенье к вечеру.

— Понимаю, — многозначительно произнес Баттл.

— Что именно?

— Я не возражаю, чтобы вы съездили туда, куда вы сказали, но только вы должны обязательно вернуться.

— Такие люди, как вы, Баттл, встречаются один на тысячу. Либо у вас на мой счет имеются какие-то необыкновенные фантастические представления, либо вы действительно все понимаете. Что из этого верно?

Инспектор Баттл улыбнулся, но не ответил.

— Ладно, ладно, — сказал Энтони. — Я понимаю, что вы примете меры предосторожности, Закон будет следовать за мной по пятам. Я согласен. Но должен вам сказать, что я постараюсь все разузнать сам.

— Я вам не советую, мистер Кейд.

— В мемуарах и таится причина всей этой суеты. Но неужели только в них? Или вам известно больше моего?

Баттл снова улыбнулся:

— Можете думать и так. Вы производите хорошее впечатление, мистер Кейд. И я хотел бы, чтобы вы помогли мне в этом деле. Любителю и профессионалу следует действовать сообща. У одного — интуиция, у другого — опыт.

— Вы правы, — сказал Энтони, — я и в мыслях не допускаю, что сам мог бы раскрыть тайну этого убийства.

— Но у вас есть, наверное, какие-нибудь предположения, мистер Кейд?

— Более чем достаточно, но еще больше вопросов.

— Например?

— Кто займет место убитого Михаила?

Ироническая усмешка появилась на лице инспектора Баттла.

— Странно, что вы подумали об этом. Михаилу наследует князь Николай Оболович, его двоюродный брат.

— А где он сейчас? — спросил Энтони, прикуривая сигарету. — Только не говорите, что не знаете, я все равно не поверю вам.

— У нас есть основания думать, что он в Соединенных Штатах. Во всяком случае, до недавнего времени он был там. Вообще-то его интересуют только деньги.

Энтони удивленно присвистнул.

— Забавно, — сказал он. — Михаил — в Англии, Николай — в Америке. В обеих странах финансовые группы озабочены тем, чтобы получить нефтяные концессии. Монархистская партия сделала своим кандидатом Михаила, теперь же им придется искать кого-нибудь другого. Это большая неудача для Айзекстайна и компании и мистера Джорджа Ломакса. И это очень хорошо для Уолл-стрита. Я правильно рассуждаю?

— Вы недалеки от истины, — согласился инспектор Баттл.

— Гм-м! — произнес Энтони. — Могу поклясться: я знаю, зачем вам понадобилось прятаться в кустах.

Детектив улыбнулся, но ничего не ответил.

— Вся эта международная политика очень захватывает, — сказал Энтони, — но сейчас, к сожалению, я должен вас оставить. У меня назначена встреча в классной комнате... — И он быстро пошел к дому.

Тредвелл с важным видом показал ему, как пройти в классную. Энтони постучал в дверь и вошел, встреченный взрывом смеха. Гугл и Винкль мгновенно схватили его и подтащили к мадемуазель. В первый момент Энтони почувствовал сомнение: мадемуазель Брюн оказалась маленькой женщиной средних лет, с желтоватого цвета лицом, белесыми волосами и едва заметными усиками! Она совсем не походила на искательницу приключений. «Надо думать, — сказал

Энтони сам себе, — я сделал страшную глупость. Но с другой стороны, все же следует с ней поговорить».

Он был очень любезен с гувернанткой, а она, в свою очередь, была явно польщена тем, что такой очаровательный молодой человек вторгся в ее владения.

В тот же вечер, уединившись в своей комнате, Энтони предался размышлениям. «Я ошибся, — говорил он себе, — уже второй раз ошибся. Однако отчаиваться рано».

Он долго расхаживал по комнате.

— Что за чертовщина? — воскликнул он.

Дверь медленно открылась. В следующий момент в комнату проскользнул незнакомый человек и почтительно застыл у двери. Это был крупный, красивый, хорошо сложенный мужчина с широкими, славянскими скулами и мечтательными глазами.

— Кто вы такой? — спросил Энтони, пристально глядя на него.

Гость ответил на безупречном английском:

— Я — Борис Анчукофф.

— Слуга князя Михаила?

— Да. Я служил у него. Он умер. И теперь я буду вашим слугой.

— Очень любезно с вашей стороны, — сказал Энтони. — Но я не нуждаюсь в камердинере.

— Теперь вы мой хозяин. Я буду преданно служить вам.

— Да... но... мне не нужен камердинер. К тому же мне это не по средствам.

Борис Анчукофф с презрением взглянул на него.

— Я не прошу денег. Я служил моему хозяину. Теперь я буду служить вам — пока жив!

Приблизившись к Энтони, он опустился на одно колено, взял его руку и положил ее себе на лоб. Затем резко встал и вышел столь же неожиданно, как и вошел.

Энтони глядел ему вслед с выражением крайнего изумления на лице. «Странный парень, — тихо сказал он себе. — Верный как пес.

Любопытные инстинкты у этих ребят, — он снова принялся ходить по комнате. — Что же, пока еще ничего не понятно», — бормотал он.

ГЛАВА 17. ПОЛУНОЧНОЕ ПРИКЛЮЧЕНИЕ

Следствие продолжилось на следующее утро и удовлетворило даже Джорджа Ломакса, интересовавшегося всеми деталями. Инспектор Баттл вместе со следователем, присланным начальником местной полиции, немного развеяли охватившую всех скуку.

Энтони уехал. Его отъезд очень порадовал Билла Эверсли. Джордж Ломакс, охваченный страхом, что в его отсутствие что-нибудь может нарушить работу департамента, был просто невыносим. Мисс Оскар и Билл старались всем угодить. Все сколько-нибудь полезное и занимательное было сделано мисс Оскар. Роль же Билла заключалась в том, что он без конца сновал взад и вперед с бесчисленными сообщениями, расшифровывал телеграммы и целый час выслушивал жалобы Джорджа.

Он был совершенно истощен, когда субботней ночью отправился спать. Весь день у него практически не было возможности поговорить с Вирджинией, чего ему хотелось больше всего. Теперь же он крепко спал и во сне обрел утешение — ему снилась Вирджиния.

Она оказалась в горящем лесу, а он храбро бросился спасать ее. Он вынес ее на руках из огня. Она была без сознания. Он положил ее на траву. Затем отправился на поиски какой-нибудь еды. Почему-то сейчас ему казалось, что важнее всего найти пакет с бутербродами. Он встретил Джорджа, который держал в руках столь нужный Биллу пакет. Но вместо того чтобы отдать его Биллу, он начал диктовать ему текст телеграммы. Потом они очутились рядом с входом в церковь, с минуты на минуту должна была появиться Вирджиния и обвенчаться с Биллом. Какой ужас! Он был в пижаме! Ему надо было мчаться домой, чтобы надеть приличествующий случаю костюм. Он вскочил в автомобиль, но мотор никак не заводился. В баке не было бензина. Билл уже был близок к отчаянию. И в этот момент подъехал автобус и из него вышла Вирджиния под руку с лысоголовым бароном. Она была восхитительна! На ней было изысканнейшее серое платье. Она подошла к нему и ласково потрясла его за плечи. «Билл, —

сказала она, — мой милый Билл. — Она взяла его крепче. — Билл, — повторила она, — проснитесь. Ну, проснитесь же!»

Пораженный Билл открыл глаза. Он находился в своей спальне в Чимнизе. Но героиня его снова была рядом с ним. Вирджиния склонилась над ним и повторила:

— Билл, проснитесь. Проснитесь же, наконец!

— Привет, — сказал Билл, приподнимаясь в постели. — Что случилось?

Вирджиния облегченно вздохнула:

— Слава Богу! Я уже начала думать, что вы никогда не проснетесь. Я трясла вас и трясла. Вы действительно проснулись?

— Кажется, да, — неуверенно ответил Билл.

— Вы страшный соня! — продолжала Вирджиния. — У меня даже руки заболели, пока я будила вас.

— Пожалуйста, не говорите так, — с достоинством произнес Билл. — И вообще, Вирджиния, я считаю, что вы ведете себя не так, как подобает молодой вдове.

— Не будьте идиотом, Билл. Происходят довольно странные вещи.

— Какие именно?

— Разные. Например, в зале заседаний. Мне послышалось, что где-то хлопнула дверь, и я спустилась посмотреть. Я прошла по коридору до зала и заглянула в узкую щель в двери. Я не могла увидеть многого, но и то, что я заметила, удивило меня. А потом вдруг я почувствовала чье-то присутствие. Я обернулась, рядом стоял красивый, крупный и сильный мужчина. Но я знаю, что вы самый красивый и сильный, и поэтому я пришла разбудить вас. Но это оказалось довольно трудно.

— Ну хорошо, — сказал Билл, — и что вы хотите, чтобы я сделал? Я должен встать и заняться этими ворами?

Вирджиния наморщила лоб:

— Я не уверена, что они воры. Билл, все это очень странно, Давайте не будем тратить время на болтовню. Вставайте!

Билл покорно вылез из кровати:

— Подождите, пока я найду свои ботинки. Как бы я ни был силен, я не пойду босой драться с преступниками.

— Мне очень нравится ваша пижама, — сказала Вирджиния. — Яркая, но не настолько, чтобы быть вульгарной.

— Если мы уже начали о пижаме, то давайте поговорим и о вашей, — предложил Билл. — Что это на вас такое симпатичное зеленое?.. Я не знаю, как и назвать.

— Неглиже, — ответила Вирджиния. — Я рада, что вы ведете столь невинный образ жизни, что даже не знаете таких слов.

— Я не веду! — с негодованием возразил Билл.

— Вас выдают факты. Вы — прелесть, Билл, и я люблю вас. Я даже скажу вам, что завтра, около десяти утра — вполне подходящее время для скромного проявления чувств — я поцелую вас.

— Я всегда думал, что такие вещи лучше делать тогда, когда о них говорят, — заметил Билл.

— Сейчас у нас есть другое занятие, — ответила Вирджиния. — Если вы не собираетесь надевать противогаз или еще что-нибудь в этом роде, то можно идти.

— Я готов, — сказал Билл.

Он влез в красный шелковый халат и поднял с пола кочергу.

— Другого оружия нет, — сообщил он.

Они прошли коридор и спустились по широкой лестнице. Внизу Вирджиния нахмурилась:

— Билл, вы нарочно надели эти башмаки, чтобы все вас слышали?

— Что же теперь делать?

— Придется их снять, — твердо сказала Вирджиния.

Билл застонал.

— Вы можете нести их в руках. Я бы хотела посмотреть, что делается в зале заседаний. Билл, все это ужасно таинственно. Зачем понадобилось грабителям брать старинные доспехи?

— Я думаю, они не смогут все забрать.

Вирджиния недоуменно пожала плечами:

— Какой смысл красть рыцарские доспехи? Ведь в Чимнизе полно ценностей, которые украсть куда легче.

— Сколько их там? — спросил Билл, сжимая в руке кочергу.

— Я не смогла разглядеть всех. Вы же знаете, какие здесь замочные скважины. К тому же там очень слабый свет.

— Надо полагать, они скоро выйдут оттуда, — с надеждой сказал Билл.

Он присел на ступеньку и снял туфли. Затем, держа их в руках, направился к залу. Вирджиния следовала за ним. Они подошли вплотную к массивной, дубовой двери. Все было тихо. Вдруг сквозь замочную скважину пробился свет, и Вирджиния схватила Билла за руку.

Билл опустился на колени и заглянул в скважину. Место действия не попадало в поле его зрения. Билл слегка нажал на дверь, она приоткрылась, но и теперь он мог видеть немногим больше.

Неизвестные стояли у стены под портретом кисти Гольбейна и что-то делали с доспехами. Биллу показалось, что их двое, но он не был уверен в этом. Рядом лежал включенный карманный фонарь, но свет падал в сторону от них. Внезапно одна из фигур прошла по освещенному месту, но так быстро, что Билл не успел разглядеть ее. Минуту спустя фигура прошла обратно, и затем раздался непонятный звук. Он повторился. Он был похож на слабое постукивание по дереву. Билл резко распрямился.

— Что случилось? — прошептала Вирджиния.

— Ничего. Просто неудобно. Я думаю, не стоит больше наблюдать за ними, и потом, мы же не знаем, что они задумали. Я войду туда и попробую справиться с ними.

Он надел туфли и крепко сжал ручку кочерги.

— Послушайте, Вирджиния. Мы откроем дверь как можно тише. Вы знаете, где выключатель?

— Да, сразу за дверью.

— Вряд ли их больше чем двое. Может быть, там даже один человек. Я осторожно войду, и, как только я скажу «Вперед!», вы включите свет. Вы все поняли?

— Абсолютно.

— И ни в коем случае не кричите и ничего не бойтесь. Я не допущу, чтобы с вами что-нибудь случилось!

— О, вы мой герой, Билл, — приглушенным голосом сказала Вирджиния.

Билл с подозрением взглянул на нее и взялся за дверную ручку. Он предчувствовал, что выдержит испытание.

Очень мягко он нажал на ручку. Она поддалась, и дверь раскрылась. Билл и Вирджиния бесшумно проскользнули в комнату.

В дальнем ее конце на полу лежал карманный фонарик. В стороне был виден силуэт человека, который стоял на стуле спиной к Биллу и простукивал панель.

Под ногами Билла скрипнул паркет, человек резко обернулся, соскочил со стула и, схватив фонарь, направил его на вошедших. На мгновение они ослепли, но Билл не растерялся. «Вперед!» — приказал он Вирджинии и метнулся к незнакомцу. Вирджиния повернула выключатель, но люстра почему-то была очень тусклой и едва осветила зал.

Вирджиния слышала, как Билл разразился проклятиями. В следующую минуту комната наполнилась звуками потасовки. Дерущиеся задели фонарь, и он погас. В полумраке шла отчаянная борьба, и Вирджиния раздумывала, как бы помочь Биллу. Был ли в комнате кто-то еще, кроме человека, простукивавшего панель? Может быть, ей показалось, что мимо нее кто-то крадется? Вирджиния почувствовала, как ее сковывает страх. Она совершенно не знала, что делать. Она решила не отходить от двери, чтобы никто не мог выйти из комнаты. В следующий момент она забыла указания Билла и закричала, призывая на помощь.

Она услышала, как наверху открылась дверь и внезапно вспыхнувший свет озарил лестницу. Если бы Билл смог удержать своего противника до тех пор, пока подоспеет помощь! Но в ту же минуту борьба вступила в финальную стадию. Должно быть, противники задели рыцарские латы, и те упали на пол с оглушительным грохотом. Вирджиния различила фигуру, метнувшуюся к окну, и услышала чертыхания Билла. Он пытался освободиться от частей металлического костюма, в которых запутался.

Вирджиния покинула свой пост и стремительно бросилась к окну, но опоздала. Неизвестный не стал ее дожидаться, а выпрыгнул на террасу и скрылся за углом дома. Вирджиния последовала за ним. Она была молода и неплохо развита физически. Она повернула за угол и почти сразу же наткнулась на кого-то, кто вышел на террасу через боковую дверь. Это был мистер Хирам П. Фиш.

— О! Да это леди! — воскликнул он. — Прошу прощения, миссис Ривел. Я хотел помочь вам, но, похоже, этот головорез успел сбежать.

— Он только что был здесь, — сказала Вирджиния, переводя дыхание. — Неужели мы не поймаем его?

Но ей было уже ясно, что она опоздала. Неизвестный был в парке, а искать его там в темную, безлунную ночь не имело смысла. Она вернулась в зал заседаний. Мистер Фиш, шедший рядом, принялся монотонно рассуждать о привычках воров, которые, как он считал, ему хорошо известны.

В зале уже были лорд Катерхэм и Бандл вместе с несколькими испуганными слугами.

— Что случилось? — осведомилась Бандл. — Грабители? А что вы, Вирджиния, делаете с мистером Фишем? Совершаете полуночную прогулку?

Вирджиния рассказала о происшедших событиях.

— Какие ужасные страсти здесь происходят! — прокомментировала Бандл. — Просто какие-то нашествия убийц и воров в этот уик-энд! А почему горит только половина люстры?

Вскоре эта тайна разъяснилась. Часть лампочек были выкручены из нее и лежали у стены. Встав на стремянку, Тредвелл ввернул их, и комнату залил яркий свет.

— Если я не ошибаюсь, — печально сказал лорд Катерхэм, озираясь, — недавно в этой комнате произошли какие-то бурные события.

Замечание было вполне справедливо. Все, что можно, было сдвинуто или перевернуто. Пол был усеян обломками стульев, осколками фарфора и рыцарскими латами.

— Сколько их было? — спросила Бандл. — Похоже, здесь устроили настоящее побоище.

— По-моему, только один человек, — ответила Вирджиния. Говоря так, она испытывала определенные колебания. Без сомнения, только один человек — мужчина — выскочил в окно. Но, пока она преследовала его, второй, если он был здесь, мог выйти через дверь. Возможно, ей тогда просто показалось, что в комнате находился кто-то еще. Внезапно в окне возник Билл. Он тяжело дышал.

— Проклятье! — гневно воскликнул он. — Этому парню удалось убежать. Я все обыскал, но его нигде нет.

— Не отчаивайтесь, Билл, — сказала Вирджиния. — В следующий раз вам повезет больше.

— Ну хорошо, — сказал лорд Катерхэм, — что, по-вашему, следует предпринять? Отправиться спать? Я не привык бодрствовать в это время. Тредвелл, как по-вашему?

— Я совершенно согласен с вами.

Со вздохом облегчения лорд Катерхэм направился к себе.

— Айзекстайн просто счастливчик, что может спать так крепко, — заметил он на прощанье. Взглянув на мистера Фиша, он добавил: — Я вижу, вам хватило времени, чтобы одеться.

— Я всего лишь накинул кое-что, — ответил американец.

— Очень разумно, — сказал лорд Катерхэм, — но боюсь, что вы слишком легко одеты. Не простудитесь.

Он зевнул и, пребывая в довольно скверном настроении, удалился. Вслед за ним все разошлись по своим комнатам.

ГЛАВА 18. ВТОРОЕ ПОЛУНОЧНОЕ ПРИКЛЮЧЕНИЕ

Первым, кого увидел Энтони, когда на следующий день сошел с поезда, был инспектор Баттл. Энтони улыбнулся.

— Я вернулся, как мы и договаривались, — заметил он. — Вы, наверное, явились сюда, чтобы засвидетельствовать этот факт?

Баттл покачал головой:

— За вас я был спокоен, мистер Кейд. Я еду в Лондон. — Вы очень доверчивы, Баттл.

— Вы думаете?

— Нет, конечно. Мне кажется, что на самом деле человек вы очень проницательный. Так вы едете в Лондон? — Да, мистер Кейд.

— Я не понимаю зачем...

Детектив ничего не ответил.

— Вы невероятно болтливы. — Энтони улыбнулся. — Потому-то вы и нравитесь мне.

В глазах Баттла появился блеск.

— А как ваши успехи, мистер Кейд? Как вы съездили? — Совершенно впустую. И уже второй раз я ошибаюсь.

— Позволю себе спросить, сэр, что у вас была за идея?

— Я подозревал гувернантку, француженку. Во-первых, она показалась мне самым неприятным человеком из всех, кого я видел здесь. А во-вторых, в ночь, когда случилась трагедия, я заметил свет в ее комнате.

— Это немного.

— Вы правы. Но еще я учел и то, что она тут совсем недавно. К тому же я обнаружил какого-то подозрительного француза, шпионившего в этих местах. Я думаю, вам все известно о нем.

— Вы имеете в виду человека, который называет себя мсье Челлис? Остановился в «Веселых крикетистах». Похож на путешественника.

— И что думает о нем Скотленд-Ярд?

— Ведет он себя довольно подозрительно, — безразлично ответил Баттл.

— Я бы сказал, крайне подозрительно. Итак, сложим вместе два и два. Француженка гувернантка в доме, неизвестный француз вне его. Я заключил, что они действуют сообща, и отправился порасспросить ту леди, у которой мадемуазель Брюн прожила последние десять лет. Я был готов услышать, что эта дама никогда не слыхала о мадемуазель Брюн, но я оказался не прав. Мадемуазель — настоящая гувернантка.

Баттл кивнул.

— Должен признаться, — сказал Энтони, — еще когда я говорил с ней, у меня возникло тревожное ощущение, что я иду по ложному следу. Ведь она выглядит именно так, как и должна выглядеть гувернантка.

Баттл снова кивнул:

— Да, мистер Кейд, вам следовало довериться этому ощущению. Знаете, некоторые женщины злоупотребляют косметикой. Я видел однажды довольно симпатичную девушку, которая перекрасила волосы, навела на лице желтые пятна, слегка подвела красным веки и, что было самым эффектным, оделась очень неряшливо. В результате девять из десяти человек, видевших ее раньше, не узнали бы ее. Мужчины обычно не испытывают подобной тяги к изменению внешности. Конечно, вы можете что-нибудь сделать с бровями или вставить искусственные зубы и изменить выражение лица. Но всегда остаются уши, мистер Кейд, самое характерное в человеке заключено в ушах.

— Не смотрите на меня так сурово, Баттл, — попросил Энтони. — Это действует мне на нервы.

— Я уже не говорю о фальшивых бородах и гриме, — продолжал инспектор. — Но это бывает только в книжках. Существует очень немного людей, которых нельзя идентифицировать. Я знаю только одного человека, который просто настоящий гений перевоплощения. Это король Виктор. Вы слышали когда-нибудь о короле Викторе, мистер Кейд?

Детектив столь резко и неожиданно задал вопрос, что Энтони помедлил с ответом.

— Король Виктор? — задумчиво повторил он. — Мне кажется, я слышал это имя.

— Один из самых знаменитых похитителей драгоценностей. Отец — ирландец, мать — француженка. Владеет пятью языками. Он отбывал срок, но пять месяцев назад вышел на волю.

— И где он сейчас?

— Мы и сами хотели бы это знать, мистер Кейд.

— Сюжет усложняется, — заметил Энтони. — Есть какая-нибудь возможность, что он появится здесь? Хотя, я полагаю, его интересуют только драгоценности, а не мемуары политиков.

— Я не уверен в этом, — возразил инспектор Баттл. — Насколько нам известно, он может быть уже тут.

— Он переодет лакеем? Великолепно! Вы распознаете его по ушам и покроете себя славой.

— Мне нравятся ваши шутки, мистер Кейд! Кстати, что вы думаете об этом любопытном деле в Стайнзе?

— В Стайнзе? — переспросил Энтони. — Что там произошло?

— Об этом сообщалось в субботних газетах. Я полагал, что вы видели их. На обочине дороги был найден застреленный мужчина. Иностранец. Впрочем, и сегодняшние газеты, я думаю, уделят этому внимание.

— Что-то мне попадалось об этом случае, — небрежно сказал Энтони. — Очевидно, это было не самоубийство?

— Нет. Там не обнаружили оружия. Этот человек так и не был опознан.

— Все это выглядит очень любопытно, — сказал Энтони, улыбаясь. — Но навряд ли связано со смертью князя Михаила.

Он спокойно и уверенно взглянул на инспектора. Вообразил ли он или на самом деле Баттл очень внимательно смотрел на него?

— Похоже, сейчас распространяется эпидемия подобных событий, — сказал Баттл. — Ну ладно, я рискну утверждать, что связи нет.

Он повернулся и, поманив за собой носильщика, направился к подошедшему лондонскому поезду... У Энтони вырвался слабый вздох облегчения. Он погулял недолго по парку, находясь в непривычном для себя задумчивом настроении. Он нарочно направился к дому с той же стороны, откуда подходил и в ту роковую ночь. Приблизившись, он отыскал взглядом окно, в котором тогда заметил свет. Но был ли он абсолютно уверен, что свет мелькнул именно в этом окне — втором от левого угла?

По пути он сделал небольшое открытие. Стены здания сходились под острым углом, и окно было в дальней от Энтони стене. Могло показаться, что это окно — самое ближнее, но, переместившись, вы обнаружили бы, что оно все-таки второе и находится прямо над залом заседаний. Отойдя же на несколько ярдов вправо, можно было видеть конец дома. Первое окно было незаметно, а два окна, расположенных над залом заседаний, казались первым и вторым от угла. Где он стоял, когда наблюдал вспышку света?

Энтони решил, что это довольно трудный вопрос. Из-за нескольких ярдов возникали существенные различия. И одно было ясно — он мог ошибиться, полагая, что свет зажегся во втором с конца окне. Столь же вероятно, что свет горел в третьем окне.

Теперь следует выяснить, кто занимает третью комнату. Энтони хотелось разузнать это как можно быстрее. Фортуна благоприятствовала ему. В холле он обнаружил Тредвелла, который в этот момент ставил массивный, серебряный чайник на поднос. Больше никого не было.

— Здравствуйте, Тредвелл, — обратился к нему Энтони. — Мне нужно спросить вас кое о чем. Кто поселился в третьей комнате с конца на западной стороне дома? Над залом заседаний.

Тредвелл на минуту задумался:

— Это комната американского джентльмена, сэр, мистера Фиша.

— В самом деле? Благодарю вас.

— Не стоит.

Тредвелл собрался было уйти, но желание первым сообщить новости удержало его.

— Вы, наверное, слышали, сэр, что случилось ночью?

— Ни слова, — ответил Энтони. — А что произошло?

— Попытка грабежа, сэр.

— Что вы говорите! И что-нибудь пропало?

— Нет, сэр. Им, видимо, понадобились старинные доспехи из зала заседаний. Но когда их обнаружили, они все бросили и убежали. К несчастью, их так и не удалось задержать.

— Это очень странно, — сказал Энтони. — Снова зал заседаний. Как они попали туда?

— Должно быть, влезли через окно, сэр.

Удовлетворив интерес Энтони, Тредвелл взялся за поднос, но потом снова повернулся к Энтони.

— Прошу прощения, сэр, — почтительно сказал он, — что я первым не поздоровался с вами. Но я не слышал, как вы вошли, и не знал, что вы стоите позади меня.

В дверях он столкнулся с мистером Айзекстайном, который дружески пожал ему руку и сказал:

— Ничего страшного, друг мой. Уверяю вас, вы даже не задели меня.

Тредвелл наконец удалился, а Айзекстайн опустился в кресло.

— Добрый день, Кейд. Вы вернулись? Вам, очевидно, уже рассказали о ночных событиях?

— Да, — ответил Энтони. — Необычный получился уик-энд, как по-вашему?

— У меня впечатление, что это сделал кто-то из местных, — заявил Айзекстайн. — Сработано очень неуклюже и по-любительски.

— Здесь есть кто-нибудь, кто бы коллекционировал доспехи? — спросил Энтони. — У этих воров несколько странный вкус.

— Очень странный, — согласился мистер Айзекстайн. Он выдержал минутную паузу, а затем медленно произнес: — В целом, положение крайне неблагоприятное.

В его тоне было что-то угрожающее.

— Я не вполне понимаю, — сказал Энтони.

— Почему нас задерживают до сих пор? Ведь расследование закончилось еще вчера. Тело князя отправят в Лондон и заявят, что он скончался от сердечного приступа. А нам все еще не позволяют уехать отсюда. Даже мистер Ломакс знает не больше моего. Он посоветовал мне обратиться к инспектору Баттлу.

— Инспектор Баттл держит кое-что про запас, — сказал Энтони. — И кажется, суть его плана заключается в том, чтобы все оставались здесь.

— Но простите меня, мистер Кейд, вы-то ведь уезжали.

— Со связанными ногами. У меня нет сомнений, что все это время за мной следили. Если бы даже я и захотел, у меня не было бы возможности, скажем, выбросить револьвер или сделать что-нибудь в этом роде.

— Револьвер, — повторил Айзекстайн. — Его так и не нашли?

— Еще нет.

— Возможно, его выкинули в озеро.

— Весьма возможно.

— Где инспектор Баттл? Днем я не видел его.

— Он уехал в Лондон. Я встретил его на станции.

— Уехал в Лондон? Вы не шутите? Он не говорил, когда вернется?

— Я так понял, что рано утром.

Вошла Вирджиния вместе с лордом Катерхэмом и мистером Фишем. Она приветливо улыбнулась Энтони:

— Вы вернулись, мистер Кейд? Вы уже слышали о наших ночных приключениях?

— Это была очень тяжелая и напряженная ночь, мистер Кейд, — сказал Хирам Фиш. — Вам говорили, что я принял миссис Ривел за одного из грабителей?

— За грабителя? Это правда? — переспросил Энтони.

— Да, к сожалению, — печально сказал мистер Фиш.

— Вирджиния, дорогая, — обратился к ней лорд Катерхэм, — я не знаю, где Бандл. Прошу вас, побудьте за хозяйку.

Вирджиния села в кресло рядом с Энтони.

— Приходите после чая на пристань, — тихо сказала она. — У меня и Билла есть много что рассказать вам. — И она присоединилась к общей беседе.

После чая они встретились на пристани. Вирджинии и Биллу не терпелось выложить новости. Они согласились с Энтони, что лучше вести конфиденциальные разговоры в лодке на середине озера. Когда они отплыли на достаточное расстояние от берега, Энтони было подробно описано ночное приключение. Билл выглядел немного обиженным. Он не хотел, чтобы Вирджиния столь детально посвящала во все этого парня из колоний.

— Конечно, это очень странно, — сказал Энтони, когда Вирджиния кончила. — Кто, вы думаете, это мог быть? — спросил он ее.

— Мне показалось, они на кого-то похожи, — быстро ответила она. — Предположение, что это грабители, абсурдно.

— Кем бы они ни были, совершенно ясно, что они пытались надеть на себя рыцарские латы и спрятаться в них, — заявил Билл. — Но зачем понадобилось простукивать панель? Все выглядит так, будто они попали в зал по потайной лестнице или похожим образом.

— В Чимнизе есть подземные ходы, — сказала Вирджиния. — И, наверное, потайные лестницы тоже. Лорд Катерхэм мог бы рассказать об этом. Но что бы я хотела знать больше всего, так это то, на кого похожи те двое.

— Я думаю, что дело не в мемуарах, — сказал Энтони. — Они лежат в объемистом пакете. Им же могло понадобиться что-нибудь совсем небольшое.

— Я подозреваю, что Джорджу может быть известно, что они искали, — сказала Вирджиния. — Но вряд ли он поделится со мной.

— Вы сказали, что там был только один человек, — продолжал Энтони. — Но может быть, был кто-то еще, если вы слышали, как он шел к двери, когда вы бросились к окну.

— Шорох был очень тихим, — сказала Вирджиния. — И я не уверена, что мне не послышалось.

— Вполне возможно, но, если вы не вообразили его, значит, в дом проник и второй человек. Интересно…

— Что именно? — перебила Вирджиния.

— Предусмотрительность мистера Хирама Фиша. Уж слишком быстро он оделся, заслышав крики о помощи.

— Да, это действительно подозрительно, — согласилась Вирджиния. — А Айзекстайн, который спал, несмотря на шум? Это тоже подозрительно. Если, конечно, он спал.

— Этот Борис, — сказал Билл, — он выглядит отъявленным негодяем. Я имею в виду слугу Михаила.

— Чимниз полон сомнительных личностей, — заметила Вирджиния. — Думаю, не ошибусь, если скажу, что остальные внушают куда меньше доверия, чем мы. Я бы не хотела, чтобы инспектор Баттл уезжал в Лондон. Это довольно неосторожно с его стороны. Между прочим, мистер Кейд, я видела пару раз какого-то француза, который будто что-то высматривает.

— Все крайне запутано, — заключил Энтони. — Я съездил совершенно впустую. И чувствую себя круглым дураком. Важно решить вопрос: могли ли эти, допустим, грабители предположить, что их обнаружат?

— Скорее всего, нет, — ответила Вирджиния. — Я даже уверена в этом.

— Я думаю, они появятся снова, — сказал Энтони. — Они знают или вскоре узнают, что Баттл сейчас в Лондоне. И наверняка пойдут на риск и вернутся сегодня ночью.

— Вы в самом деле так считаете?

— Это возможно. Втроем мы можем организовать маленький синдикат. Эверсли и я спрячемся в зале заседаний.

— А я? — нетерпеливо спросила Вирджиния. — Не надейтесь, что обойдетесь без моего участия.

— Послушайте, Вирджиния, — перебил ее Билл. — Это мужская работа.

— Не будьте идиотом, Билл! Я останусь с вами. А то вы наделаете ошибок. Синдикат начинает действовать сегодня ночью.

Приняв общее решение, они обсудили детали плана.

Поздно вечером, когда все разошлись по своим комнатам, члены синдиката прокрались в зал заседаний. Они вооружились мощными карманными фонарями, а у Энтони в кармане лежал револьвер.

Энтони еще раз сказал о своей уверенности, что ночью неизвестными будет предпринята новая попытка проникнуть в зал и скорее всего они попадут сюда не снаружи. Энтони предполагал, что Вирджиния не ошиблась, говоря о том, что кто-то прошел мимо нее в темноте прошлой ночью, и поэтому он встал за большим дубовым шкафом возле двери, чтобы одновременно контролировать вход и наблюдать за окном. Вирджиния притаилась за железным рыцарем, а Билл пристроился у окна.

Время тянулось бесконечно долго. Часы пробили час, затем — половину второго, два часа, половину третьего. Энтони чувствовал, как усталость сковывает его. Постепенно он пришел к заключению, что опять ошибся. Но ведь неизвестные не могут не предпринять еще одной попытки!

Внезапно он напрягся, все его чувства обострились до предела. Он расслышал слабый звук шагов на террасе. Все стихло, но затем тихо скрипнуло окно и одна его створка медленно раскрылась. На подоконник влез человек. Он постоял с минуту, оглядываясь по сторонам и напряженно прислушиваясь. Включил карманный фонарь и обвел им комнату. Видимо, он не заметил ничего подозрительного. Трое наблюдавших за ним затаили дыхание. Он спустился с подоконника в комнату и подошел к панели, которую проверял накануне.

И в этот момент Билл понял, что сейчас провалит дело. Ему страшно захотелось чихнуть. И никакая сила на свете не заставила бы его удержаться.

Он крепко сжал губы и зачем-то уставился в потолок, потом сильно сдавил нос, но все было бесполезно. Он чихнул. Не то чтобы очень громко, но достаточно, чтобы звук разнесся по всему залу.

Человек метнулся к окну, но в то же мгновение Энтони, включив свой фонарь, бросился за ним.

В следующую минуту они уже катались по полу.

— Свет! — крикнул Энтони.

Вирджиния была наготове и резко повернула выключатель. Свет залил комнату. Энтони сидел верхом на своем противнике. Билл был рядом и схватил неизвестного за руки.

— Теперь, — сказал Энтони, — можно посмотреть на нашего гостя.

Он перевернул свою жертву на спину. Это был тот самый чернобородый человек, который остановился в «Веселых крикетистах».

— Хорошо сработано, — произнес одобрительный голос.

Они подняли глаза. Крупная фигура инспектора Баттла стояла в дверном проеме.

— Я думал, вы в Лондоне, инспектор Баттл, — холодно произнес Энтони.

Глаза Баттла сверкнули.

— Правда? — спросил он. — Я решил, что было бы неплохо, если бы все думали, что я уехал.

— Пожалуй, — согласился Энтони, глядя на поверженного незнакомца.

— Вы позволите мне встать, джентльмены? — спросил он. — Вас трое, а я — один.

Энтони помог ему встать на ноги. Неизвестный надел пальто, поправил воротник и бросил проницательный взгляд на Баттла.

— Прошу прощения, — сказал он. — Насколько я понимаю, вы из Скотленд-Ярда?

— Совершенно верно, — ответил Баттл.

— Тогда я покажу вам свои документы. — Он застенчиво улыбнулся. — Хотя, наверное, было бы умнее сделать это раньше.

Он вытащил из кармана несколько бумаг и протянул их детективу. Затем отвернул лацкан пальто и показал приколотый там значок.

Баттл издал возглас удивления. Он просмотрел бумаги и вернул их владельцу.

— Мне искренне жаль, мсье, что с вами так обошлись, — сказал он. — Но вы сами отчасти повинны в этом.

Баттл улыбнулся, заметив удивленное выражение на лицах остальных:

— Это мой коллега. Мы ждали его из Парижа со дня на день, — объяснил он. — Мсье Лемуан, из Сюрте.

ГЛАВА 19. ТАИНСТВЕННАЯ ИСТОРИЯ

Все уставились на французского детектива, который, улыбаясь, смотрел на них.

— Это действительно так, — смущенно сказал он. Последовала пауза, необходимая для осмысления новости.

Вирджиния повернулась к Баттлу:

— Знаете, о чем я думаю, инспектор Баттл?

— И о чем же, миссис Ривел?

— Я думаю, что настало время просветить нас.

— Мне просвещать вас?! Я не понимаю, миссис Ривел. — Вы прекрасно понимаете, инспектор Баттл. Я могу предположить, что мистер Ломакс советовал вам увиливать от прямого ответа, сославшись на какие-нибудь секреты. Но было бы намного лучше, если бы вы все рассказали нам, вместо того чтобы наводить тень на плетень. Мсье Лемуан, вы согласны со мной?

— Мадам, я полностью согласен с вами.

— Конечно, трудно продвигаться вперед во тьме, — сказал Баттл. — То же самое я говорил и мистеру Ломаксу. Мистер Эверсли — его секретарь, поэтому нет причин что-либо скрывать от него. Что касается мистера Кейда, то он оказался волей-неволей вовлеченным в это дело, и, я полагаю, ему следует знать, куда он попал. Но… — Баттл запнулся.

— Я понимаю, — сказала Вирджиния. — Женщины страшно болтливы и не умеют хранить секреты! Я слышала подобное мнение. Джордж рассуждает именно так.

Лемуан изучающе смотрел на Вирджинию. Потом он повернулся к Баттлу:

— Если я правильно понял, мадам носит фамилию Ривел?

— Совершенно верно, — сказала Вирджиния.

— Ваш муж был, кажется, на дипломатической службе. Да? И вы были вместе с ним в Герцословакии незадолго до убийства короля и королевы?

— Да. Именно тогда.

Лемуан снова обернулся к инспектору:

— Я думаю, мадам имеет право узнать всю историю. Косвенно это касается и ее. Кроме того… — глаза его сверкнули. — Благоразумие мадам высоко ценится в дипломатических кругах.

— Я очень рада, что у вас обо мне такое мнение, — улыбаясь, сказала Вирджиния. — И я была бы рада оправдать его.

— Как насчет того, чтобы выпить? — спросил Энтони. — Или нас собираются просвещать прямо здесь и сейчас?

— Сэр, если вы не против, то здесь, — ответил Баттл. — Мне пришла в голову фантазия — не выходить из этой комнаты до завтрашнего утра.

— Тогда я чего-нибудь принесу сюда, — сказал Энтони.

Билл отправился с ним, и вскоре они вернулись с подносом, уставленным фужерами с жидкостью, необходимой для поддержания жизненного тонуса. Вслед за тем общество расположилось за длинным дубовым столом, сдвинутым к окну.

— Надеюсь, не надо говорить, — начал Баттл, — что все сказанное должно остаться в тайне. Утечка информации недопустима. У меня и без того есть предчувствие, что она произойдет в ближайшее время. Благодаря кому-нибудь вроде мистера Ломакса, который скрывает все намного хуже, чем ему кажется. Итак, эта история началась более семи лет назад. В то время в ряде стран, и в особенности в Восточной Европе, происходили государственные преобразования. Всем заправлял граф Стылптич. Он словно дергал за ниточки, и все подчинялось его воле. Он пользовался поддержкой Англии. Его деятельность затронула фактически все балканские страны. Я не буду вдаваться в подробности, но однажды кое-что исчезло, причем исчезло столь невероятным образом, что могло возникнуть два предположения: похититель был королевской крови, и в то же время это была работа высококлассного профессионала. Теперь мсье Лемуан расскажет вам, кто бы это мог сделать.

Француз поклонился и продолжал:

— Вполне возможно, что вы в Англии никогда не слыхали о знаменитом короле Викторе. Настоящего его имени никто не знает. Это человек необычайного мужества, он владеет пятью языками и не имеет равных в искусстве перевоплощения. Его отец был или англичанином, или ирландцем, впрочем, это неважно. Сам же он работал главным образом в Париже. Восемь лет назад он совершил целую серию грабежей. Тогда он жил под именем капитана О'Нила.

С губ Вирджинии сорвалось восклицание. Мсье Лемуан бросил на нее пронзительный взгляд:

— Мне кажется, я понимаю, что так взволновало мадам. Через минуту станет ясно и всем. Тогда в Сюрте у нас были подозрения, что капитан О'Нил — не кто иной, как король Виктор, но мы не могли собрать достаточно доказательств. В то же время в парижском театре «Фоли Бержер» выступала юная актриса Анжела Морей. Мы подозревали, что она была связана с королем Виктором, но опять же не было доказательств.

Тогда Париж готовился к визиту молодого короля Герцословакии Николая IV. В Сюрте было получено распоряжение — обеспечить безопасность Его Величества. В частности, нам было предписано следить за деятельностью революционной организации, называвшей себя Братством Багровой Руки. Сейчас точно известно, что Братство вошло в контакт с Анжелой Морей и предложило ей большое вознаграждение, если она поможет в осуществлении их плана. Она должна была влюбить в себя молодого короля и, при случае, заманить его в выбранное Братством место. Анжела Морей взяла деньги и обещала сыграть отведенную ей роль.

Но юная леди была умнее и амбициознее, чем предполагали те, кто нанял ее. Очень скоро она очаровала короля, он безумно влюбился и задаривал ее драгоценностями. Именно тогда ей и пришла в голову идея из любовницы короля стать королевой. Как известно, она блестяще осуществила свой замысел. В Герцословакии она была представлена как графиня Варага Пополевская, принадлежащая к побочной ветви дома Романовых. Вскоре она стала королевой Герцословакии Варагой. Не так уж плохо для маленькой парижской актриски! Мне доводилось слышать, что она прекрасно исполняла свои королевские обязанности. Но триумф был недолгим. Братство Багровой Руки страшно озлобилось на нее за предательство и дважды устраивало покушения на ее жизнь. В конце концов они произвели в стране революцию, во время которой и король и королева погибли. Их тела, ужасно изуродованные и с трудом узнаваемые, были выставлены на всеобщее обозрение, и даже мертвая королева-иностранка вызывала яростное негодование народа.

Видимо, можно с уверенностью говорить, что, став королевой, она была по-прежнему связана со своим сообщником — королем Виктором. Возможно, весь ее смелый план с самого начала задуман им. Известно, что, уже находясь в Герцословакии, она сносилась с ним при помощи тайного кода. Для предосторожности письма были написаны по-английски и подписаны именем английской леди, находившейся при посольстве. Если бы письма перехватили, а эта леди отрицала бы свое авторство, ей бы наверняка не поверили, так как письма были адресованы ее любовнику. В письмах использовано ваше имя, миссис Ривел.

— Я все поняла, — сказала Вирджиния. Она изменилась в лице. — Так вот откуда взялись эти письма!

— Какая подлость! — с негодованием воскликнул Билл.

— Письма были адресованы капитану О'Нилу на его парижскую квартиру. На их истинную цель мог пролить свет один странный факт, ставший известным несколько позже. После убийства короля и королевы значительная часть драгоценностей короны пропала, но потом каким-то образом оказалась в Париже. И было обнаружено, что в девяти случаях из десяти камни заменены стекляшками. А вы ведь знаете, среди драгоценностей герцословацкой короны были и очень знаменитые камни. Таким образом, будучи королевой, Анжела Морей не оставила и своих прошлых занятий.

Итак, вы видите, к чему мы пришли. Николай IV и королева Варага прибыли в Англию и гостили у предпоследнего маркиза Катерхэма, ставшего впоследствии министром иностранных дел. Герцословакия, конечно, довольно маленькая страна, но с ней нельзя уж совсем не считаться. Неплохо было иметь влияние и на королеву Варагу. Она же была одновременно и королевой, и опытным вором. Нет сомнений в том, что эта замена настоящих камней фальшивыми могла быть осуществлена только под руководством такого профессионала, как король Виктор. Нет сомнений и в том, что весь этот рискованный план был им же и задуман.

— К сказанному мсье Лемуаном, — продолжал инспектор Баттл, — следует добавить, что, когда королева Герцословакии покинула Англию, драгоценности остались здесь. Ее Величество где-то спрятала их. Где — мы, может быть, никогда и не узнаем. Но я не удивлюсь, — глаза инспектора сузились, — если окажется, что они спрятаны в этой комнате.

Энтони вскочил со стула.

— Что? После стольких лет? — недоверчиво переспросил он. — Это невозможно.

— Мсье, вам известны не все обстоятельства, — возразил Лемуан. — Две недели спустя в Герцословакии разразилась революция и король и королева погибли. В то же время в Париже был арестован капитан О'Нил и приговорен к незначительному штрафу. Мы надеялись обнаружить в его доме зашифрованные письма, но выяснилось, что незадолго до того они были переданы какому-то герцословаку. Этот человек вернулся в Герцословакию перед самой революцией, но затем окончательно исчез.

— Может быть, он уехал за границу, — задумчиво сказал Энтони. — Возможно, в Африку. И от него мне достался пакет с письмами. Для него он был равнозначен золоту. Его звали Педро Голландец.

Энтони перехватил выразительный взгляд Баттла и улыбнулся.

— Скоро я кое-что расскажу вам, — сказал он.

— Вы не объяснили одного, Баттл, — сказала Вирджиния. — Как то, что вы сообщили нам, связано с мемуарами? Ведь связь должна быть.

— Мадам очень торопится, — одобрительно сказал Лемуан. — Действительно, связь есть. Граф Стылптич находился в Чимнизе одновременно с королевой.

— И ему что-то могло стать известно о судьбе драгоценностей?

— Вполне возможно.

— Я уверен, — сказал Баттл, — что он упомянул об этом в своих мемуарах, чем только подлил масла в огонь.

Энтони закурил сигарету.

— Вы уверены, что в мемуарах содержится ключ к тайне местонахождения драгоценностей? — спросил он.

— Совсем нет, — решительно заявил Баттл. — Стылптич никогда не был близок к королеве и всячески мешал женитьбе на ней короля. Вряд ли она поверяла ему свои секреты.

— Я и на секунду не предположил бы этого, — сказал Энтони. — Но нельзя не учитывать, что он был чрезвычайно хитер. И ей могло быть неизвестно, что он раскрыл, где она прячет драгоценности. Как по-вашему, что бы он сделал в этом случае?

— Трудно сказать, — ответил Баттл после минутного размышления.

— Я согласен с вами, — сказал мсье Лемуан. — Это была бы крайне щекотливая ситуация. Анонимно вернуть драгоценности — задача довольно сложная. Знание же их местонахождения давало бы ему большую власть над ней, а он так любил власть. Для него было бы выгоднее не держать королеву в руках, а обладать оружием, которое он бы мог при необходимости обратить против нее. Это был не единственный секрет, которым он владел, — он коллекционировал секреты, как некоторые собирают редкий фарфор. Говорили, что незадолго до смерти он хвастался знанием таких секретов, что если бы ему пришла в голову фантазия предать их огласке, то случился бы не один скандал. И по крайней мере однажды он заявил, что намерен выдать несколько поразительных откровений в своих мемуарах. Следовательно... — француз слегка улыбнулся, — многие должны быть озабочены тем, чтобы предотвратить их публикацию. Наша тайная полиция предполагала сама изъять их, но граф принял перед смертью необходимые меры предосторожности.

— Трудно сказать, в самом ли деле он знал, где хранятся драгоценности, — заметил Баттл.

— Прошу прощения, — сказал Энтони, — но вы произнесли именно его слова.

— Что?! — Оба детектива в изумлении уставились на него.

— Когда мистер Макграт вручил мне рукопись и попросил доставить ее в Англию, он рассказал мне, как он встретился с графом Стылптичем. Произошло это в Париже. С риском для жизни мистер Макграт спас графа от шайки разбойников. Рассказывая, он был очень оживлен. Тогда он сделал два довольно любопытных замечания. Во-первых, граф сообщил Макграту, что знает, где находится «Кохинор», но, к сожалению, мой друг не обратил внимания на эти слова. И второй: в нападавших граф узнал людей короля Виктора. Я думаю, имеет смысл свести воедино оба замечания.

— Боже мой! — воскликнул инспектор Баттл. — Ведь я говорил, что это были они. Наверняка ими же был убит и князь Михаил.

— Но король Виктор никогда никого не лишал жизни, — заметил Лемуан.

— Разыскивая драгоценности, он мог и изменить своим привычкам.

— Где же он сейчас? — резко спросил Энтони. — Вы сказали, что несколько месяцев назад он был освобожден. Вы можете выйти на его след?

На лице мсье Лемуана появилась улыбка сожаления:

— Мы пытались, мсье. Но этот человек — сущий дьявол. Он все время ускользает от нас. Мы думали, что он в Англии. Но нет. Он отправился... куда бы вы думали?

— Куда же? — спросил Энтони. Он внимательно смотрел на француза, пальцы его нервно вращали спичечный коробок.

— В Америку. В Соединенные Штаты.

— Куда?! — В тоне Энтони было нескрываемое удивление.

— Именно туда, куда я сказал. И знаете, как он себя называет? Чью роль он играет теперь? Роль князя Николая Герцословацкого.

Коробок выпал из руки Энтони. Баттл был поражен не меньше.

— Не может быть! — воскликнул инспектор.

— Отчего же, мой друг? Утром вы узнаете все новости. Это, наверное, самый потрясающий обман, о котором я слышал. Как вам известно, ходили слухи, что князь Николай умер в Конго год назад. Наш приятель, король Виктор, воспользовался тем, что доказать эту смерть довольно трудно. Он воскресил князя Николая и теперь играет его роль, получая огромное количество долларов от тех, кто рассчитывает с его помощью завладеть нефтяными концессиями. Но совершенно случайно его разоблачили, и ему спешно пришлось покинуть Америку. Сейчас он, может быть, уже в Англии. Потому-то я и здесь. Рано или поздно он объявится в Чимнизе. Если он еще не тут.

— Вы думаете, что...

— Я думаю, что он был здесь и в ночь смерти князя Михаила, и прошлой ночью.

— Вы хотите сказать, что он появлялся здесь два раза? — спросил Баттл.

— Я хочу сказать, что он появлялся здесь именно два раза.

— Что озадачивало меня, так это то, куда делся мсье Лемуан, — сказал Баттл. — Я получил известие из Парижа, что он находится на пути сюда, чтобы работать вместе со мной. И я никак не мог взять в толк, почему он задерживается.

— Я должен извиниться, — сказал Лемуан. — Я прибыл на следующее утро после убийства. Но почел за лучшее изучить происшедшее, так сказать, с неофициальной точки зрения и чтобы меня не принимали за вашего коллегу. Я надеялся, что это поможет расследованию. Конечно, я сознавал, что окажусь под подозрением, но в то же время это могло бы способствовать осуществлению моего плана, так как я охранял бы ваш покой, оставаясь в стороне. Могу уверить вас, за последние два дня я наблюдал немало любопытного.

— Но тогда, может быть, вы знаете, — спросил Билл, — что действительно случилось минувшей ночью?

— Боюсь, — сказал мсье Лемуан, — я задал вам трудную задачу.

— Так, значит, это за вами я гнался?

— Да. Ладно, расскажу все по порядку. Я пробрался сюда, чтобы понаблюдать. И окончательно убедился в том, что эта комната хранит какой-то секрет с тех пор, как здесь был убит князь. Я стоял на террасе. Вскоре мне стало ясно, что в комнате кто-то есть. Несколько раз я замечал вспышку карманного фонаря. Я надавил на створку среднего окна, она легко поддалась. Либо тот человек вошел через окно раньше, либо он оставил его незапертым на случай возможного отступления. Не знаю. Очень тихо я проскользнул в комнату. Шаг за шагом стал продвигаться до того места, откуда мог, не рискуя быть обнаруженным, видеть, что здесь происходит. Самого этого человека я не мог хорошо рассмотреть. Он стоял спиной ко мне, свет фонаря падал в сторону от него, и мне был виден только силуэт. Но его действия поразили меня: он тщательно осматривал каждую часть рыцарских доспехов. Когда он убедился, что там не было того, что он искал, он стал простукивать стенные панели рядом с картиной. Что бы он предпринял после, я не знаю. В тот момент вы и ворвались. — Лемуан взглянул на Билла.

— К сожалению, наше вмешательство оказалось довольно неудачным, — сказала Вирджиния.

— Да, мадам, вы спугнули его. А так как у меня не было ни малейшего желания быть обнаруженным, то я, освободившись от напавшего на меня мистера Эверсли, покинул вас через окно и помчался сломя голову в парк. Какое-то время меня преследовали, наверное, это были вы, мистер Эверсли, но все же мне удалось скрыться.

— Сначала я тоже бежала за вами, — призналась Вирджиния.

— А неизвестный остался в комнате и осторожно проскользнул в дверь. Ничего удивительного, что он не попался преследователям. Ему было нетрудно уйти от погони, — заключил мсье Лемуан.

— Вы действительно думаете, что этот Арсен Люпен — кто-то из слуг или гостей лорда Катерхэма? — спросил Билл.

— Почему бы и нет? — ответил Лемуан. — И возможно, что это Борис Анчукофф — преданный слуга князя Михаила.

— Весьма подозрительный субъект, — согласился Билл.

— По части проворства он не уступит вам, мсье Лемуан, — улыбаясь, сказал Энтони.

Француз улыбнулся в ответ.

— Вы, кажется, взяли его камердинером, не правда ли, мистер Кейд? — осведомился инспектор Баттл.

— Баттл, я снимаю перед вами шляпу. От вас ничего не укроется. Но если касаться деталей, то правильнее будет сказать, что он сам выбрал меня.

— Почему?

— Не представляю, — ответил Энтони. — Может быть, потому, что я понравился ему. Или он думает, что я убил, его хозяина, и теперь хочет вкрасться в доверие и, выбрав удобный момент, отомстить мне.

Энтони поднялся и, подойдя к окну, отодвинул шторы.

— Уже светает, — сказал он с легким зевком. — Вряд ли сейчас произойдет что-нибудь интересное.

Лемуан тоже встал.

— Я должен покинуть вас, — сказал он. — Возможно, мы сегодня еще увидимся. — Изящно поклонившись Вирджинии, он вылез через окно на террасу.

— Теперь — только спать, — заметила Вирджиния. — И вы, Билл, будьте послушны и отправляйтесь в постель. За завтраком обойдутся без нас.

Энтони стоял у окна, глядя вслед удалявшемуся мсье Лемуану.

— Вы, очевидно, не согласитесь со мной, — обратился к нему Баттл, — но я рискну предположить, что это умнейший детектив Франции.

— Почему же не соглашусь? — задумчиво произнес Энтони. — Я думаю, ваше предположение не лишено оснований.

— Вы оказались правы, решив, что эта ночь преподнесет нам что-нибудь не совсем обычное. Кстати, вы помните, я говорил о человеке, которого застреленным нашли в районе Стайнза?

— Да. Ну и что?

— Ничего. Только то, что его личность наконец установлена. Его звали Джузеппе Манели. Он служил стюардом в «Блице», в Лондоне. Не правда ли, любопытно?

ГЛАВА 20. БАТТЛ И ЭНТОНИ СОВЕЩАЮТСЯ

Энтони ничего на это не сказал. Он по-прежнему смотрел в окно. Инспектор Баттл некоторое время разглядывал его неподвижную спину.

— Спокойной ночи, сэр, — сказал он напоследок и направился к двери.

Неожиданно Энтони повернулся:

— Баттл, подождите минутку.

Инспектор покорно остановился. Энтони подошел к нему. Он вытащил из пачки сигарету и закурил.

— Похоже, вы очень заинтересовались этим происшествием в Стайнзе, — сказал он, выпуская дым.

— Не так чтобы очень, сэр. Оно несколько необычно, только и всего.

— Как вы думаете, этот человек был застрелен там же, где его обнаружили, или его убили в другом месте, а потом труп перевезли в Стайнз?

— Я думаю, что убили-то его не там, а туда тело привезли на автомобиле.

— Мне тоже так кажется, — сказал Энтони.

Что-то в его тоне заставило Баттла насторожиться.

— У вас есть какие-то соображения на этот счет? Вы знаете, кто доставил труп?

— Да, — сказал Энтони.

Невозмутимость Баттла его немного раздражала.

— Вы так спокойно принимаете мой ответ? — заметил он.

— Никогда не проявлять эмоций. Это правило было мне однажды преподано, и с тех пор я не отступаю от него.

— Я никогда не замечал, чтобы вы были чем-нибудь взволнованы, — признался Энтони. — Ну хорошо, вас интересует, что произошло со мной?

— Конечно, мистер Кейд.

Энтони сдвинул два стула и, когда Баттл сел рядом, рассказал ему о событиях, предшествовавших четвергу. Баттл напряженно слушал.

— Вы оказались втянуты в довольно неприятную историю, — заключил он.

— Но это еще не значит, что меня надо опекать, — сказал Энтони.

— Мы всегда стараемся быть в курсе событий.

— И даже когда вас не просят?

— Не обижайтесь, — сказал инспектор Баттл. — Что вы намерены предпринять?

— Знаете, Баттл, — сказал Энтони, — я очень высокого мнения о ваших способностях. Вы всегда появляетесь, едва в вас возникает нужда. Возьмем сегодняшний вечер. Кое-что вы скрыли от меня. Это вполне в вашей манере. Вы медлили, чтобы собрать побольше фактов. Теперь я собираюсь кое-что сделать, чтобы привести в порядок то, что я сам и запутал. До сегодняшнего вечера я должен был молчать ради миссис Ривел. Сейчас же, когда стало очевидно, что она не имеет никакого отношения к этим письмам, предположения о ее соучастии выглядят абсурдными. Возможно, я в свое время дал ей неважный совет, а ее готовность заплатить за письма была просто капризом.

— Тогда вам, видимо, не хватило воображения, чтобы поверить в это, — сказал Баттл.

— Вы думаете, это было легко? — спросил Энтони.

— Понимаете, мистер Кейд, большую часть моего рабочего времени мне приходится проводить среди тех, кто относится к так называемому высшему обществу. Люди часто беспокоятся о том, что могут подумать о них соседи. Но бродяги и аристократы не обращают ни на кого внимания и поступают как им заблагорассудится. Я имею в виду не только праздных богачей или тех, кто делает большую политику. Я говорю о тех, для кого собственное мнение важнее мнения окружающих. Мне всегда казалось, что люди, принадлежащие к высшему обществу, позволяют себе быть бесстрашными, правдивыми, но порой невероятно глупыми.

— Это весьма интересная лекция, Баттл. Я надеюсь, вы опишите ваши наблюдения. И заслужите благодарность читателей.

Детектив отнесся к этой идее с улыбкой, но ничего не сказал.

— Вы бы лучше ответили мне вот на какой вопрос, — продолжал Энтони. — Имею ли я, по-вашему, отношение к происшедшему в Стайнзе? Я начинаю ставить вопросы в вашей манере.

— Похоже. У меня было такое предположение. Но ничего определенного. Мне нравится ваша собственная манера, если так можно выразиться, мистер Кейд. Вы никогда не теряете бдительности.

— Я стараюсь, — сказал Энтони. — Когда я общаюсь с вами, меня не покидает ощущение, что вы загоняете меня в ловушку. И я бы хотел избежать ее, но иногда напряжение становится чрезмерным.

Баттл мрачно улыбнулся:

— И поэтому вы все время как бы убегаете от меня? Петляете, бежите по прямой, поворачиваетесь, крутитесь на месте и так далее. Но рано или поздно нервы начинают сдавать и вас ловят.

— Вы славный парень, Баттл, но я жду, когда же вы наконец поймаете меня.

— Успеется, сэр, всему свое время.

— А пока я остаюсь вашим помощником-любителем, — сказал Энтони.

— Что вы имеете в виду? — не понял Баттл.

— Ватсон и Шерлок Холмс — вы не против такого сравнения?

— Детективные истории обычно очень нелепы, — безразлично сказал Баттл. — Но они развлекают людей, — добавил он после минутного раздумья. — А иногда оказываются полезными для нас.

— Каким образом? — с любопытством спросил Энтони.

— В них всегда проводится мысль о тупости полиции. И такое мнение помогает нам, когда преступления совершаются любителями, как, например, в этом случае.

Энтони несколько минут смотрел на инспектора, не произнося ни слова. Баттл выглядел, как всегда, абсолютно спокойным, и ни один мускул не дрогнул на его лице.

— Что ж, не отправиться ли нам спать? — спросил он, вставая. — Хотя мне бы нужно еще поговорить с его светлостью. И лучше бы это сделать, пока он один. Все, кто желает покинуть Чимниз, могут уехать. Но я был бы весьма обязан его светлости, если бы он пригласил своих гостей остаться. Если хотите, и вы, и миссис Ривел тоже получите приглашения.

— Вы уже нашли пистолет? — задал Энтони неожиданный вопрос.

— Тот, из которого был застрелен князь Михаил? Нет. Он может быть спрятан или в доме, или в саду. Я понял ваш намек, мистер Кейд, и пошлю мальчишек проверить птичьи гнезда. Если бы удалось обнаружить пистолет, это было бы немало. Хорошо бы найти и связку писем. Вы упоминали, что одно из них отправлено из Чимниза. И возможно, в нем зашифровано указание, где искать драгоценности.

— Что вы думаете об убийстве Джузеппе? — спросил Энтони.

— Он был обычным вором. Он принадлежал либо к людям короля Виктора, либо к Братству Багровой Руки и использовался кем-то из них. Я не удивлюсь, если окажется, что Братство и король Виктор работали вместе. У этой организации много денег и сил, но ей не хватает мозгов. Джузеппе было поручено украсть только мемуары — они не могли знать, что у вас находятся еще и письма, ведь это совпадение.

— Вы рассуждаете поразительно логично, — признал Энтони.

— Джузеппе похитил письма по ошибке. А потом решил шантажировать миссис Ривел. Конечно, он не понял их настоящего смысла. Братство, узнав о его действиях, решило, что он ведет двойную игру, и приговорило его к смерти. Они любят сурово расправляться с предателями и делают это крайне живописно. Я не уверен, что на том револьвере выгравировано имя — «Вирджиния», — но возможно, что так. Хотя это было бы слишком тонко для Братства. Как правило, они получают удовольствие, оставляя на месте преступления изображение Багровой Руки. Это делается и для устрашения других потенциальных изменников. Мне кажется, что сейчас в их деятельности чувствуется присутствие короля Виктора. Но я не знаю, какие у него могут быть мотивы для сотрудничества с Братством. Пока же все это выглядит хорошо продуманной попыткой связать миссис Ривел с убийством.

— У меня есть идея, — сказал Энтони, — но ее будет нелегко осуществить.

Он рассказал Баттлу о том, что Вирджиния опознала князя Михаила.

— Без сомнения, это князь Михаил, — подтвердил Баттл. — Между прочим, этот почтенный барон очень хорошо отзывался о вас. Он говорил о вас с большим уважением.

— Очень любезно с его стороны, — сказал Энтони. — Особенно если учесть, что я предупредил его, что постараюсь доставить мемуары по назначению к следующей среде.

— Вам придется потрудиться, — заметил Баттл.

— Вы так думаете? Возможно. Но что касается писем, мне кажется, они сейчас находятся у короля Виктора и Братства.

Баттл согласно кивнул.

— Тогда, на Понт-стрит, их забрали у Джузеппе. План начал реализовываться. Теперь же, расшифровав письма, они знают, что искать и где.

Баттл и Энтони были уже у выхода, как вдруг Энтони резко обернулся.

— Здесь?

— Конечно, здесь. Но пока они еще ничего не обнаружили. И наверняка пойдут на риск и предпримут очередную попытку.

— Я думаю, у вас уже есть план действий, — предположил Энтони.

Баттл промолчал. Он загадочно посмотрел на Энтони и подмигнул ему.

— Вам потребуется моя помощь? — спросил Энтони.

— Да, но не только ваша.

— Чья же?

— Миссис Ривел. Может быть, вы не заметили, мистер Кейд, но она может провести кого угодно.

— У меня такое же впечатление, — сказал Энтони. Он взглянул на часы. — Что ж, я готов последовать вашему примеру и отправиться спать. Купание в озере и плотный завтрак нас подождут.

Он легко взбежал по лестнице и прошел в свою комнату. Насвистывая, быстро разделся, прихватил халат и полотенце и направился было в ванную комнату, как вдруг... Он остолбенел. Не веря своим глазам, он простоял несколько минут перед туалетным столиком. Ошибки не было! На столике лежала связка тех самых писем, что были подписаны именем Вирджинии Ривел. Энтони просмотрел пачку. Ни одно письмо не пропало.

Он опустился в кресло, крепко сжимая в руке письма. «Мои мозги не выдержат этого! — шептал он. — Я не понимаю и четверти из того, что происходит в этом доме. Как письма могли снова попасть ко мне? Что за чертовщина! Кто положил их на стол? И зачем?»

Он так и не смог найти удовлетворительного ответа ни на один из этих вопросов.

ГЛАВА 21. ЧЕМОДАН МИСТЕРА АЙЗЕКСТАЙНА

В десять часов утра лорд Катерхэм завтракал вместе с дочерью. Бандл выглядела очень задумчивой.

— Отец, — наконец вымолвила она.

Лорд Катерхэм, углубленный в «Таймс», не отвечал. — Отец, — громче повторила Бандл.

Лорд Катерхэм оторвался от статьи, посвященной предстоящему аукциону редких книг, и с отсутствующим видом повернулся к дочери.

— Ты что-то сказала? — спросил он.

— Да. Почему наш гость не завтракает?

Она кивнула на один из пустых стульев.

— О ком ты? — не понял лорд Катерхэм.

— Кажется, его зовут Айзекстайн.

— Да.

— Я видела, как ты перед завтраком беседовал с детективом.

Лорд Катерхэм вздохнул:

— Он приставал ко мне с разными вопросами. Хотя, по-моему, час перед завтраком — священный. Его нельзя занимать никакими делами. Я уеду за границу. Мои нервы перенапряжены.

— Что он говорил? — бесцеремонно оборвала его Бандл.

— Что каждый, кто желает, может уехать.

— Это было бы неплохо, — заметила Бандл. — Ты же тоже этого хочешь.

— Да. Но при этом он просит, чтобы я пригласил всех остаться на какое-то время.

— Я не понимаю, — сказала Бандл, наморщив лоб.

— Все запутано и противоречиво, — пояснил лорд Катерхэм. — И перед завтраком он ничего толком не сказал.

— А что ты ответил ему?

— Конечно, я согласился. С такими людьми невозможно спорить. Особенно до завтрака, — продолжал лорд Катерхэм настаивать на своем принципе.

— И ты кого-нибудь уже пригласил?

— Кейда. Он встал сегодня очень рано. Не знаю, захочет ли он, но я бы предпочел, чтобы он остался. Он мне нравится.

— Как и Вирджинии, — сказала Бандл, рисуя пальцем на скатерти.

— Что ты сказала?

— Как, впрочем, и мне. Но это ничего не значит.

— Еще я просил задержаться Айзекстайна, — сообщил лорд Катерхэм. — Но к счастью, ему необходимо вернуться в город. Кстати, надо не забыть распорядиться, чтобы машину подали в 10.40.

— Очень хорошо.

— Надо бы еще избавиться от Фиша, — продолжал лорд Катерхэм, заговорщицки понижая голос.

— Я думала, тебе доставляет удовольствие болтать с ним о старых скучных книгах.

— Да, в конце концов это утомляет, когда говоришь только сам. Фиш — весьма интересный человек, но очень молчалив.

— Но это лучше, чем все время слушать самому, — сказала Бандл, — например, Джорджа Ломакса.

Лорд Катерхэм содрогнулся при упоминании этого имени.

— Джордж неотразим, когда садится на своего конька, — продолжала Бандл. — Я всегда аплодирую ему про себя. Хотя иногда он невыносим.

— Пожалуй, ты права, — сказал лорд Катерхэм.

— Вирджинию ты тоже попросишь остаться? — спросила Бандл.

— Баттл говорил обо всех.

— Он очень уверен в себе! Ты уже предложил ей стать моей мачехой?

— Я не думаю, что с этим что-нибудь получится, — печально произнес лорд Катерхэм. — Вчера, правда, она назвала меня «дорогой». Но такие женщины, как она, кокетничая, говорят вам нежности и решительно ничего не имеют в виду.

— Да, — согласилась Бандл. — Было бы более обнадеживающим, если бы она швырнула в тебя ботинок, или искусала бы, или сделала еще что-нибудь в этом роде.

— Вы — современные молодые люди — как-то странно относитесь к любви, — жалобно сказал лорд Катерхэм.

Бандл посмотрела на него с плохо скрытым сожалением. Затем она резко поднялась и поцеловала его в голову.

— Мой дорогой старый папа, — сказала она и стремительно выпрыгнула в окно.

Лорд Катерхэм направился было к двери, как вдруг в комнату бесшумно вошел мистер Хирам Фиш:

— Доброе утро, лорд Катерхэм.

— Доброе утро, — ответил лорд Катерхэм. — Доброе утро. Прекрасный сегодня день.

— Да, погода замечательная, — сказал мистер Фиш, наливая себе кофе. Он живо, с аппетитом съел пару гренков.

— Я слышал, что запрет на возвращение в Лондон снят, — сказал он, кончив жевать. — И мы в самом деле свободны?

— Да-да, — ответил лорд Катерхэм. — Но я был бы очень рад, я имею в виду, что было бы чудесно, если бы вы еще ненадолго остались здесь.

— Зачем?

— Уик-энд был довольно тяжелым. Я не мог уделить вам должного внимания. И мне будет грустно, если вы так быстро покинете нас.

— Вы очень любезны, лорд Катерхэм. Общение для нас при сложившихся обстоятельствах немного болезненно. Никто не станет отрицать этого. Но мне невероятно нравится жизнь в Англии, особенно в такой необычной ситуации. Это то, чего нам так не хватает в Америке. И я с радостью принимаю ваше предложение.

— Прекрасно, — сказал лорд Катерхэм. — Я очень рад, мой друг.

Не без труда сохраняя на лице любезную улыбку, лорд Катерхэм пробормотал что-то о необходимости срочно поговорить со своим управляющим и покинул мистера Фиша.

Проходя через холл, он увидел Вирджинию, которая спускалась по лестнице.

— Почему вы не завтракали? — ласково спросил лорд Катерхэм.

— Благодарю вас. Я только что встала. Я проспала все утро, — сказала она зевая.

— Вы плохо провели ночь? Что случилось?

— Не совсем плохо. С другой точки зрения, может быть, очень хорошо. О, дорогой лорд Катерхэм! — Она взяла его под руку. — Эта ночь доставила мне огромное удовольствие. И я была бы вам признательна, если бы вы позволили мне остаться здесь.

— Вы можете находиться в Чимнизе сколько захотите. Баттл снял свой запрет на отъезд, но я прошу вас погостить подольше. И Бандл тоже будет рада.

— Очень любезно с вашей стороны. Конечно же, я остаюсь.

Лорд Катерхэм облегченно вздохнул.

— Вас что-то печалит? — спросила Вирджиния. — Кто-то обидел вас?

— Вы угадали, — грустно ответил лорд Катерхэм.

Вирджиния озадаченно посмотрела на него.

— Вы никогда не чувствуете желания бросить в меня ботинок? — спросил он. — Нет? Я вижу — не чувствуете? Или все-таки?..

Опечаленный лорд Катерхэм покинул комнату, а Вирджиния через боковую дверь прошла в сад. Она постояла там недолго, жадно вдыхая прохладный октябрьский воздух, который бодряще действовал на нее.

Затем она решила поискать Баттла, но тот уже шел ей навстречу. Он не изменял своей привычке возникать ниоткуда и без предупреждения.

— Доброе утро, миссис Ривел. Я надеюсь, у вас все в порядке?

Вирджиния покачала головой:

— Была очень волнующая ночь. Она немного искупила недостаточность сна. День после нее кажется скучным.

— Можно посидеть в тени этого кедра, — сказал Баттл, показывая на могучее дерево. — Я принесу вам стул, хорошо?

— Это лучшее, что вы можете сделать для меня, — серьезно сказала Вирджиния.

— Я хотел бы поговорить с вами.

Баттл принес плетеный стул и поставил его на газон. Вирджиния шла за ним, держа в руках подушку.

— Терраса — довольно опасное место, — заметил детектив. — Здесь же беседовать намного удобнее.

— Вы интригуете меня, инспектор.

— Не беспокойтесь, ничего особенного не случилось. — Он вынул карманные часы. — Половина одиннадцатого. Я должен сходить ненадолго в Виверн Эбби, чтобы доложить мистеру Ломаксу о ходе расследования. У меня есть еще немного времени. Я бы только хотел услышать от вас что-нибудь о мистере Кейде.

— О мистере Кейде? — в изумлении переспросила Вирджиния.

— Именно. Когда вы впервые встретились с ним, как долго вы его знаете и так далее.

Манера Баттла была проста и не лишена приятности. Он даже не смотрел на Вирджинию, и это смущало ее и делало ее положение несколько неопределенным.

— Это значительно труднее для меня, чем вы думаете, — наконец сказала она. — Однажды он оказал мне очень важную услугу.

— Прежде чем вы скажете что-нибудь еще, — прервал ее Баттл, — я бы хотел добавить кое-что. Ночью, после того как вы и мистер Эверсли отправились спать, мистер Кейд мне все рассказал о письмах и о том человеке, который был убит в вашем доме.

— Рассказал?! — У Вирджинии перехватило дыхание.

— Да. И довольно подробно. Это проясняет множество непонятных вещей. Но он не сказал только одного — сколько времени он знает вас. У меня появились кое-какие предположения на этот счет… И вы можете либо подтвердить, либо опровергнуть их. Я думаю, что вы впервые увидели его в тот день, когда он пришел в ваш дом на Понт-стрит. Ведь так — да? Я уверен в этом.

Вирджиния молчала. Сперва она даже испугалась этого спокойного человека с ничего не выражающим лицом. Она понимала, что у Энтони были причины быть откровенным с инспектором Баттлом.

— Он когда-нибудь рассказывал вам о своей жизни? — продолжал инспектор. — Где он был до того, как попал в Южную Африку? В Канаде? Или в Судане? О своем детстве он не говорил?

Вирджиния отрицательно покачала головой.

— Держу пари, что он рассказывал вам истории из своей жизни. Она ведь полна риска и приключений, а это так нравится женщинам.

— Если он так интересует вас, то почему бы вам не обратиться к его другу, мистеру Макграту? — спросила Вирджиния.

— Я пытался. Но сейчас его нет в Англии. Без сомнения, мистер Кейд находился в Булавайо в то время, о котором он говорил. Но что он делал до того, как попал в Южную Африку? В «Кастл» он работал только месяц. — Баттл снова достал часы. — Ну вот. Я должен идти. Машина ждет меня.

Вирджиния смотрела, как он уходит к дому. Она чувствовала себя обессилевшей и даже не думала покидать тень кедра. Она надеялась, что Энтони найдет ее. Но вместо него появился Билл Эверсли.

— Слава Богу, наконец-то, Вирджиния, я смогу поговорить с вами! — сказал он.

— Билл, дорогой, будьте со мной ласковы, иначе я разрыдаюсь.

— Вас кто-то обидел?

— Нет, не обидел. У меня такое ощущение, будто выворачивают наизнанку мою душу.

— Баттл?

— Да. Ужасный человек.

— Забудьте о Баттле. Я хочу вам сказать, Вирджиния, что я вас страшно люблю.

— Только не говорите об этом с утра. Я недостаточно готова к вашим словам, Билл. В другой раз. Я ведь всегда говорила вам, никто не делает предложений до обеда.

— Боже мой! — воскликнул Билл. — Но ведь я делал вам предложение не один раз, и после обеда тоже.

Вирджиния вздрогнула:

— Билл, побудьте минутку благоразумным. Я хочу попросить у вас совета.

— Вы бы поступили намного лучше, если бы приняли мое предложение. Я был бы счастлив.

— Послушайте меня, Билл, оставьте эту идею фикс. Все мужчины делают предложения от скуки или когда им нечего сказать. Вспомните о моем возрасте и о том, что я — вдова, и найдите себе невинную молоденькую девушку.

— Моя дорогая Вирджиния... Проклятье! Нас снова ищет этот француз!

Мсье Лемуан, как всегда, аккуратный и вежливый, приблизился к ним.

— Доброе утро, мадам. Надеюсь, вы не устали?

— Ничуть.

— Отлично. Доброе утро, мистер Эверсли. Как вы отнесетесь к предложению немного пройтись? — осведомился француз.

— Билл, что вы скажете? — спросила Вирджиния, вставая.

— Я не против, — без особого энтузиазма ответил молодой человек. Он поднялся с травы, и они медленно двинулись. Вирджиния шла посередине. Она чувствовала, что детектив чем-то взволнован, но не знала причины.

Мсье Лемуан рассказал несколько историй о знаменитом короле Викторе. Когда он говорил о том, как королю Виктору удалось перехитрить полицию, в его голосе появлялась горечь. Хотя повествование Лемуана захватило Вирджинию, ее не покидало ощущение, что он озабочен совсем не тем, о чем говорит. Более того, она догадывалась, что Лемуан ведет их по парку не просто так, а с какой-то целью.

Внезапно он оборвал начатую очередную историю и огляделся по сторонам. Они остановились как раз в том месте, где дорога, пересекавшая парк, резко свернув, уходила в густые заросли. Лемуан пристально рассматривал машину, приближавшуюся к ним со стороны дома.

Вирджиния взглянула туда же.

— Это багажный автомобиль, — объяснила она. — Он должен отвезти багаж мистера Айзекстайна и его камердинера на станцию.

— Правда? — сказал Лемуан. Он посмотрел на часы и тронулся дальше. — Тысяча извинений. Я задержался здесь дольше, чем рассчитывал. В такой приятной компании забываешь о времени. Сейчас я, пожалуй, вернусь в гостиницу.

Он вышел на дорогу и поднял руку. Автомобиль затормозил, и Лемуан уселся на заднее сиденье. Он поклонился Вирджинии и велел шоферу ехать. Озадаченные его неожиданным отъездом, Вирджиния и Билл некоторое время стояли, глядя на удаляющийся автомобиль.

Он вот-вот должен был свернуть и скрыться из виду, но в этот момент из него выпал чемодан. Ни водитель, ни Лемуан не заметили этого.

— Пойдемте, — обратилась Вирджиния к Биллу. — Я думаю, там может оказаться что-нибудь интересное.

Они бросились к чемодану. В это время из-за угла появился Лемуан, запыхавшийся от быстрой ходьбы.

— Пришлось сойти, — объяснил он. — Мне показалось, что я что-то обронил.

— Это? — спросил Билл, показывая на чемодан. Это был небольшой ручной чемоданчик из свиной кожи, на котором были видны инициалы «Г. А.».

— Как жаль, что он вывалился, — грустно сказал Лемуан. — Не лучше ли убрать его с дороги?

Не дожидаясь ответа, он поднял чемодан и скрылся за деревьями. Вирджиния и Билл последовали за ним. Лемуан нагнулся над чемоданом, в его руке что-то сверкнуло, и он откинул крышку. Когда он заговорил, его голос был тверд и решителен.

— Машина будет здесь через минуту, — сказал он. — Ее еще не видно?

Вирджиния выглянула на дорогу.

— Нет, — ответила она.

— Отлично, — сказал Лемуан.

Он быстро выбрасывал вещи на траву. Бутылка с позолоченной крышечкой, шелковая пижама, несколько пар носков. Внезапно он распрямился. Он пытался разворошить узел несвежего белья, и его пальцы нащупали что-то твердое. Билл негромко вскрикнул, когда Лемуан извлек оттуда тяжелый револьвер.

— Я слышу гудок, — сказала Вирджиния.

Лемуан бросился укладывать вещи в чемодан. Револьвер он завернул в свой шелковый платок и спрятал в карман. Затем запер чемодан и резко повернулся к Биллу.

— Возьмите его, — распорядился мсье Лемуан. — Мадам пойдет с вами. Остановите машину и объясните, что чемодан выпал на дорогу, а вы нашли его. Обо мне — ни слова.

Билл выбежал на дорогу как раз в то время, как из-за угла вывернул большой черный лимузин мистера Айзекстайна. Шофер притормозил, и Билл сунул чемодан в автомобиль.

— Он выпал из машины с вашим багажом, — сказал он мистеру Айзекстайну. Он заметил выражение испуга, мелькнувшее на лице финансиста. Автомобиль дал гудок и уехал.

Они вернулись к Лемуану. Он стоял, держа в руке револьвер. Вид у него был очень довольный.

— Кажется, что-то начинает проясняться… — сказал он.

ГЛАВА 22. КРАСНЫЙ СИГНАЛ

Инспектор Баттл и Джордж Ломакс встретились в библиотеке Виверн Эбби. Ломакс с хмурым видом сидел за письменным столом, заваленным бумагами.

Инспектор Баттл начал с краткого отчета о происшедших за последнее время событиях. После этого инициатива в разговоре перешла к Джорджу — Баттл лишь ограничивался краткими, чаще всего односложными ответами на его вопросы.

На столе лежала связка писем, которые Энтони нашел у себя на туалетном столике.

— Все это совершенно непонятно, — произнес с раздражением Джордж, беря письма. — Так вы говорите, они зашифрованы?

— Совершенно верно, мистер Ломакс.

— И где же он нашел их — на туалетном столике?

Баттл слово в слово повторил рассказ Энтони Кейда о том, как к нему вернулись исчезнувшие письма.

— И он немедленно принес их вам? Что ж, правильно сделал. Но кто мог их подбросить ему? У вас есть какие-нибудь соображения?

Баттл отрицательно покачал головой.

— А вам следовало бы их иметь, — с упреком сказал Джордж. — Мне все это кажется подозрительным, очень подозрительным. Что нам вообще известно об этом Кейде? Он появляется самым странным образом при очень таинственных обстоятельствах, и мы ровно ничего не знаем о нем. Лично мне его поведение кажется подозрительным. Я надеюсь, вы попытались разузнать о нем?

Инспектор Баттл снисходительно улыбнулся:

— Мы сразу дали телеграмму в Южную Африку и получили ответ, целиком подтверждающий его рассказ. Он действительно находился с мистером Макгратом в Булавайо в то время, о котором он говорил. А до их встречи работал в туристическом агентстве «Кастл».

— Что ж, именно этого я и ожидал, — сказал Джордж. — Он уверен в себе, это и обеспечивает успех в профессиях определенного рода. Но что же делать с этими письмами? Надо предпринять какие-то шаги, и немедленно.

В словах великого человека сквозило сознание собственной значительности. Инспектор открыл было рот, чтобы что-то сказать, но Джордж опередил его:

— Следует поторопиться — письма должны быть расшифрованы немедленно. Надо подумать, кто бы мог сделать это. Да, есть один человек, кажется, он имеет какое-то отношение к Британскому музею. Крупнейший специалист по шифрам. Кстати, где мисс Оскар? Она должна знать его фамилию. Что-то вроде Вин, Вин...

— Профессор Винворт, — подсказал Баттл.

— Совершенно верно. Нужно срочно телеграфировать ему.

— Я сделал это час назад, мистер Ломакс. Он прибудет двенадцатичасовым поездом.

— Прекрасно. Слава Богу, хоть об этом можно не беспокоиться. Мне сегодня необходимо быть в городе. Надеюсь, вы сможете продолжить расследование без меня?

— Думаю, да, сэр.

— Сделайте все, что в ваших силах, Баттл. Я сейчас чрезвычайно загружен работой.

— Понятно, сэр.

— Кстати, почему мистер Эверсли не явился вместе с вами?

— Он еще спал, сэр. Мы ведь не ложились всю ночь, как я и говорил вам.

— А, да-да. Я тоже часто вынужден обходиться без сна. Работу, которую не сделаешь и за 36 часов, приходится делать за 24. И так постоянно! Как только вернетесь, пришлите мистера Эверсли.

— Я передам ему вашу просьбу, сэр.

— Благодарю вас, Баттл. Я вполне понимаю, что вам пришлось довериться ему, но неужели была необходимость посвящать во все и мою кузину, миссис Ривел?

— Это было вызвано тем, что письма подписаны ее именем, мистер Ломакс.

— Невероятная наглость, — пробормотал Джордж. При взгляде на связку писем по лицу его пробежала тень. — Я помню покойного короля Герцословакии. Весьма милый человек, но слабохарактерный, увы, слабохарактерный. Он был орудием в руках этой авантюристки. Скажите, Баттл, так у вас есть какие-нибудь предположения, как эти письма снова попали к мистеру Кейду?

— Я считаю, — сказал Баттл, — что, если человек не может добиться своего одним способом, он пытается использовать другие.

— Я не совсем понимаю, к чему вы клоните, — сказал Джордж.

— Этот мошенник, король Виктор, прекрасно знает теперь, что за залом заседаний наблюдают. Поэтому он возвращает нам письма, дает возможность их расшифровать и обнаружить тайник. Но тут в дело вмешиваемся мы с Лемуаном.

— У вас уже есть план действий?

— Ну, планом я бы это не назвал. Но идея есть. Иметь идеи иногда чрезвычайно полезно.

С этими словами инспектор Баттл удалился — он не намеревался посвящать Джорджа в свои планы. Возвращаясь назад, он увидел на дороге Энтони и остановил автомобиль.

— Хотите подвезти меня? — спросил Энтони. — Отличная идея!

— Куда это вы ходили, мистер Кейд?

— На станцию, смотрел расписание поездов.

Баттл удивленно вскинул брови:

— Собираетесь снова покинуть нас?

— Ну, не сейчас, — улыбнулся Энтони. — Между прочим, чем это так расстроен Айзекстайн? Он как раз приехал, когда я выходил из дома, и у него был такой вид, будто он пережил сильное потрясение.

— Что вы говорите! Понятия не имею, что с ним случилось, но, думаю, чтобы потрясти его, должно случиться нечто необычайное.

— Я тоже так думаю, — согласился Энтони. — Эти столпы финансового мира умеют владеть собой.

Неожиданно Баттл наклонился вперед и тронул шофера за плечо:

— Остановитесь и ждите меня.

К большому удивлению Энтони, он выпрыгнул из машины. Но через несколько минут Энтони увидел, что навстречу детективу направляется мсье Лемуан, и понял, что тот каким-то образом сумел привлечь внимание Баттла.

После короткой оживленной беседы с Лемуаном инспектор вернулся к машине, залез в нее и велел шоферу ехать дальше. Теперь выражение лица у него было совсем другое.

— Нашелся револьвер, — объявил он коротко.

— Что? — Энтони посмотрел на него с удивлением. — И где же?

— В чемодане Айзекстайна.

— Не может быть.

— Все может быть, — сказал Баттл, — и мне не мешало бы об этом помнить. — Он сидел неподвижно, барабаня пальцами по коленям.

— И кто его нашел?

Баттл рывком повернулся лицом к собеседнику:

— Лемуан. Способный парень. Не зря его ценят в Сюрте.

— Но не кажется ли вам, что это несколько противоречит вашим предположениям?

— Отнюдь, — медленно произнес Баттл. — Я с этим не согласен. Правда, сначала эта находка меня очень удивила, однако она подтверждает одну из моих идей.

— И какую же?

Но инспектор ушел от ответа.

— Простите, вы не могли бы разыскать мистера Эверсли? Мне надо передать ему, чтобы он немедленно отправился в Виверн Эбби к мистеру Ломаксу.

В этот момент машина подъехала к дому.

— Возможно, он еще спит, — сказал Энтони.

— Ошибаетесь, — заметил детектив. — Если посмотрите в парк, вы увидите его в обществе миссис Ривел.

— Ну и глаза у вас, Баттл! — сказал Энтони, отправляясь выполнять данное ему поручение.

Он передал Биллу распоряжение мистера Ломакса. В ответ Билл, как и следовало ожидать, страшно возмутился. «Проклятие! — ворчал про себя Билл, направляясь к дому. — Почему Ломакс никогда не оставляет меня в покое? И какой черт приносит, спрашивается, этих проклятых выходцев из колоний? Им, видите ли, надо приезжать сюда и волочиться за самыми красивыми девушками. Надоело все до смерти».

— Слышали насчет револьвера? — спросила взволнованно Вирджиния, когда Билл удалился.

— Баттл сказал мне. Неожиданный поворот. Айзекстайн был вчера в таком ужасном состоянии, что собирался уехать, но я подумал, это просто нервы. Он, пожалуй, единственный человек, которого я считал вне подозрений. Как вы думаете, могли у него быть какие-то причины избавиться от князя Михаила?

— По правде сказать, это не очень увязывается с действительностью, — сказала Вирджиния задумчиво.

— В этой истории вообще ничего ни с чем не увязывается, — недовольно заметил Энтони. — Я вначале вообразил себя сыщиком-любителем, и все, что мне пока удалось, это ценой весьма значительных усилий, хотя, к счастью, не столь значительных расходов, разузнать о француженке гувернантке.

— И за этим вы ездили во Францию? — спросила Вирджиния.

— Да, я поехал в Динар, где разговаривал с графиней де Бретайль. Страшно довольный своей прозорливостью, я ожидал услышать, что ни о какой мадемуазель Брюн там и знать не знают. Вместо этого мне дают понять, что на означенной особе на протяжении последних семи лет держался весь дом. Так что, если графиня тоже не является преступницей, моя хитроумная теория повисла в воздухе.

Вирджиния покачала головой:

— Мадам де Бретайль абсолютно вне подозрений. Я очень хорошо знаю ее, и мне кажется, я встречала в замке и мадемуазель. Я достаточно хорошо помню ее лицо, — правда, не очень четко, а так, как обычно помнишь гувернанток, компаньонок и людей, с которыми вместе ехал в поезде. Это ужасно, но я никогда на них внимательно не смотрю, а вы?

— Только в том случае, если они умопомрачительно красивы, — сознался Энтони.

— Ну, в таком случае… — она внезапно замолчала. — В чем дело?

Энтони разглядывал фигуру, которая внезапно возникла из-за дерева и неподвижно застыла на месте. Это был герцословак Борис.

— Извините, — сказал Энтони. — Я должен отойти на минуту к своей собаке.

Он подошел к Борису:

— В чем дело, что тебе нужно?

— Хозяин, — сказал Борис, поклонившись.

— Хорошо, хорошо, но вовсе не следует ходить за мной по пятам. Это выглядит странно.

Не произнося больше ни слова, Борис показал грязный обрывок бумаги, очевидно, часть какого-то письма, и отдал его Энтони.

— Что это? — спросил Энтони. На клочке бумаги не было ничего, кроме адреса, записанного торопливым почерком.

— Он обронил его, — сказал Борис. — Я принес хозяину.

— Кто обронил?

— Иностранный джентльмен.

— А зачем ты принес?

Борис взглянул на него с упреком.

— Ну ладно, ладно, а сейчас иди, я занят.

Борис отдал честь, повернулся на каблуках и удалился.

Сунув клочок в карман, Энтони присоединился к Вирджинии.

— Что ему нужно? — полюбопытствовала она. — И почему вы называете его своей собакой?

— Потому что он ведет себя как собака, — ответил Энтони. — Я думаю, что в своей предыдущей жизни он наверняка был охотничьей собакой. Он принес мне обрывок письма, который якобы обронил иностранный джентльмен. Я думаю, он имеет в виду Лемуана.

— Возможно, — согласилась Вирджиния.

— Он постоянно крутится вокруг меня, — продолжал Энтони. — Совсем как собака. Почти ничего не говорит и только смотрит на меня своими круглыми глазами. Непонятный тип.

— А может, он имел в виду Айзекстайна, — предположила Вирджиния. — Бог знает почему, но Айзекстайн очень похож на иностранца.

— Айзекстайн? — повторил Энтони удивленно. — А какое отношение он имеет к этой истории?

— Скажите, вы ни разу не пожалели, что ввязались в нее? — неожиданно спросила Вирджиния.

— Я? Боже упаси! Мне ужасно нравится. Я, знаете ли, всю жизнь мечтал оказаться в подобной передряге. Правда, на этот раз я получил несколько больше, чем рассчитывал.

— Но мне кажется, вы уже выпутались из неприятностей, — сказала Вирджиния, несколько удивленная его серьезным тоном.

— Не совсем.

Несколько минут они прогуливались в молчании.

— Есть люди, — наконец произнес Энтони, — которые не умеют координировать свою реакцию на сигналы. Обыкновенный, нормально работающий паровоз замедляет скорость, когда впереди загорается красный свет. Я, наверное, от рождения лишен способности различать сигналы. Когда я вижу красный, я не могу не броситься вперед, а это, как вы понимаете, означает встречу с опасностью, причем неминуемую. И естественно, красный сигнал опасен для любого вида транспорта. — Его тон по-прежнему был серьезен.

— Я думаю, — сказала Вирджиния, — вам в жизни не раз приходилось идти на риск.

— Пожалуй, я испытал все виды риска, кроме одного — женитьбы.

— Ну, это уже цинично.

— Вы меня не так поняли. Брак, как я его себе представляю, — самое необыкновенное из всех приключений.

— Мне нравится то, что вы говорите сейчас, — сказала Вирджиния покраснев.

— Есть только один тип женщины, на которой я хотел бы жениться, — это женщина, бесконечно далекая от той жизни, которую веду я. И что в этом случае мы стали бы делать? Либо ей пришлось бы менять образ жизни, либо мне.

— Но если бы она любила вас...

— То, что вы говорите, миссис Ривел, — сентиментальность, и вы это прекрасно понимаете. Любовь не наркотик, который принимают, чтобы забыть окружающее. Конечно, можно понимать ее и так, но это очень обидно — ведь любовь может оказаться чем-то гораздо большим. Предположим, король женился бы на своей бедной служанке. Как, по-вашему, они относились бы к семейной жизни, пробыв в браке год или два? Не вспоминала бы она с сожалением о своем нищенском платье, о босых ногах и о беззаботной жизни? Держу пари, что было бы именно так. А он? Не усомнится ли он в том, что ради нее стоило отказаться от короны? И ему бы это не принесло ничего хорошего. Нищий из него, наверняка, не получился бы. А в этом случае ни одна женщина не стала бы его уважать, так как женщины презирают мужчин, у которых что-то не получается.

— Уж не влюбились ли вы в бедную служанку, мистер Кейд? — мягко спросила Вирджиния.

— Совсем наоборот, но, в принципе, дело от этого не меняется.

— И вы считаете, что ситуация безвыходна?

— Какой-то выход всегда найдется, — мрачно сказал Энтони. — У меня есть теория, что желаемого всегда можно добиться, если уплатить за это соответствующую цену. А вы знаете, какова цена в девяти случаях из десяти? Компромисс. Дьявольски отвратительная вещь — компромисс. Но когда приближаешься к среднему возрасту, он как-то незаметно подбирается и становится частью твоей жизни. Вот и со мной так же. А чтобы получить женщину, которая мне нравится, я бы… я бы даже устроился на работу.

Вирджиния рассмеялась.

— Меня ведь с детства готовили к определенной профессии, — продолжал Энтони.

— И вы не стали ею заниматься?

— Нет.

— А почему?

— Для меня это было делом принципа.

— Понятно.

— Вирджиния, вы совершенно необыкновенная женщина! — сказал Энтони, внезапно повернувшись к ней.

— Почему же?

— Вы способны удержаться от вопросов.

— Вы имеете в виду, что я не спросила, какая профессия вас ожидала?

— Совершенно верно.

Снова воцарилось молчание. Они шли к дому мимо розария, откуда доносился аромат цветущих растений.

— Я думаю, вы прекрасно все понимаете, — сказал Энтони, прерывая молчание. — Вы ведь отлично чувствуете, когда кто-то испытывает к вам симпатию. Я не воображаю, что хоть на йоту вам не безразличен, но как мне хотелось бы добиться этого!

— И вы считаете, вы смогли бы это сделать? — тихо спросила Вирджиния.

— Может быть, нет, но, черт возьми, ради этого я пошел бы на многое.

— Скажите, вы не жалеете, что познакомились со мной? — внезапно спросила она.

— Конечно же, нет. Для меня это был очередной красный сигнал. В тот день, когда я впервые увидел вас на Понт-стрит, я знал, что меня ожидает нечто, что принесет мне радость, но заставит и страдать. Я понял это, едва увидел ваше лицо. В вас есть какая-то магия. Я встречал других женщин, которые наделены ею, но я не знаю женщины, обладающей ею в такой степени. Вы, очевидно, выйдете замуж за человека респектабельного и преуспевающего, что же касается меня, я вернусь к своей непутевой жизни. Но клянусь, прежде чем исчезнуть, я однажды поцелую вас.

— Во всяком случае, не сейчас, — заметила Вирджиния. — Инспектор Баттл наблюдает за нами из окна библиотеки.

— Вы настоящая ведьма, Вирджиния, — сказал он. — Хотя и весьма очаровательная ведьма.

Он помахал рукой детективу:

— Кого-нибудь поймали, Баттл?

— Пока что нет, мистер Кейд.

— Ну что ж, звучит обнадеживающе.

Баттл с подвижностью, удивительной для столь крупного человека, опершись рукой о подоконник, выпрыгнул из окна и нагнал их на террасе.

— Приехал профессор Винворт, — объяснил он шепотом. — И сейчас расшифровывает письма. Хотите взглянуть, как он работает?

Он произнес это тоном человека, демонстрирующего на выставке редкий экспонат. Получив утвердительный ответ, он подвел их к окну и предложил заглянуть внутрь. За столом, на котором были разложены письма, сидел и с озабоченным видом писал что-то на большом листе бумаги маленький рыжеволосый человек среднего возраста. Он издавал какие-то звуки, напоминающие похрюкиванье, и время от времени энергично потирал рукой нос, отчего последний принял оттенок, напоминающий цвет его волос. Наконец профессор оторвался от работы и поднял голову:

— Это вы, Баттл? Зачем вам понадобилось тащить меня сюда ради подобной ерунды? Расшифровать эти письма в состоянии грудной младенец. Двухлетний ребенок мог бы сделать это, даже стоя на голове. И вы называете это шифром? Ведь разгадка буквально бросается в глаза.

— Я рад, что вы так считаете, профессор, — сказал Баттл. — Но мы в этом не так опытны, как вы.

— Да здесь и не требуется никакого опыта, — парировал профессор. — Самая обычная, рутинная работа. Вы что, хотите расшифровать все письма? Это занятие займет много времени и потребует пристального внимания И сосредоточенности, но не мыслительных способностей. Я расшифровал письмо, которое, как вы сказали, самое важное, — то, что написано в Чимнизе. Я мог бы взять остальные в Лондон и отдать их для расшифровки своим ассистентам. Я не могу позволить себе убить на них столько времени. Чтобы приехать сюда, мне пришлось оторваться от разгадывания весьма увлекательной задачи, и я хотел бы поскорее вернуться к ней. — Глаза его увлеченно блеснули.

— Ну что ж, профессор, — согласился Баттл. — Мне жаль, что наша проблема показалась вам столь ординарной. Я все скажу мистеру Ломаксу. Нам необходимо было срочно расшифровать именно это письмо. Полагаю, лорд Катерхэм ожидает, что вы останетесь ко второму завтраку.

— Никаких вторых завтраков! — возразил профессор. — Это вредно для здоровья. Один банан и постное печенье — все, что нужно здравомыслящему и здоровому человеку в середине дня.

Он схватил свое пальто, которое было наброшено на спинку стула. Баттл направился к дверям, и через несколько минут Энтони и Вирджиния услышали звук отъезжающей машины.

Вскоре Баттл присоединился к ним, в руке у него была половинка листа бумаги, которую ему дал профессор.

— Он всегда так, — сказал Баттл. — Вечно куда-то страшно торопится. Но в своем деле большой специалист. Ну что ж, вот суть письма Ее Величества. Хотите взглянуть?

Вирджиния взяла письмо, Энтони прочитал его, заглядывая через ее плечо. Он помнил, что это было длинное послание, полное страсти и отчаяния. Гений профессора Винворта превратил его в весьма деловое сообщение: «Операции проведены успешно, но С. предал нас. Взял камень из тайника. В его комнате нет. Я обыскала. Нашла записку, которая связана с этим делом: „Ричмонд. Семь прямо. Восемь влево. Три вправо“».

— «С.»? — повторил Энтони. — Конечно, Стылптич. Хитрый, старый пес. Он перепрятал камень.

— Ричмонд, — сказала Вирджиния задумчиво. — Неужели брильянт спрятан где-нибудь в Ричмонде?

— Это излюбленное место коронованных особ, — согласился Энтони.

Баттл покачал головой:

— Я думаю, это намек на какое-то место в доме.

— Я знаю! — неожиданно воскликнула Вирджиния.

Оба собеседника вопросительно посмотрели на нее.

— Помните портрет кисти Гольбейна в зале заседаний? Стену простукивали как раз под ним. Это же портрет графа Ричмонда!

— Отлично, — сказал Баттл. — От этого и надо отталкиваться — от картины. — Он говорил с необычным для него оживлением. — Преступники знают не больше нашего, к чему относятся эти цифры. Два рыцаря в доспехах стоят прямо под картиной, их первой мыслью было, что брильянт спрятан в одном из них; приведенные в записке цифры в этом случае могли бы быть дюймами. Как известно, предположение не оправдалось. И тогда им пришла на ум мысль о потайном ходе или лестнице. Вы не знаете, миссис Ривел, в доме есть что-нибудь подобное?

Вирджиния покачала головой:

— В доме есть потайная комната и, по крайней мере, один потайной ход, о которых я знаю. Когда-то мне их показывали, но я плохо помню. Вот Бандл — она должна знать.

Бандл быстро шла по террасе, направляясь к ним.

— После завтрака я еду в город, — сказала она. — Подвезти кого-нибудь? Вы не хотите поехать, мистер Кейд?

— Нет, благодарю, — сказал Энтони, — я вполне счастлив и здесь, да и занят к тому же.

— Он боится меня, — сказала Бандл. — Либо боится ездить со мной в машине, либо опасается моего рокового очарования.

— Разумеется, последнее, — сказал Энтони.

— Бандл, дорогая, — сказала Вирджиния. — Из зала заседаний есть потайной ход?

— Да, но он давно заброшен. Он должен соединять Чимниз с Виверн Эбби. Когда-то так и было. А сейчас он местами обвалился. С этого конца по нему можно пройти всего около сотни ярдов. Потайной ход наверх, в белую галерею, куда более интересен. Да и потайная комната довольно любопытна.

— Нас они интересуют с другой точки зрения, — пояснила Вирджиния. — Как можно попасть в потайной ход из зала заседаний?

— Там есть отодвигающаяся стенка. Если хотите, я вам покажу после завтрака.

— Спасибо, — сказал Баттл. — Давайте встретимся — ну, скажем, — в половине третьего.

Бандл удивленно подняла брови.

— Пытаетесь поймать преступника? — спросила она.

В этот момент на террасе появился Тредвелл.

— Завтрак подан, миледи, — объявил он.

ГЛАВА 23. ВСТРЕЧА В РОЗАРИИ

В 2 часа 30 минут в зале заседаний собралась небольшая компания: Бандл, Вирджиния, инспектор Баттл, мсье Лемуан и Энтони Кейд.

— Не стоит ждать, пока освободится мистер Ломакс. Нам предстоит дело, которое не терпит отлагательства.

— Если вы думаете, что убийца князя Михаила проник в дом через этот ход, то вы ошибаетесь, — сказала Бандл. — Это невозможно: другой конец полностью заблокирован.

— Речь не об этом, миледи, — сказал Лемуан. — Мы хотим осмотреть этот ход по другой причине.

— А, так, значит, вы что-то ищете? — спросила Бандл. — Уж не ту ли самую историческую безделицу?

Лицо Лемуана приняло озадаченное выражение.

— Объясни, в чем дело, Бандл, — сказала Вирджиния.

— Ну, тот самый знаменитый брильянт порфироносных особ, украденный в те мрачные времена, когда я еще не достигла возраста, в котором человек уже способен отвечать за свои поступки.

— Откуда вы знаете об этом, леди Эйлин? — спросил Баттл.

— Я знаю об этом уже целую вечность. Мне рассказал один из лакеев, когда мне было двенадцать лет.

— Один из лакеев, — повторил Баттл. — Боже, как жаль, что этого не слышит мистер Ломакс.

— А что — это один из тщательно охраняемых секретов Джорджа? — спросила Бандл. — Потрясающе! А я никогда не думала, что это правда. Джордж просто осел. Ему бы следовало знать, что слугам известно абсолютно все.

Она подошла к портрету Гольбейна, нажала на пружину, скрытую где-то сбоку в раме, и часть стенки со скрежетом отодвинулась, открыв темное отверстие.

— Прошу, дамы и господа! — торжественно сказала Бандл. — Входите, входите, мои дорогие. Лучшее зрелище сезона, и всего за 6 пенсов!

И Лемуан, и Баттл захватили с собой фонари. Они вошли в темное отверстие первыми, остальные последовали за ними.

— Воздух чистый и свежий, — заметил Баттл. — Должно быть, ход где-то сообщается с поверхностью.

Он возглавлял шествие. Пол был выложен грубо обработанными, неровными каменными плитами, стены были кирпичными. Как и предупреждала Бандл, проход простирался лишь на расстояние около сотни футов. Затем он внезапно заканчивался завалом из каменных глыб. Баттл удостоверился в том, что миновать эту преграду невозможно, и, не оборачиваясь, произнес:

— Ну а теперь прошу всех вернуться. Я только хотел, так сказать, произвести разведку местности.

Через несколько минут они снова стояли у начала потайного хода.

— Начнем отсюда, — сказал Баттл. — Семь прямо, восемь налево, три направо. Для начала представим, что речь идет о шагах.

Он старательно отсчитал семь шагов и, наклонившись, осмотрел пол.

— Кажется, я угадал. Когда-то здесь была сделана пометка мелом. Ну а теперь восемь налево. Здесь имеются в виду не шаги, потому что ход настолько узок, что люди могли проходить только шеренгой.

— А может быть, имеются в виду кирпичи? — предположил Энтони.

— Совершенно верно, мистер Кейд. Восемь кирпичей снизу или восемь кирпичей сверху с левой стороны. Давайте сначала попробуем восемь снизу — это легче. — Он отсчитал восемь кирпичей. — Ну а теперь три кирпича вправо от этого. Один, два, три. Эй, что это такое?..

— Я сейчас умру от любопытства, — сказала Бандл. — Скажите же, наконец, что там такое?

Инспектор Баттл обследовал кирпич с помощью ножа. Его опытный глаз сразу заметил, что этот кирпич отличается от остальных. Повозившись пару минут, он вынул кирпич. За ним оказалось небольшое углубление. Баттл просунул туда руку, остальные ждали затаив дыхание.

Издав возглас изумления и досады, Баттл вынул руку. Стоящие вокруг в недоумении разглядывали предметы, которые он держал. На минуту им показалось, что их всех обманывает зрение.

Несколько маленьких перламутровых пуговиц, небольшой лоскут кружева, связанного из грубых ниток, и лист бумаги, на котором в ряд была начертана заглавная буква «Е».

— Будь я проклят, если я понимаю, в чем дело, — резко сказал Баттл.

— Черт возьми, — пробормотал француз. — Игра заходит слишком далеко.

— Но в чем же все-таки дело? — воскликнула Вирджиния.

— В чем дело? — повторил Энтони. — Только в одном. Покойный граф Стылптич, вероятно, обладал чувством юмора. И перед нами — образец этого юмора. Хотя признаюсь, все это лично мне совсем не кажется смешным.

— Не разъясните ли нам, что вы имеете в виду, сэр? — спросил Баттл.

— Разумеется. Это была одна из маленьких шуток графа. Наверно, он заподозрил, что его записка прочитана, и сделал так, что, явившись, мошенники обнаружат невероятно изящную головоломку. Похоже на игру, где участники прикалывают к одежде какие-то маленькие вещицы, по которым остальные должны угадать, какого литературного героя вы изображаете.

— Значит, во всем этом есть какой-то тайный смысл?

— Несомненно. Если бы граф хотел только посмеяться над ними, он бы оставил карточку с надписью «Продано», или картинку, изображающую осла, или что-нибудь оскорбительное в том же роде.

— Кусочек ткани, заглавные буквы «Е» и пуговицы, — недоумевающе бормотал Баттл.

— Неслыханное дело! — произнес Лемуан сердито.

— Шифр № 2, — сказал Энтони. — Интересно, справился бы с ним профессор Винворт?

— Когда этим ходом пользовались в последний раз? — спросил француз у Бандл.

Она задумалась.

— По-моему, сюда никто не входил уже больше двух лет. Американцам и прочим туристам показывают только потайную комнату.

— Любопытно, — пробормотал француз.

— Что вы имеете в виду?

Лемуан нагнулся и что-то поднял с пола.

— Вот это, — сказал он. — Эта спичка отнюдь не лежит здесь два года. Я бы рискнул утверждать, что она не лежит здесь и двух дней.

Баттл с любопытством рассматривал спичку. Она была сделана из розового дерева и имела желтую головку.

— Ее случайно не уронил кто-нибудь из вас, леди и джентльмены? — спросил он.

На этот вопрос последовал отрицательный ответ.

— Ну что ж, — сказал инспектор Баттл, — тогда мы видели здесь все, что заслуживает внимания. А сейчас можно и удалиться.

Предложение было принято единогласно. Панель, прикрывающая потайной ход, стояла на своем месте, но Бандл показала им, как она открывается изнутри. Она сняла задвижку, дверь бесшумно открылась, и Бандл, переступив порог, снова оказалась в зале заседаний.

— Черт возьми! — воскликнул лорд Катерхэм, подскочив от неожиданности в кресле, в котором он дремал после завтрака.

— Бедный папочка, — сказала Бандл. — Я тебя испугала?

— Не могу понять, — проворчал лорд Катерхэм, — почему никто не сидит на месте после еды. Как жаль, что этот обычай теперь утрачен. Чимниз достаточно просторен, однако даже здесь, кажется, нет угла, где можно было бы хоть немного отдохнуть. Господи, да сколько же вас там? Это напоминает мне пантомимы, которые я видел в детстве. Там из люка на сцене выскакивали целые толпы злых духов.

— Злой дух № 7, — сказала Вирджиния, подойдя к нему и погладив его по голове. — Не сердитесь. Мы только осматриваем потайные ходы.

— Похоже, сегодня все заинтересовались потайными ходами, — проворчал лорд Катерхэм, не вполне еще умиротворенный. — Целое утро пришлось показывать его Фишу.

— И когда это было? — быстро спросил Баттл.

— Перед самым завтраком. Кажется, ему кто-то рассказал, что в замке есть потайной ход. Сначала мы плутали здесь, а потом поднялись в белую галерею и закончили осмотром потайной комнаты. Но к тому времени его энтузиазм уже поубавился. Судя по его виду, ему надоело до смерти. Но я заставил его осмотреть абсолютно все. — При этом воспоминании лорд Катерхэм удовлетворенно хихикнул.

Энтони дотронулся до руки Лемуана.

— Давайте выйдем, — сказал он вполголоса. — Мне нужно поговорить с вами.

Они вышли через застекленную дверь. Отойдя от дома на достаточное расстояние, Энтони вынул из кармана обрывок бумаги, переданный ему Борисом.

— Скажите, это не вы обронили?

Лемуан взял в руки листок и с интересом осмотрел его.

— Нет. Впервые вижу. А почему вы спрашиваете?

— Вы вполне уверены в том, что сказали?

— Абсолютно, мсье.

— Ну что ж, все это очень странно.

Он повторил Лемуану рассказ Бориса. Тот внимательно выслушал его.

— Нет. Это не моя бумага. Вы говорите, он нашел ее среди этих деревьев?

— Да, по крайней мере, я так понял, хотя точно он мне не сказал.

— Весьма возможно, что она выпала из чемодана мсье Айзекстайна. Допросите Бориса еще раз. — Он вернул листок Энтони. Помолчав, он спросил: — А что вам известно об этом человеке?

Энтони пожал плечами:

— Насколько я знаю, он был доверенным слугой князя Михаила.

— Может быть, и так, но необходимо выяснить точно. Спросите кого-нибудь, кто может подтвердить это, например барона Лолопретжила. Может быть, этот человек поступил на службу к князю только недавно? Что касается меня, я верю, что он не лжет. Но кто знает? Король Виктор вполне способен мгновенно перевоплотиться в доверенного слугу…

— Неужели вы действительно думаете…

Лемуан не дал ему договорить:

— Я буду с вами совершенно откровенен. Король Виктор стал для меня навязчивой идеей. Он чудится мне повсюду. Даже сейчас я мысленно задаю себе вопрос: а, что, если человек, с которым я сейчас разговариваю, этот мсье Кейд, и есть король Виктор?

— Боже мой, — сказал Энтони, — у вас и вправду уже пунктик на этой почве.

— Какое мне дело до брильянта? Какое мне дело до поимки убийцы князя Михаила? Я предоставляю все это моему коллеге из Скотленд-Ярда. Ему и полагается этим заниматься. Я же в Англии только с одной целью, эта цель — поймать короля Виктора, и поймать его с поличным. Остальное меня не интересует.

— И вы думаете, вам это удастся? — спросил Энтони, закуривая сигарету.

— Откуда я знаю? — без энтузиазма произнес Лемуан.

Они вернулись на террасу. Инспектор Баттл стоял около застекленной двери в какой-то странно неподвижной позе.

— Посмотрите на бедного Баттла, — предложил Энтони. — Давайте подойдем и приободрим его. — Он помолчал с минуту и добавил: — А знаете, кое в чем вы кажетесь мне темной лошадкой, мсье Лемуан.

— В чем же, мсье Кейд?

— Ну, на вашем месте, — сказал Энтони, — я бы попытался записать адрес, который я вам показал. Возможно, он не имеет никакого значения, вполне возможно. Но с другой стороны, он может оказаться очень важным.

Лемуан пристально взглянул на него. Затем с легкой улыбкой отвернул обшлаг левого рукава пиджака. На белом накрахмаленном манжете рубашки было написано: «Херстмер, Лэнгли-роуд, Дувр».

— Прошу прощения, — сказал Энтони. — Я удаляюсь.

Он присоединился к инспектору Баттлу.

— Что-то у вас очень задумчивый вид, Баттл, — заметил он.

— Мне есть о чем подумать, мистер Кейд.

— Вполне естественно.

— Факты как-то плохо увязываются друг с другом. Даже совсем не увязываются.

— Мало приятного, — посочувствовал ему Энтони. — Не огорчайтесь, Баттл, в самом худшем случае вы всегда сможете арестовать меня. Помните, что вы всегда можете сослаться на отпечатки моих следов, которые изобличают меня.

В ответ на шутку инспектор даже не улыбнулся.

— Скажите, у вас есть враги? — спросил он.

— Я догадываюсь, что не очень нравлюсь третьему лакею, — ответил Энтони беззаботно. — Он делает все, лишь бы не заметить меня, когда обносит гостей самыми изысканными блюдами. А почему вы спрашиваете?

— Я получил анонимные письма, — сказал инспектор Баттл. — Вернее сказать, анонимное письмо.

— Касающееся меня?

Не ответив, Баттл вынул из кармана сложенный листок дешевой бумаги и протянул его Энтони. На нем с грамматическими ошибками были нацарапаны слова: «Присмотритесь к мистеру Кейду. Он не то, за что себя выдает».

Энтони вернул ему записку назад, засмеявшись:

— И это все? Ну что ж, Баттл, у вас есть причина приободриться. Теперь уж имеются все основания думать, что я в действительности скрывающийся король.

И он направился к дому, беззаботно насвистывая. Но едва он вошел в спальню и закрыл за собой дверь, выражение его лица мгновенно изменилось, стало жестким и напряженным. Он присел на край постели и в мрачном раздумье уставился в пол.

— Ситуация становится серьезной, — сказал Энтони сам себе. — Надо что-то предпринять. Положение чертовски неприятное.

Несколько минут он сидел неподвижно, затем подошел к окну. Сначала бесцельно смотрел в него, но внезапно его взгляд упал на что-то и лицо его просветлело.

— Ну конечно же! — сказал он. — Розарий! Совершенно верно! Розарий!

Он поспешил вниз, через боковую дверь вышел в сад и обходным путем подошел к розарию, с каждой стороны которого имелась небольшая калитка. Он прошел к солнечным часам, стоявшим на небольшом земляном возвышении в самом центре розария.

Подойдя к ним, он замер на месте, удивленно уставившись на другого посетителя, который как будто был не менее озадачен встречей.

— А я и не знал, мистер Фиш, что вы интересуетесь розами, — спокойно сказал Энтони.

— Вы угадали, сэр, — ответил Фиш. — Я действительно очень интересуюсь розами.

Они напряженно всматривались друг в друга, как всматриваются враги, мысленно прикидывая силы противника.

— Розы и меня интересуют, — сказал Энтони.

— Да неужели?

— Да-да, я прямо-таки обожаю их! — сказал Энтони.

На губах мистера Фиша появилась едва заметная улыбка, одновременно улыбнулся и Энтони. Напряженность ситуации как будто уменьшилась.

— Вы только взгляните на эту красавицу! — сказал мистер Фиш, наклоняясь и показывая на особенно великолепный цветок. — Кажется, это сорт «Мадам Абель Четтени». Да, я угадал. А вот эта белая роза до войны была известна под названием «Фрау Карл Друски». Ну а сорт «Франция» всегда был популярен. Вы любите красные розы, мистер Кейд? А вот и сверкающая алая роза…

В этот момент монолог мистера Фиша, произносимый медленно и нараспев, был прерван — из окна верхнего этажа высунулась Бандл:

— Вас не подвезти в город, мистер Фиш? Я выезжаю.

— Благодарю, леди Эйлин, но мне вполне хорошо и здесь.

— А вы, мистер Кейд, не передумали?

Энтони рассмеялся и покачал головой. Бандл исчезла.

— Я предпочитаю поспать, — сказал Энтони, широко зевнув. — Ничего нет лучше, чем вздремнуть после завтрака.

Он вынул сигарету.

— У вас случайно нет спичек?

Мистер Фиш протянул ему коробок. Энтони взял одну спичку и, поблагодарив, вернул коробок.

— Розы, — сказал Энтони, — всегда прекрасны. Но сегодня я что-то не расположен заниматься садоводством.

И с обезоруживающей улыбкой он кивнул собеседнику. Со стороны дома донесся оглушительный рев автомобильного мотора.

— У нее в машине очень мощный мотор, — заметил Энтони.

Мимо них вдоль длинной подъездной дороги пронесся набирающий скорость автомобиль. Энтони снова зевнул и направился к дому. Как только он зашел внутрь, движения его моментально изменились. Он бегом пересек вестибюль, снова выскочил наружу через одну из дверей в задней стене дома и бросился бежать по парку. Он знал, что Бандл придется сделать большой круг через деревню и затем она снова окажется у ворот парка. Он бежал, напрягая все силы. Приближаясь к ограде парка, он услышал шум подъезжающей машины. Собрав последние силы, он сделал рывок и выскочил на дорогу.

— Эй! — крикнул Энтони.

От изумления Бандл чуть не выпустила руль. Автомобиль развернулся почти поперек дороги, но Бандл удалось вовремя затормозить. Энтони подбежал к автомобилю, открыл дверцу и сел рядом с Бандл.

— Я еду с вами в Лондон, — сказал он. — Я с самого начала намеревался поехать.

— Чудеса какие-то... — сказала Бандл. — А что это у вас в руке?

— Всего лишь спичка, — сказал Энтони.

Он внимательно рассмотрел ее. Она была розовая с желтой головкой. Он выбросил незажженную сигарету и осторожно спрятал спичку в карман.

ГЛАВА 24. ДОМ В ДУВРЕ

— Надеюсь, вы не возражаете, — спросила Бандл через несколько минут, — если я поеду побыстрее? Я выехала позже, чем собиралась.

Энтони и так казалось, что они несутся с ужасной скоростью, но теперь он убедился — это было ничто по сравнению с тем, что при желании она могла выжать из машины.

— Некоторые, — сказала Бандл, сбавляя скорость, так как они проезжали через деревню, — боятся ездить со мной. Бедный папочка, например. Никто в мире не может заставить его сесть в эту старую развалину, если я за рулем.

В глубине души Энтони считал, что такое отношение лорда Катерхэма вполне оправдано. Езда с Бандл — неподходящее занятие для нервных пожилых джентльменов.

— Но вы держитесь молодцом, — продолжала Бандл, сделав столь резкий поворот, что два колеса оторвались от земли.

— Я достаточно хорошо научился владеть собой, — пояснил Энтони. — Кроме того, я и сам очень спешу.

— Может быть, прибавить скорости? — любезно осведомилась Бандл.

— Нет-нет, лучше не надо, — торопливо ответил Энтони.

— Я горю от нетерпения узнать причину столь внезапного отъезда, — сказала Бандл, огласив окрестности таким гудком, что местные жители, вероятно, оглохли на какое-то время. — Или я не должна об этом спрашивать? Скажите, а вы случайно не спасаетесь от правосудия?

— Пока на этот счет у меня нет полной уверенности. Но скоро я буду это знать.

— Этот человек из Скотленд-Ярда оказался вовсе не таким тупым, как я думала, — задумчиво сказала Бандл.

— Баттл — отличный парень, — согласился Энтони.

— Вам следовало бы стать дипломатом, — заметила Бандл. — Вы очень хорошо владеете искусством говорить, не выдавая никакой информации.

— А мне казалось, что я прямо-таки заболтался.

— Как бы не так! А может быть, вы задумали сбежать с мадемуазель Брюн?

— Вот в этом я совсем неповинен, — с готовностью ответил Энтони.

Несколько минут они молчали, за это время Бандл ухитрилась обогнать еще три машины. Внезапно она спросила:

— Вы давно знаете Вирджинию?

— На этот вопрос не так легко ответить, — сказал Энтони, — не погрешив против истины. Мы виделись довольно редко, однако я как будто знаю ее уже очень давно.

Бандл кивнула.

— У Вирджинии отличная голова, — заметила она. — Она часто болтает ерунду, но голова у нее на месте. Я считаю, что во время пребывания в Герцословакии она во многом помогла своему мужу. Если бы Тим Ривел остался жив, он мог бы сделать блестящую карьеру, и в большой степени благодаря Вирджинии. Она была для него идеальной спутницей, которая делала все возможное, чтобы помочь ему, — и я знаю почему.

— Вероятно, потому что любила его? — Энтони сидел неподвижно, напряженно глядя перед собой.

— Вовсе нет, именно потому, что не любила. Как вы не понимаете! Она никогда не любила его и делала все возможное, чтобы загладить свою вину перед ним. В этом вся Вирджиния. Вы можете быть абсолютно уверены в том, что я не ошибаюсь, — Вирджиния никогда не любила Тима Ривела.

— Почему вы так уверены в этом? — спросил Энтони, поворачиваясь к ней.

Маленькие руки Бандл уверенно сжимали руль, она сидела прямо, решительно выставив вперед подбородок.

— Я кое-что знаю. Когда Вирджиния выходила замуж, я была еще ребенком, но я могу с достаточной ясностью представить себе, как это все было. Тим Ривел с ума сходил по Вирджинии, вы же знаете — он ирландец. Он был необычайно привлекателен и умел заговорить любого. Вирджинии было всего восемнадцать лет. Куда бы она ни пошла, она везде встречала Тима, который всем своим видом изображал крайнее отчаяние, клянясь, что застрелится или начнет пить, если она не выйдет за него. Девушки обычно попадаются на такое. По крайней мере, так было раньше. Вирджиния была в восторге, что сумела внушить такое чувство. Она вышла за него замуж и всегда была идеальной женой. Но она никогда не была бы столь идеальна, если бы действительно любила его. Никто не знает, на какие чувства она способна. Но могу сказать вам одно — быть независимой ей нравится. И если кто-нибудь попытается убедить ее расстаться с независимой жизнью, сделать это будет непросто.

— Хотел бы я знать, почему, собственно, вы рассказываете мне об этом? — произнес Энтони, стараясь казаться невозмутимым.

— А разве неинтересно узнать кое-что о знакомых, по крайней мере, о некоторых из них?

— То, что я услышал от вас, мне действительно интересно, — согласился Энтони.

— От самой Вирджинии вы никогда бы ничего не узнали. Но мне вы можете доверять, я достаточно хорошо знаю ее. Она настоящее сокровище. Даже женщины проникаются к ней симпатией, потому что она абсолютно не способна злословить. Конечно, она ведет достаточно светский образ жизни, но почему бы и нет, — неожиданно закончила Бандл.

— Да, конечно, — подтвердил Энтони. Он по-прежнему недоумевал, почему Бандл решила рассказать ему обо всем этом. Но он был рад, что так случилось.

— Ну вот, добрались и до трамваев, — вздохнула Бандл. — Теперь придется ехать поосторожнее.

— Это будет весьма кстати, — согласился Энтони.

Его мнение о том, что означает ехать поосторожнее, явно не совпадало с представлением Бандл. Оставив позади пригороды Лондона, полные негодующих пешеходов, они наконец въехали на Оксфорд-стрит.

— Неплохая скорость, а? — сказала Бандл, взглянув на часы. Энтони с готовностью согласился. — Где вас высадить?

— Мне все равно. А вы сами как поедете?

— В направлении Найтсбридж.

— Ну хорошо, тогда я выйду у Гайд-парка.

— Прощайте, — сказала Бандл, подъезжая к указанному месту. — Как насчет обратного путешествия?

— Благодарю вас, обратно я доберусь сам.

— Ну вот, все-таки я вас напугала, — заметила Бандл.

— Я не стал бы рекомендовать езду с вами как возбуждающее средство для нервных пожилых дам, но лично я получил большое удовольствие. Последний раз я находился в такой опасности, когда меня преследовало стадо слонов.

— Ну, это уже не очень любезно с вашей стороны, — сказала Бандл. — Мы ведь за всю поездку даже никого не задели.

— Я очень сожалею, если мое присутствие вынуждало вас вести себя столь сдержанно, — ответил Энтони.

— Мужчины и в самом деле не отличаются храбростью, — сказала Бандл.

— Удар ниже пояса, — возразил Энтони. — Я удаляюсь униженный.

Бандл кивнула ему на прощание, и машина рванулась с места. Энтони подозвал такси.

— На вокзал «Виктория», — сказал он.

Доехав, он расплатился с шофером и отправился разузнать, когда идет следующий поезд в Дувр. К его большому сожалению, поезд только что ушел. Примирившись с необходимостью ждать около часа, Энтони с озабоченным видом принялся расхаживать взад-вперед. Пару раз он нетерпеливо покачивал головой. Путешествие в Дувр прошло без всяких происшествий. Добравшись туда, Энтони хотел было сразу же уйти с вокзала, но потом решил прямо здесь узнать, как пройти в Херстмер, на Лэнгли-роуд. На губах его играла легкая улыбка.

Лэнгли-роуд оказалась длинной улицей, ведущей в предместье. Согласно полученным сведениям, Херстмер был расположен в самом конце города, и Энтони терпеливо шагал по улице. Между бровей у него снова пролегла едва заметная складка, однако весь его вид свидетельствовал о радостном возбуждении, которое он испытывал всякий раз при приближении опасности.

Ему объяснили, что Херстмер находится на самом краю Лэнгли-роуд. Дом стоял на заброшенном и заросшем травой участке. Энтони заключил, что здесь уже много лет никто не живет. Железная калитка, поскрипывая, раскачивалась на ржавых петлях, а фамилия владельца, вывешенная на столбе ворот, была едва различима. «Да, пустынное место, — пробормотал про себя Энтони, — лучше не придумаешь».

Он задержался у калитки, оглядев безлюдную улицу, и затем быстро проскользнул сквозь калитку на дорожку, ведущую к дому. Он прошел немного и остановился, прислушиваясь. От дома его все еще отделяло значительное расстояние. Вокруг была тишина. С одного из деревьев на землю упали с мягким шелестом несколько листьев, в мертвой тишине шелест прозвучал довольно зловеще. Энтони невольно вздрогнул. «Нервы, — подумал он, улыбнувшись. — А ведь раньше я никогда не замечал, что они у меня есть».

Он двинулся дальше. В том месте, где дорожка плавно заворачивала, он нырнул в кусты и продолжал путь под их прикрытием, чтобы его не увидели из окон дома. Внезапно он замер, вглядываясь сквозь листву. Вдалеке лаяла собака, но внимание Энтони привлек другой звук, раздавшийся совсем рядом. Острый слух никогда его не подводил. Из-за угла дома показался невысокий, плотного сложения человек, по виду иностранец. Не останавливаясь, он быстрым шагом прошел вдоль стены и исчез за углом.

Энтони понимающе кивнул. «Часовой, — пробормотал он про себя. — Дело у них поставлено неплохо».

Как только человек скрылся из виду, Энтони пошел к дому. Он продвигался совершенно бесшумно.

Стена дома находилась справа от него. Вскоре он достиг места, где на покрытую гравием дорожку падала из освещенного окна широкая полоса света. Было слышно, как несколько человек о чем-то разговаривают. «Ну и идиоты! — пробормотал Энтони. — Не помешало бы их как следует пугнуть».

Он подкрался к окну, слегка нагибаясь, чтобы его не увидели, затем осторожно поднял голову до уровня подоконника и заглянул.

За столом сидело несколько человек. Четверо из них были крупные, плотного сложения мужчины, внешность которых заставляла предполагать южнославянское происхождение. Двое других своей тщедушностью и суетливостью движений напоминали крыс. Говорили на французском, но первые четверо говорили на этом языке неуверенно и с какой-то гортанной интонацией.

— Вы сказали — шеф, — прорычал один из них. — Так когда же он будет здесь?

Один из тщедушных пожал плечами:

— Он может появиться в любое время.

— Ему давно пора это сделать, — продолжал первый. — Я его ни разу в глаза не видел, этого вашего шефа. А ведь, подумать только, сколько славных дел мы могли бы совершить, пока сидим здесь и ждем неизвестно чего!

— Болван! — презрительно сказал второй. — Попались бы в лапы полиции — вот все, чего добилась бы ваша компания. Стая неопытных горилл!

— Ах так! — взревел один из скуластых. — Вы оскорбляете моих товарищей? Хотите, чтобы ваш труп обнаружили со знаком Багровой Руки на шее?

Он приподнялся со стула, свирепо глядя на француза, но один из его приятелей потянул его назад.

— Не будем ссориться, — примиряюще сказал он. — Нам вместе работать. Насколько я знаю, этот король Виктор не выносит, когда его приказы не выполняются.

В темноте раздались шаги часового, совершающего очередной круг. Энтони успел спрятаться за куст.

— Кто там? — спросил один из сидящих в комнате.

— Это Карло обходит вокруг дома.

— А как там с пленником?

— Все в порядке — ему получше. Он довольно быстро пришел в себя, хотя его неплохо стукнули по голове.

Энтони отступил на шаг от окна. «Ну и компания, — пробормотал он. — Обсуждают все свои дела с открытым окном, а этот болван Карло ходит вокруг дома, ступая, как слон, ничего вокруг себя не видя, словно летучая мышь. И ко всему прочему, герцословаки и французы вот-вот начнут лупить друг друга. Да-а, штаб-квартира короля Виктора в завидном состоянии! Мне доставит изрядное удовольствие преподать им небольшой урок».

Минуту он стоял в нерешительности, улыбаясь про себя, как вдруг откуда-то сверху послышался приглушенный стон. Энтони поднял голову. Стон повторился.

Энтони быстро огляделся. До очередного появления из-за угла Карло еще оставалось несколько минут. Ухватившись за толстый ствол плюща, он проворно взобрался наверх до подоконника второго этажа. Окно оказалось закрытым, но с помощью вынутой из кармана стамески он быстро открыл задвижку.

Несколько секунд он прислушивался, затем мягко спрыгнул с подоконника в комнату. В дальнем углу комнаты стояла кровать, на которой лежал человек. Очертания его фигуры едва вырисовывались в темноте. Энтони подошел к кровати и осветил фонариком лицо. Это было лицо иностранца, бледное и изможденное, голова его была обмотана толстым слоем бинтов. Руки и ноги человека были связаны. Он удивленно уставился на Энтони. Энтони наклонился к нему, но, услышав за спиной какой-то звук, быстро обернулся: его рука потянулась к карману пиджака.

Но резкий окрик заставил его остановиться:

— Руки вверх, мой друг! Что, не ожидал меня здесь встретить! А я приехал тем же поездом, что и ты.

В дверях стоял мистер Хирам Фиш. Он улыбался, в руках у него поблескивал тяжелый автоматический пистолет.

ГЛАВА 25. ЧИМНИЗ ВО ВТОРНИК ВЕЧЕРОМ

Во вторник вечером, после ужина, лорд Катерхэм, Вирджиния и Бандл сидели в библиотеке. Прошло около тридцати часов после довольно загадочного исчезновения Энтони. Бандл, наверное, уже в седьмой раз пересказывала последнюю фразу Энтони, брошенную им при расставании с нею в Гайд-парке.

— «Я сам доберусь обратно», — задумчиво повторила Вирджиния. — Похоже, что он и не собирался долго отсутствовать. Его вещи остались здесь.

— Он тебе не говорил, куда направляется?

— Нет, — откликнулась Вирджиния, уставившись в одну точку, — он ничего не говорил мне.

После этих слов на несколько минут все замолчали. Первым заговорил лорд Катерхэм:

— Надо думать, гостиницу содержать намного удобнее, нежели загородное поместье.

— В каком смысле?

— Я имею в виду маленькую табличку, которая висит во всех гостиничных номерах: «Постояльцы должны сообщать администрации о своем отъезде до двенадцати часов дня».

Вирджиния улыбнулась.

— Должен признаться, что я, увы, старомоден и непрактичен. Сейчас стало нормой вдруг неожиданно заявляться в дом, а затем столь же внезапно испаряться. Словно живешь в гостинице, имеешь при этом полную свободу действий, но в конце концов тебе никто не предъявит счет.

— Ты просто старый ворчун, — сказала Бандл. — У тебя есть мы с Вирджинией. Что тебе еще нужно?

— Конечно, больше ничего, — поспешил заверить их лорд Катерхэм. — Дело вовсе не в этом. Дело в принципе. От всей этой беготни возникает постоянное чувство тревоги. Согласен, что последние сутки были почти идеальны. Я испытал подлинное спокойствие, настоящее блаженство. Никаких тебе ограблений или других ужасных преступлений, никаких полицейских инспекторов или американцев. Единственно, чего еще я мог бы пожелать для полного счастья, так это уверенности, что так будет всегда. А так я все время говорю себе: «Обязательно кто-нибудь из них вот-вот нагрянет», и это портит мне настроение.

— Но ведь никто не появился, — вставила Бандл. — Нас все бросили. Нас просто позабыли. Как-то странно исчез Фиш... Он ничего не говорил?

— Ни словечка. В последний раз я видел его вчера днем: он разгуливал по розарию и курил одну из своих противных сигар, а потом как будто растаял в воздухе.

— Его, должно быть, похитили, — с надеждой произнесла Бандл.

— Мне кажется, что через пару дней нам придется вызвать полицейских из Скотленд-Ярда, чтобы они поискали его труп в озере, — мрачно заметил ее отец. — Так мне и надо. В моем возрасте мне следовало бы потихоньку отправиться за границу подлечиться, а не позволять втягивать себя в рискованные предприятия Джорджа Ломакса. Я... — Его прервало появление Тредвелла.

— Ну, что там еще? — раздраженно спросил лорд Катерхэм.

— Пришел этот инспектор-француз, милорд. Он был бы счастлив, если бы вы уделили ему несколько минут.

— Ну, что я вам говорил? — сказал лорд Катерхэм. — Я знаю, что так не может долго продолжаться. Поверьте мне, они, наверное, обнаружили скрюченное тело Фиша в пруду с золотыми рыбками.

Тредвелл, соблюдая должное почтение, постарался напомнить ему суть дела:

— Могу ли я передать, милорд, что вы его примете?

— Да-да, проведите его сюда.

Тредвелл вышел. Через две минуты он вернулся и объявил с некоторым неудовольствием:

— Мсье Лемуан!

Француз вошел быстрым и легким шагом. И именно его походка, а не выражение лица, выдавала взволнованность.

— Здравствуйте, Лемуан, — сказал лорд Катерхэм. — Выпьете что-нибудь?

— Благодарю вас, нет. — Он церемонно поклонился дамам. — Наконец-то дело сдвинулось. В данной ситуации я чувствую, что должен ознакомить вас с тем, что я обнаружил за последние двадцать четыре часа.

— Я так и думал, что где-то происходят важные события, — заметил лорд Катерхэм.

— Милорд, вчера днем один из ваших гостей загадочно исчез. У меня сразу же возникли подозрения: ведь этот человек приехал из мест, еще не тронутых цивилизацией. Два месяца назад он находился в Южной Африке, а где он был прежде?

Вирджиния глубоко вздохнула. На какой-то момент взгляд француза с сомнением задержался на ней. Затем он продолжал:

— Так где же все-таки он был раньше? Никому не известно. А это именно такой человек, какого я разыскиваю, — веселый, безрассудный, дерзкий, — одним словом, способный на что угодно. Я отправляю телеграмму за телеграммой, но о его прошлом по-прежнему никаких сведений. Правда, десять лет назад он побывал в Канаде. А потом? Одному Богу известно. Мои подозрения усиливаются. И вдруг в один прекрасный день я подбираю клочок бумаги в том самом месте, где он только что прошел, и из него узнаю адрес какого-то дома в Дувре. Чуть позже, как будто случайно, я роняю этот клочок и краешком глаза замечаю, как герцословак Борис поднимает его и относит хозяину. Я все время был уверен, что этот Борис — член Братства Багровой Руки. А нам известно, что в этом деле они действуют заодно с королем Виктором. Так вот. Что, если Борис узнал в мистере Энтони Кейде своего шефа? Не потому ли он перенес на него свою преданность? В противном случае с какой стати он стал бы служить какому-то ничтожному чужаку? Все выглядит крайне подозрительно. Но меня почти обезоружило то, что Энтони Кейд сам принес мне обратно этот обрывок бумаги и поинтересовался, не я ли его потерял. Как я уже говорил, мои подозрения почти рассеялись. Почти, но не совсем! Его поступок может означать, что он совершенно невиновен, либо — очень умен. Я сразу же приступил к расследованию, но только сегодня мне сообщили, что из дома в Дувре поспешно выехали все его обитатели. А до вчерашнего дня в нем проживало несколько иностранцев. Несомненно, это была штаб-квартира короля Виктора! Теперь отметьте особую важность следующего. Вчера днем мистер Кейд поспешно убирается отсюда, так как, потеряв этот листок, он должен был понять, что игра раскрыта. Он отправляется в Дувр, и немедленно обитатели этого дома исчезают. Я не знаю, каков будет следующий ход. Одно совершенно ясно: мистер Кейд сюда не вернется. Но, слишком хорошо зная короля Виктора, я уверен, что он все-таки не выйдет из игры, не попытавшись еще раз завладеть сокровищем. И вот тогда-то он мне и попадется.

Вирджиния неожиданно поднялась с кресла. Подойдя к камину, она заговорила ледяным голосом:

— По-моему, мистер Лемуан, вы упустили одну вещь. Мистер Кейд — не единственный наш гость, столь подозрительно исчезнувший вчера.

— Вы хотите сказать, мадам…

— Все то, что вы нам рассказали, относится еще к одному человеку. Что вы думаете о мистере Фише?

— О мистере Фише?

— Да, о нем. Разве не вы сообщили нам в самый первый вечер, что король Виктор недавно прибыл из Америки, — а мистер Фиш приехал оттуда. Конечно, он привез рекомендательное письмо от одного известного лица, но королю Виктору не составило бы труда заполучить таковое. Фиш явно не тот, за кого себя выдает. Лорд Катерхэм уже отметил тот факт, что, когда речь заходит о первоизданиях, с которыми он якобы приехал ознакомиться, мистер Фиш только слушает, но сам никогда ничего не говорит. И против него есть еще несколько подозрительных фактов. В ночь убийства в его окне горел свет. А приключение в зале заседаний? Когда я встретила его на террасе, он был полностью одет, и это он мог потерять клочок бумаги. Вы же сами не видели, что его обронил именно мистер Кейд? Возможно, мистер Кейд отправился в Дувр. А если он поехал туда, чтобы что-то разузнать, и там его похитили? Я хочу сказать, что поступки мистера Фиша, а не мистера Кейда выглядят более подозрительными.

Голос француза зазвенел:

— С вашей точки зрения, мадам, подозрения вполне основательные. Не спорю, что мистер Фиш не тот, за кого себя выдает.

— Тогда в чем же дело?

— Все это не имеет значения, так как, видите ли, мадам, мистер Фиш — полицейский инспектор из Америки.

— Неужели? — воскликнул лорд Катерхэм.

— Да, лорд Катерхэм. Он приехал сюда, чтобы выследить короля Виктора. Инспектор Баттл и я уже некоторое время знаем об этом.

Вирджиния ничего не ответила и очень медленно снова опустилась в кресло. Всего лишь несколько слов — и версия, которую она так тщательно разработала, рухнула.

— Надо сказать, — продолжал Лемуан, — мы все были осведомлены о том, что в конце концов король Виктор появится в Чимнизе. Это единственное место, где мы рассчитывали схватить его.

Вирджиния подняла голову, в ее глазах появился какой-то странный блеск, и вдруг она рассмеялась.

— Вы его еще не поймали, — заметила она.

Лемуан удивленно взглянул на нее:

— Пока нет, мадам, но я это обязательно сделаю.

— Но все знают, что он славится своим умением всех перехитрить, разве не так?

Лицо француза потемнело от гнева.

— На этот раз все будет иначе, — процедил он.

— Он такой приятный человек, — сказал лорд Катерхэм. — Вам это лучше знать, Вирджиния. Ведь вы говорили, что он ваш старинный приятель?

— Именно поэтому, — спокойно ответила она, — я считаю, что мсье Лемуан ошибается. — Она твердо взглянула в глаза детектива, но это абсолютно его не смутило.

— Время покажет, мадам.

— Вы считаете, это он застрелил князя Михаила? — через минуту спросила она.

— А кто же еще?

Вирджиния покачала головой:

— Ну нет! Нет! В одном я совершенно уверена: Энтони Кейд не убивал князя Михаила.

Лемуан пристально следил за ней.

— Может быть, вы и правы, мадам, — проговорил он, — но это лишь предположение, не более того. Герцословак Борис мог превысить свои полномочия и выстрелить сам. Кто знает, может быть, когда-то князь Михаил оскорбил его, и он хотел отомстить.

— У него вид злобного человека, — согласился лорд Катерхэм. — Служанки, наверное, вопят от страха, когда сталкиваются с ним в коридорах.

— Ну что же, — закончил Лемуан. — Мне пора. Я полагал, милорд, что вы имеете право знать подлинное положение дел.

— Вы очень любезны, — ответил лорд Катерхэм. — Вы действительно не хотите выпить чего-нибудь? В таком случае до свидания.

— Я не выношу этого человека, эти его очки и противную черную бородку, — заявила Бандл, как только дверь за Лемуаном закрылась. — Как бы я хотела, чтобы Энтони проучил его! Мне бы доставило массу удовольствия понаблюдать, как он выйдет из себя. А ты что думаешь об этом, Вирджиния?

— Понятия не имею, — ответила она. — Я устала. Пойду-ка я спать.

— Неплохая мысль, — согласился лорд Катерхэм. — Уже половина двенадцатого.

Когда Вирджиния проходила через холл, она вдруг заметила, как чья-то широкая спина, показавшаяся ей знакомой, пытается исчезнуть в боковую дверь.

— Инспектор Баттл! — властно позвала она.

Полицейский неохотно повернулся к ней:

— Я слушаю, миссис Ривел.

— Приходил мсье Лемуан. Он говорит… Скажите мне, неужели правда, что мистер Фиш — инспектор полиции?

Баттл кивнул:

— Да, это так.

— И вы все это время знали об этом?

Баттл снова кивнул. Вирджиния повернулась и направилась к лестнице.

— Понятно. Благодарю вас.

До самой последней минуты она не верила, что это правда. А теперь? Усаживаясь у себя в комнате перед зеркалом, она снова задала себе этот вопрос. Каждое слово, произнесенное Энтони, наполнялось теперь новым смыслом. Неужели это и есть то самое «дело», о котором он говорил? Дело, от которого он отказался. Какой-то звук прервал плавное течение ее мыслей. Вздрогнув, она подняла голову. Ее маленькие золотые часики показывали второй час. Почти два часа она просидела задумавшись. Снова послышался тот же звук — что-то стукнуло в оконную раму. Вирджиния подошла к окну и распахнула его. Внизу на дорожке стоял какой-то высокий человек, который как раз в этот момент наклонился, чтобы поднять еще один камешек. На мгновение сердце Вирджинии забилось быстрее, но она тут же узнала тяжеловатый коренастый силуэт герцословака Бориса.

— Что вам нужно? — тихо спросила она. Ей совершенно не показалось странным, что Борис швыряет камешки в ее окно в столь поздний час. — В чем дело? — повторила она нетерпеливо.

— Я от господина. — Борис говорил шепотом, но голос его звучал очень отчетливо. — Он прислал меня за вами, — объявил он совершенно равнодушным, сухим тоном.

— За мной?

— Да, я должен доставить вас к нему. Вот записка от него. Ловите.

Вирджиния отступила назад, и камешек, завернутый в листок бумаги, упал точно к ее ногам. Она развернула записку и прочла: «Моя дорогая! Я влип, но обязательно выкарабкаюсь. Доверьтесь мне и приезжайте, прошу Вас». Минуты две Вирджиния стояла, замерев, снова и снова перечитывая эти короткие строчки. Затем подняла голову, оглядела роскошную спальню, как будто видела ее впервые, и снова выглянула в окно.

— Что я должна делать? — спросила она.

— Полицейские находятся с другой стороны дома, у зала заседаний. Спускайтесь и выходите через боковую дверь, я буду там, на дороге нас ждет машина.

Вирджиния кивнула. Быстро переодевшись и надев шляпку, она написала короткую записку, адресованную Бандл, и приколола ее к булавочной подушечке. Потом тихонько проскользнула вниз, отодвинула засовы боковой двери, секунду помедлила и, решительно тряхнув головой, как делали все ее предки во времена крестовых походов, перед тем как броситься в бой, вышла на улицу.

ГЛАВА 26. ТРИНАДЦАТОЕ ОКТЯБРЯ

В среду, тринадцатого октября, в десять часов утра, Энтони Кейд вошел в отель «Хэрридж» и спросил, может ли он видеть барона Лолопретжила, остановившегося здесь. После должного и внушительного ожидания Энтони проводили наконец в номер. Барон стоял на ковре, церемонно и чопорно замерев. В комнате также находился маленький капитан Андраши, безукоризненные манеры которого все-таки плохо скрывали определенную враждебность. Последовал обмен поклонами, щелканье каблуков и прочие церемонии этикета, неукоснительное соблюдение которых Энтони было уже прекрасно знакомо.

— Смею надеяться, барон, — весело начал он, кладя шляпу и трость, — вы простите мне мой столь ранний визит, — ведь я пришел, чтобы сделать вам маленькое деловое предложение.

— Хм! Да неужели? — осведомился барон. Капитан Андраши, так и не сумевший преодолеть своего первоначального недоверия к Энтони, насторожился.

— Коммерция, — заметил Энтони, — ведется на хорошо известном принципе предложения и спроса. То есть, если вам что-нибудь нужно, а у другого это имеется, все, что остается сделать, — это договориться о цене.

Барон внимательно взглянул на него, но промолчал.

— Герцословацкий аристократ и английский джентльмен не должны испытывать затруднений, договариваясь об условиях, — быстро продолжал Энтони, немного покраснев при этих словах, которые нелегко даются англичанину, но огромное воздействие которых на настроение барона он уже имел возможность отметить. И действительно, магия его слов подействовала.

— Так это, — одобрительно сказал барон, кивая головой. — Совершенно согласен с вами.

Капитан Андраши также согласно кивнул головой. Казалось, и он немного оттаял.

— Прекрасно, — сказал Энтони, — я больше не буду ходить вокруг да около…

— Что такое вы говорите? — прервал его барон. — Ходить вокруг да около? Это не понимаю я.

— Это всего лишь образное выражение, барон. Проще говоря, вам нужен товар, и он у нас есть! Корабль в полном порядке, но у него нет кормчего. Под кораблем я подразумеваю монархическую партию Герцословакии. В данную минуту вы лишены основной части вашей политической программы, а именно: у вас нет претендента на престол! А теперь предположим, только предположим, что я мог бы вам его предоставить.

Барон воззрился на него.

— Вас я не понимаю совсем, — заявил он.

— Сэр, — капитан Андраши ожесточенно начал пощипывать свои усики, — вы нас оскорбляете!

— Вовсе нет, — продолжал Энтони. — Я просто пытаюсь вам помочь. Помните, я говорил о предложении и спросе. Все по-честному: вы получите настоящего князя, со всеми доказательствами. Если мы договоримся об условиях, вы убедитесь, что все в полном порядке. Ведь я предлагаю вам подлинный товар — из запасников.

— Совсем я не понимаю! — снова повторил барон.

— Это неважно, — любезно продолжал Энтони. — Я просто хочу, чтобы вы привыкли к самой идее. Грубо говоря, я кое-что задумал и понимаю одно: вам нужен князь. При определенных условиях я берусь вам его устроить.

Теперь уже оба его собеседника смотрели на него во все глаза. Но Энтони снова взял шляпу и трость и, видимо, собрался уходить.

— Прошу вас все обдумать! И еще, барон. Сегодня вечером вы должны приехать в Чимниз, конечно, вместе с капитаном Андраши. Там, вероятно, произойдет много любопытного. Не договориться ли нам о встрече? Скажем, в зале заседаний в 9 часов. Благодарю вас, джентльмены, и надеюсь, что вы там будете. Я могу быть в этом уверен?

Барон шагнул вперед и испытующе всмотрелся в лицо Энтони Кейда.

— Мистер Кейд, — произнес он с достоинством, — хочу верить, что вы не будете шутить над меня.

Энтони выдержал его взгляд не моргнув.

— Барон. — его голос как-то странно изменился, — в конце этого вечера, я думаю, вы первым признаете, что во всем этом деле больше реальности, нежели розыгрыша.

Поклонившись обоим, он вышел из комнаты. Затем Энтони направился по одному адресу в Сити, где пожелал видеть мистера Айзекстайна. После некоторого промедления его принял какой-то изысканно одетый чиновник с прекрасными манерами.

— Вы хотели видеть мистера Айзекстайна, не так ли? — осведомился этот достойный молодой человек. — К сожалению, он все утро был очень занят. Знаете ли, заседания совета директоров и тому подобное. Может быть, я смогу его заменить?

— Я должен повидаться с ним лично, — ответил Энтони, прибавив небрежно: — Я только что приехал из Чимниза.

Молодой человек был несколько ошарашен упоминанием замка.

— Неужели? — засомневался он. — В таком случае пойду выясню еще раз.

— Скажите ему, что дело не терпит отлагательства, — настаивал Энтони.

— Письмо от лорда Катерхэма? — предположил молодой человек.

— Что-то в этом роде, — согласился Энтони, — но я обязательно должен повидать мистера Айзекстайна.

Через две минуты Энтони проводили в святая святых великого финансиста — роскошный кабинет, больше всего поразивший его огромными размерами и глубиной кожаных кресел. Мистер Айзекстайн поднялся ему навстречу.

— Вы должны простить мой столь странный визит, — начал Энтони. — Я знаю, вы человек занятой, и не собираюсь злоупотреблять вашим временем, хочу лишь предложить вам маленький деловой вопрос.

Черные глаза-бусинки Айзекстайна с минуту внимательно изучали его.

— Сигару? — неожиданно сказал он, протягивая открытую коробку.

— Благодарю вас, — сказал Энтони. — Ничего не имею против. — Он взял сигару. — Дело касается Герцословакии, — продолжал он, беря спичку и отмечая про себя, как на мгновение пристальный взгляд его собеседника поколебался. — Убийство князя Михаила, должно быть, спутало все планы.

Бровь мистера Айзекстайна поползла вверх, он вопросительно пробормотал «Хм?» и перевел взгляд на потолок.

— Нефть. — Энтони глубокомысленно разглядывал отполированную поверхность стола. — Замечательная штука — нефть. — Он почувствовал, как при этих словах финансист чуть вздрогнул.

— Пожалуйста, мистер Кейд, говорите о деле.

— Конечно, мистер Айзекстайн. Мне кажется, что, если бы все эти нефтяные концессии получила другая компания, вас бы это не очень порадовало?

— А что вы предлагаете? — Его собеседник смотрел прямо на него.

— Какого-нибудь претендента на престол, во всем и полностью сочувствующего Британии.

— И где же вы его заполучили?

— Ну, это уж мое дело!

Айзекстайн улыбкой ответил на эту резкость. Его взгляд вдруг приобрел жесткость и пронзительность.

— А этот претендент — подлинный товар? Я не выношу мошенничества.

— Самый настоящий.

— Стопроцентный?

— Стопроцентный.

— Верю вам на слово.

— Я смотрю, вас не приходится особенно уговаривать. — Энтони с любопытством взглянул на Айзекстайна.

Герман Айзекстайн снова улыбнулся.

— Я не был бы тем, кем являюсь сейчас, если бы не научился определять, говорит ли человек правду или лжет, — просто ответил он. — Какие условия вы предлагаете?

— Тот же кредит, на тех же условиях, на каких вы предлагали его князю Михаилу.

— А для себя?

— Пока ничего, но мне нужно, чтобы вы приехали сегодня вечером в Чимниз.

— Нет, — довольно решительно возразил Айзекстайн. — Я не могу этого сделать.

— Но почему?

— Я приглашен на очень важный обед.

— И все-таки, боюсь, вам придется от него отказаться ради вашего же блага.

— Что вы хотите сказать?

Почти минуту Энтони разглядывал его, а затем медленно произнес:

— Вы знаете, нашелся тот самый револьвер, из которого застрелили князя Михаила, и обнаружили его в вашем чемодане.

— Что?! — Айзекстайн так и взвился с кресла. Он был взбешен. — Что это вы говорите? Что все это значит?

— Сейчас я вам все расскажу.

Энтони пересказал события, связанные с нахождением револьвера. Во время его рассказа лицо Айзекстайна посерело от ужаса.

— Но это ложь! — вскричал он, когда Энтони кончил. — Я никогда не клал его туда, я вообще ничего не знаю. Это какой-то заговор!

— Не волнуйтесь так, — успокоил его Энтони. — Если вы говорите правду, вы легко сможете ее доказать.

— Доказать? Но как?

— На вашем месте, — настаивал Энтони, — я бы приехал сегодня вечером в Чимниз.

Айзекстайн недоверчиво посмотрел на него.

— Вы советуете мне это сделать?

Энтони наклонился к нему и что-то прошептал. Пораженный финансист отшатнулся.

— Вы действительно хотите сказать?..

— Приезжайте и убедитесь сами, — закончил Энтони.

ГЛАВА 27. ВСЕ В СБОРЕ

Часы в зале заседаний пробили девять.

— Ну что ж, — глубоко вздохнул лорд Катерхэм. — Вот они и вернулись сюда как миленькие, как овечки Крошки Бо Пип. — Он грустно оглядел комнату. — Шарманщик со своей обезьянкой, — пробормотал он, уставившись на барона. — Любопытный Паркер с Трогмортонн-стрит.

— Мне кажется, ты не совсем справедлив к барону, — возразила Бандл, которой приходилось выслушивать эти откровения. — Он говорил мне, что считает тебя образцом гостеприимства среди английских аристократов.

— С него станется, — заметил лорд Катерхэм. — Он все время говорит нечто подобное. Поэтому с ним так утомительно разговаривать. Но говорю тебе, я уже не тот гостеприимный англичанин, каким был прежде. При первой возможности я сдам Чимниз какому-нибудь предприимчивому американцу и переберусь жить в гостиницу. Там, если тебе вдруг кто-то станет надоедать, ты можешь попросить счет и выехать.

— Ободрись! — сказала Бандл. — С мистером Фишем мы, кажется, расстались навсегда.

— Меня он всегда забавлял, — сказал лорд Катерхэм, который пребывал в дурном настроении и ни с чем не соглашался. — Твой драгоценный молодой человек втянул меня в это дело. Зачем ему устраивать собрания в моем доме? Мог бы арендовать поместье Ларчиз, или Элмхэрст, или маленькую виллу вроде Стрейтхэм и проводить там свои встречи.

— Атмосфера не та, — ответила Бандл.

— Надеюсь, нам не собираются подложить свинью? — встревожился лорд Катерхэм.

— Я не доверяю этому французишке Лемуану. Французская полиция любит всякие штучки. Человеку надевают на руку резиновый жгут, рассказывают ему о совершенном преступлении, отчего температура у него подскакивает, и это сразу же регистрируется каким-то градусником. Скажу про себя: если рявкнуть у меня над ухом: «Кто убил князя Михаила?» — моя температура сразу повысится как минимум до сорока, если не больше, и меня, конечно, тут же упрячут за решетку.

Открылась дверь, и Тредвелл объявил:

— Мистер Джордж Ломакс и мистер Эверсли:

— Вот и Ломакс со своим верным псом, — пробормотала Бандл.

Билл прямиком направился к ней, пока Джордж приветствовал лорда Катерхэма в той нарочито сердечной манере, которой он пользовался в торжественных случаях при наплыве публики.

— Мой дорогой Катерхэм, — начал он, пожимая лорду руку, — я получил вашу записку и сразу же приехал.

— Очень любезно с вашей стороны, дорогой друг, я счастлив вас видеть. — Совесть лорда Катерхэма вынуждала его проявлять чрезмерное радушие именно тогда, когда он чувствовал, что ничего подобного не испытывает. Записка-то не его, но это неважно.

Тем временем Билл атаковал вопросами Бандл:

— Послушайте, в чем дело? Я тут узнаю, что Вирджиния исчезла среди ночи. Ее, случайно, не похитили?

— Ну нет, — возразила Бандл. — Не так романтично. Она ведь оставила записку.

— А может, она сбежала с каким-нибудь парнем? С тем самым, как его, который приехал из колоний? Мне он никогда не нравился. К тому же все кругом болтают, что он какой-то классный мошенник. Но мне, правда, не совсем понятно, как это может быть.

— А почему бы и нет?

— Все-таки король Виктор — француз, а Кейд — настоящий англичанин.

— Вы разве не слышали, что король Виктор прекрасно владеет языками и, кстати, наполовину ирландец?

— Потрясающе! Так почему же он смылся?

— Понятия не имею. Как вам известно, он исчез позавчера. Но сегодня утром мы получили от него телеграмму, где говорилось, что он приедет сегодня к девяти вечера и просит пригласить Джорджа. Вот они и явились по приглашению мистера Кейда.

— Ну и сборище! — Билл огляделся. У окна — полицейский-француз, у камина — полицейский-англичанин. — Чувствуется засилье иностранцев, но Штаты, кажется, не представлены?

Бандл покачала головой:

— Мистер Фиш просто испарился. Вирджинии тоже нет. Но остальные собрались. И у меня такое ощущение, Билл, что близок момент, когда кто-нибудь провозгласит: «Лакей Джеймс!» — и все разъяснится. Мы ждем только прибытия мистера Кейда.

— Более чем сомнительно, что он появится, — возразил Билл.

— А зачем тогда было созывать это, как выражается отец, собрание?

— Тут явно что-то кроется, не сомневайтесь. Кейду нужно, чтобы мы все находились здесь в то время, когда он пребывает совершенно в другом месте. Надеюсь, вам понятно, что я хочу сказать.

— Значит, вы считаете, он не приедет?

— Будьте уверены. Неужели он сунет голову льву в пасть? Только посмотрите: ведь зал кишит полицейскими и важными шишками.

— Вы плохо знаете короля Виктора, если полагаете, что это его бы остановило. По всему видно, что он обожает подобные переделки и всегда выходит из них победителем.

Мистер Эверсли с сомнением покачал головой:

— Ему придется попотеть, так как в данном случае козыри не у него. Он никогда...

Дверь отворилась, и Тредвелл объявил:

— Мистер Кейд!

Энтони направился прямо к хозяину дома.

— Лорд Катерхэм, — начал он, — я причиняю вам массу неудобств и весьма сожалею об этом. Но у меня такое чувство, что сегодня вечером мы наконец разгадаем одну загадку.

Лорд Катерхэм оттаял: в глубине души он всегда испытывал к Кейду симпатию.

— Ну что вы, какие неудобства! — добродушно сказал он.

— Вы очень любезны, — продолжал Энтони. — Вижу, все уже собрались и я могу начать вершить добрые дела.

— Я не понимаю, — настойчиво вмешался Джордж Ломакс, — я абсолютно ничего не понимаю. Это полное нарушение протокола, ведь мистер Кейд — лицо неофициальное, его положение нам совершенно неизвестно, а ситуация очень сложная и деликатная. Я убежден... — Незаметно приблизившийся к важной персоне инспектор Баттл прервал поток его красноречия, прошептав ему на ухо несколько слов, отчего на лице Джорджа появилось озадаченное и недоумевающее выражение. — Ну что же, если вы настаиваете, — заметил он недовольно, — мы готовы выслушать все, что нам захочет рассказать мистер Кейд.

Энтони сделал вид, что не замечает явной снисходительности его тона.

— Дело в том, что мне пришла в голову одна мысль, — весело начал он. — Вероятно, вы все уже знаете, что на днях нам попалась одна зашифрованная записка, в которой было множество цифр и упоминался Ричмонд. — Он немного помедлил. — Так вот, вы попытались расшифровать ее и не смогли. Между прочим, мне случайно попались мемуары покойного графа Стылптича, в которых упоминается один званый обед, так называемый «Обед цветов», где каждый из присутствовавших должен был иметь на своем костюме изображение какого-нибудь цветка. Точная копия этого любопытного символа, а именно — розы, которую выбрал сам граф для этого обеда, была обнаружена нами в тайнике. Если вы помните, этот знак состоял из множества рядов: пуговиц, рядов буквы «Е» и, наконец, петелек на кружеве. А что в этом доме, спрашиваю я вас, джентльмены, располагается рядами? Конечно же, книги! Прибавьте сюда, что в каталоге библиотеки лорда Катерхэма есть книга, озаглавленная «Жизнь графа Ричмонда», и я думаю, вам нетрудно будет сообразить, где спрятано сокровище. Начав с упомянутой мною книги и используя цифры из записки для обозначения полок и книг, вы, как мне кажется, сразу поймете, что предмет наших поисков спрятан в какой-нибудь имитации книги или же в тайнике за другими книгами. — Энтони застенчиво огляделся, явно ожидая аплодисментов.

— Боже мой, как просто! — сказал лорд Катерхэм.

— Весьма! — снизошел Джордж. — Но надо еще в этом удостовериться…

Энтони рассмеялся:

— Ну, кто же верит на слово, не так ли? Ладно сейчас я вам докажу. — Он вскочил на ноги. — Я иду в библиотеку…

Ему не дали закончить. Мсье Лемуан отошел от окна и двинулся к нему:

— Одну минуту, мистер Кейд. Вы разрешите, лорд Катерхэм? — Он подошел к письменному столику, быстро набросал несколько слов, положил записку в конверт, заклеил его и позвонил. Когда появился Тредвелл, Лемуан вручил ему конверт и сказал:

— Будьте любезны проследить, чтобы это немедленно доставили по назначению.

— Будет исполнено, сэр, — сказал дворецкий и величаво удалился.

Энтони, немного помешкав, снова уселся в свое кресло.

— И что все это должно означать, Лемуан? — тихо осведомился он.

Все вдруг насторожились.

— Если сокровище находится там, где вы говорите, то оно пребывает там уже лет семь, а поэтому лишние пятнадцать минут ничего не изменят.

— Пожалуйста, продолжайте. Ведь вы еще что-то хотите сказать?

— Совершенно верно. В данной ситуации... я думаю, было бы неразумно выпускать кого-нибудь из этой комнаты. Особенно если происхождение этого человека вызывает сомнения, — сказал Лемуан.

Энтони удивленно поднял брови и закурил сигарету.

— Я полагаю, жизнь бродяги не кажется вам достойной уважения, — вымолвил он.

— Два месяца назад, мистер Кейд, вы находились в Южной Африке, это подтвердилось, но где вы были до этого?

Энтони откинулся в кресле, безмятежно выпуская колечки дыма.

— Я был в Канаде. В дебрях Северо-Запада.

— А может быть, вы в это время сидели в тюрьме? Где-нибудь во Франции?

Почти механически инспектор Баттл шагнул поближе к двери, как бы пытаясь преградить путь к возможному отступлению, но похоже было, что Энтони не собирается предпринимать никаких необдуманных и экстравагантных действий. Он всего лишь бросил пристальный взгляд на француза и вдруг расхохотался:

— Бедняга Лемуан! Для вас это уже превратилось в какую-то манию. Вам повсюду мерещится король Виктор. Выходит, вы полагаете, что этот достойный джентльмен — я?

— Вы будете это отрицать?

Энтони смахнул пепел с рукава.

— Я никогда не оспариваю то, что меня забавляет, — небрежно бросил он. — Но ваше обвинение просто нелепо!

— Хм! Вы так считаете? — Француз наклонился вперед. Его лицо мучительно подергивалось, видно было, что он озадачен. — А что, мсье, если я скажу вам, что уж в этот-то раз я намерен схватить короля Виктора и ничто мне не помешает?

— Весьма похвально, — последовал ответ Энтони. — Но вы, Лемуан, кажется, и раньше собирались это сделать, однако он от вас ускользал. Вас не пугает, что так будет и сейчас? Судя по всему, этот человек умеет выскальзывать из рук.

Их разговор превратился в настоящую дуэль, напряженность которой почувствовали все присутствующие. У них на глазах происходила смертельная схватка между французом — решимость его не вызывала сомнений — и спокойно покуривающим человеком, каждое слово которого внушало мысль о том, что заботы и тревоги вообще ему неизвестны.

— Будь я на вашем месте, Лемуан, — продолжал Энтони, — я был бы очень и очень осторожен и обдумывал бы каждый свой шаг и поступок.

— На этот раз, — мрачно заверил Лемуан, — я не промахнулся.

— Вам виднее, — сказал Энтони. — Ну а как насчет доказательств?

Лемуан улыбнулся, и что-то в его улыбке заинтересовало Энтони. Он выпрямился и погасил сигарету.

— Вы видели, что я только что написал записку? — спросил француз. — Вчера я получил из Франции отпечатки пальцев и физические характеристики короля Виктора, этого так называемого капитана О'Нила. Я попросил, чтобы их доставили сюда. Через несколько минут мы узнаем — не вы ли король Виктор.

Энтони не смутился и продолжал прямо смотреть ему в глаза, затем по его лицу пробежала улыбка.

— Вы действительно довольно сообразительны, Лемуан. Я об этом не подумал. Прибудут ваши документы, и вы вынудите меня обмакнуть пальцы в чернила или во что-то столь же неприятное, измерите мои уши и станете искать особые приметы. И если они совпадут…

— Вот-вот, — прервал его Лемуан, — если они совпадут, что тогда?

Энтони наклонился к нему.

— Если они действительно совпадут, — мягко повторил он, — что же тогда?

— И вы спрашиваете, что тогда? — поразился Лемуан. — Но тогда ведь будет доказано, что именно вы и есть король Виктор. — Но чувствовалось, что впервые он засомневался.

— Безусловно, это доставит вам огромное удовлетворение, — сказал Энтони. — Но я не совсем понимаю, чем это может повредить мне. Я ничего не хочу сказать, но допустим, только допустим, что король Виктор — это я, тогда ведь, знаете ли, я мог и раскаяться в своих прегрешениях.

— Раскаяться?

— Вот именно. Вообразите, Лемуан, что это вы — король Виктор, ну, пофантазируйте немножко. Вас только что выпустили из тюрьмы, годы уходят, авантюрная жизнь уже несколько поутратила свою привлекательность. К тому же вы встретили красивую девушку, подумываете о женитьбе и хотите поселиться где-нибудь в деревне, выращивать кабачки и вести жизнь безупречного человека. Ну, представьте! Неужели король Виктор не мог бы испытывать что-нибудь подобное!

— Навряд ли такое могло бы случиться со мной, — саркастически ответствовал Лемуан.

— Возможно, вам такие чувства показались бы странными, — согласился Энтони, — но вы ведь все-таки не король Виктор и не можете знать определенно его подлинные чувства.

— Но все, что вы утверждаете, — чистейшая чушь! — Француз захлебнулся от негодования.

— Вовсе нет, все далеко не так просто. Послушайте, Лемуан, даже если я — король Виктор, что конкретно вы имеете против меня? Помните, ведь в моем прошлом вы так и не смогли раздобыть настоящих улик. Свое я отсидел, И с этим ничего не поделаешь. Не сомневаюсь, вы могли бы арестовать меня по какой-нибудь статье вашего кодекса, соответствующей у нас «бродяжничеству с преступными намерениями», но этим вы бы не удовлетворились. Я не прав?

— Но вы забываете об Америке! — сказал Лемуан. — Дело о вымогательстве денег самозванцем, выдававшим себя за князя Николая Оболовича.

— Не то, Лемуан, — ответил Энтони. — В то время ноги моей там не было, и я могу это легко доказать. И если тогда в Америке именно король Виктор выдавал себя за этого князя, то я никак уж не могу им быть. А вы абсолютно уверены, что князь был самозваный, а не настоящий?

Неожиданно в разговор вмешался инспектор Баттл:

— Мистер Кейд, я могу подтвердить — князь действительно был подставной.

— С вами я не могу спорить, Баттл, — сказал Энтони, — вам свойственно почему-то всегда оказываться правым. Вы также уверены, что настоящий князь Николай погиб в Конго?

— Я бы не присягнул, сэр, но таково общее мнение. — Баттл с любопытством разглядывал Энтони.

— Очевидно, вы очень осторожны. Ведь ваш девиз — «не лишать человека шанса», и я воспользовался им в отношении мсье Лемуана, не отрицая его обвинения. Но все-таки, боюсь, его ждет разочарование. Я всегда считал, надо уметь не раскрываться до конца. Предполагая, что здесь могут возникнуть некоторые затруднения, я принял меры предосторожности и захватил с собой одну улику. Она, а вернее — он, находится наверху.

— Наверху? — повторил лорд Катерхэм, весьма заинтересованный.

— Да. Он, бедняга, многое пережил за последние дни. Ему кто-то набил на голове здоровенную шишку, и мне пришлось о нем позаботиться.

Неожиданно вмешался низкий голос мистера Айзекстайна:

— Мы можем догадаться, кто он?

— Попробуйте, если хотите, — ответил Энтони, — но…

Рассвирепев, Лемуан прервал его:

— Вы нас просто дурачите! Вы решили меня снова перехитрить. Может быть, вас не было в Америке, как вы говорите — вы слишком умны, чтобы утверждать заведомую ложь, — но есть кое-что еще.

Ведь есть убийство! Да, убийство князя Михаила. Он-то, видимо, помешал вам в ту ночь, когда вы искали сокровище.

— Лемуан! Разве вы знаете хотя бы один случай, когда король Виктор пошел на убийство? — резко спросил Энтони. — Уж вам-то лучше, чем мне, известно, что он никогда не проливал крови.

— Но тогда скажите мне, кто же, если не он, убил князя? — вскричал Лемуан.

Слова замерли у него на губах, так как в это мгновение снаружи, с террасы, послышался пронзительный свист. Энтони вскочил, моментально утратив свое внешнее безразличие.

— Вы спрашиваете, кто убил князя Михаила? — воскликнул он. — Я вам не скажу, а покажу. Этот свист был сигналом, которого я ждал. Сейчас убийца князя находится в библиотеке! — Он выскочил в окно и, обогнув террасу, подобрался к окну библиотеки. Все остальные последовали за ним. Энтони толкнул раму, и она поддалась. Очень осторожно он отодвинул плотную бархатную штору, чтобы все смогли заглянуть в библиотеку. У книжного шкафа они увидели человека, который был настолько поглощен своим занятием — он вытаскивал с полок и ставил на место книги, — что совершенно не обращал внимания ни на какой посторонний шум. В тот момент, когда все замерли, стараясь рассмотреть его силуэт в свете фонарика, который он держал в руке, кто-то огромный вдруг пронесся мимо них с диким рычанием. Фонарик упал, и в наступившей темноте были слышны лишь звуки ожесточенной борьбы.

Лорд Катерхэм на ощупь добрался до выключателя и зажег свет. Они увидели двух людей, сцепившихся в смертельной схватке. Развязка наступила очень скоро: последовал резкий короткий хлопок пистолетного выстрела, и один из дерущихся обмяк и рухнул на пол. Его противник обернулся, и все увидели его лицо. Это был Борис, глаза его горели неистовым гневом.

— Она убила моего господина, — прорычал он. — А теперь попыталась застрелить и меня. Я бы отобрал у нее пистолет и убил ее, но во время драки он выстрелил сам. Так было угодно святому Михаилу. Злодейка мертва.

— Так это женщина?! — возопил Джордж Ломакс. Они придвинулись поближе. На полу перед ними, все еще крепко сжимая в руке пистолет, с застывшим на лице выражением смертельной злобы лежала мадемуазель Брюн.

ГЛАВА 28. КОРОЛЬ ВИКТОР

— Я заподозрил ее с самого начала, — начал свой рассказ Энтони, — так как в ночь убийства у нее в комнате горел свет. Но в дальнейшем я стал сомневаться. Я навел справки о ней в Бретани и удостоверился, что она та, за кого себя выдает. Я был идиотом. Поскольку графиня де Бретайль имела у себя в услужении некую мадемуазель Брюн и хорошо отзывалась о ней, мне даже не пришло в голову предположить, что настоящую мадемуазель Брюн могли похитить на пути к месту ее новой службы и ее заменила самозванка. Вместо того чтобы задуматься над этим, я перенес свои подозрения на мистера Фиша. Только когда он последовал за мной и мы объяснились с ним, я начал прозревать. Я узнал, что он полицейский, разыскивающий короля Виктора. Мой подозрения, естественно, снова вернулись к их прежнему объекту, то есть к мадемуазель Брюн. Больше всего меня беспокоило то, что миссис Ривел определенно ее узнала. Но я также вспомнил, что это произошло только после того, как я сообщил, что мадемуазель Брюн служила у мадам де Бретайль. Тогда миссис Ривел сказала, что теперь ей понятно, почему лицо этой женщины показалось ей знакомым. Инспектор Баттл расскажет вам о настоящем заговоре, который был задуман, чтобы не допустить приезда миссис Ривел в Чимниз. Даже убийство не остановило их. И хотя его осуществило Братство Багровой Руки, якобы отомстившее предателю, то, как оно было обставлено, безусловно, указывало, что все действия направляются умом гораздо более изобретательным. Также с самого начала я заподозрил, что это дело каким-то образом связано с Герцословакией и что князь Михаил — лицо подставное, но здесь я полностью заблуждался. Когда же наконец до меня дошло, что мадемуазель Брюн, вероятно, самозванка, и я сопоставил это с тем фактом, что лицо ее было знакомо миссис Ривел, все стало на свои места. Было совершенно очевидно, что мадемуазель Брюн не должны были узнать, а миссис Ривел — единственный человек, способный это сделать.

— Так кто же она все-таки такая? — спросил лорд Катерхэм. — Миссис Ривел, наверное, познакомилась с ней в Герцословакии?

— Мне кажется, что здесь нам может помочь барон, — ответил Энтони.

— Я? — воззрился на него барон.

— Вглядитесь хорошенько, — посоветовал ему Энтони. — Пусть вас не смущает ее грим, она когда-то была актрисой.

Барон всмотрелся и внезапно содрогнулся.

— Господь всемогущий, — выдохнул он, — невозможно это!

— Что невозможно? — переспросил Джордж. — Кто эта леди? Она вам знакома, барон?

— Нет-нет, просто невозможно, — продолжал бормотать барон, — она погибла. Они оба погибли. Их убили на ступенях дворца. Ее тело обнаружено было.

— Изуродованное до неузнаваемости? — напомнил ему Энтони. — Ей удалось заморочить всем голову. Я думаю, она бежала в Америку и прожила, затаясь, несколько лет в смертельном страхе перед Братством Багровой Руки. Ведь именно они произвели революцию и, образно говоря, имели на нее зуб. Затем король Виктор вышел на свободу, и они решили вместе раздобыть небезызвестное сокровище. В ту ночь, когда она неожиданно столкнулась с князем Михаилом и он ее узнал, она искала именно брильянт. Она не очень боялась встретить в доме князя Михаила. Гости королевской крови не замечают гувернанток. К тому же она всегда могла удалиться, сославшись на обычную мигрень, что она и сделала в тот день, когда здесь находился барон. Но она ведь столкнулась с князем Михаилом нос к носу, когда меньше всего этого ожидала. Ей грозили разоблачение и позор, и она его застрелила. Это она положила пистолет в чемодан Айзекстайна, стараясь запутать следы, и именно она вернула письма.

Лемуан сделал шаг вперед:

— Вы говорите, что в ту ночь она спускалась на поиски сокровища. А может быть, она шла на встречу со своим сообщником, королем Виктором, который должен был появиться?

Энтони вздохнул:

— Дорогой мой Лемуан, как вы упрямы! Вы продолжаете настаивать на своем, а я уже намекнул, что держу про запас неопровержимое доказательство.

Но тут его прервал Джордж, всегда медленно соображавший:

— Я все еще в полном недоумении. Кем была эта дама? Скажите, барон, раз вы ее узнали.

Но барон уже выпрямился и был, как обычно, подтянутым, чопорным.

— Вы ошибаетесь, мистер Ломакс. Насколько помню, я раньше эту даму никогда не встречал. Неизвестна она мне.

— Но… — Ошарашенный Джордж уставился на него. Барон отвел его в уголок и начал шептать ему что-то на ухо. Не без удовольствия Энтони наблюдал, как лицо Джорджа медленно багровело, глаза выпучивались, вылезая из орбит, казалось, его вот-вот хватит удар. До него донеслись обрывки слов, которые Джордж буквально прохрипел.

— Конечно… конечно… безусловно… нет вообще никакой необходимости… усложнит ситуацию… крайне осторожно…

— Ну ладно! — Лемуан стукнул по столу. — Меня это вообще не касается. Я имею в виду убийство князя Михаила. Мне нужен король Виктор!

Энтони мягко покачал головой:

— Мне вас жаль, Лемуан. Вы действительно очень способный человек. Но тем не менее этот номер у вас не пройдет. Бросаю свой козырь. — Он прошел через комнату и позвонил.

Тут же явился Тредвелл.

— Тредвелл, сегодня со мной прибыл один джентльмен.

— Да, конечно, сэр, иностранец.

— Кладу на стол туза, некоего мсье Икса. Кто он такой? Не попробуете ли угадать?

— Ясно как дважды два, — заявил Герман Айзекстайн. — Из ваших намеков сегодня утром и поведения сегодня днем. Никаких сомнений быть не может. Каким-то образом вам удалось разыскать князя Николая Герцословацкого.

— Вы того же мнения, барон?

— Да. Если только не подсовываете вы еще самозванца одного. Но в это не верю я. Со мной вы был благородны.

— Благодарю вас, барон. Я запомню ваши слова. Итак, все согласны, что это князь? — Его взгляд обежал замершие в ожидании лица. Лишь Лемуан не отреагировал на его вопрос, продолжая угрюмо разглядывать поверхность стола.

Острый слух Энтони уловил звук шагов в коридоре.

— И все-таки все вы ошибаетесь, — произнес он со странной усмешкой. Затем он быстро подошел к двери и распахнул ее. На пороге стоял человек в очках, с аккуратной черной бородкой, щеголеватую внешность которого несколько портила забинтованная голова. — Позвольте вам представить настоящего мсье Лемуана из Сюрте!

Кто-то стремительно бросился к окну, выскочил в него, послышались звуки потасовки, и вдруг раздался невозмутимый голос мистера Хирама Фиша.

— Нет-нет, парень, не выйдет. Я все утро торчу здесь с единственной целью — помешать тебе драпануть. Гляди повнимательнее: у тебя перед носом дуло моего пистолета. Я приехал, чтобы схватить тебя, вот ты и попался. Но надо признать, ты, парень, не дурак.

ГЛАВА 29. ДАЛЬНЕЙШИЕ РАЗЪЯСНЕНИЯ

— По-моему, вы обязаны нам все объяснить, мистер Кейд, — спустя некоторое время попросил мистер Айзекстайн.

— Объяснять особенно нечего, — скромно заметил Энтони. — Я отправился в Дувр, а Фиш — за мной, в полной уверенности, что я — король Виктор. Там мы обнаружили загадочного незнакомца и освободили его, и, как только выслушали его рассказ, нам стало ясно подлинное положение дел. Они использовали снова свой старый прием. Настоящий человек был похищен, а мошенник, на этот раз — сам король Виктор, занял его место. Но по-моему, Баттл сразу почуял, что не все чисто с его французским коллегой, и послал в Париж запрос об отпечатках пальцев и других приметах.

— Ага! — воскликнул барон. — Те самые отпечатки и физические данные, по методу Бертильона, о которых говорил негодяй этот.

— Это было очень остроумно, — продолжал Энтони. — Настолько остроумно, что я решил ему подыграть. Кроме того, мои действия невероятно заморочили голову Лже-Лемуану. Видите ли, едва я намекнул на закономерность «рядов» в известной вам записке и на местонахождение сокровища, он тут же поспешил передать эти сведения своей сообщнице. Одновременно он удержал нас в комнате. Действительно, записка предназначалась для мадемуазель Брюн. Лже-Лемуан приказал Тредвеллу доставить записку, что тот и сделал, отнеся ее наверх, в классную комнату. Лже-Лемуан, обвинив меня в том, что я — король Виктор, тем самым вызвал замешательство и не дал остальным выйти из комнаты. Он надеялся, что к тому времени, как все разъяснится и мы отправимся в библиотеку искать камень, его уже там не будет.

Джордж откашлялся.

— Должен сказать, мистер Кейд, — напыщенно провозгласил он, — я считаю ваше поведение в данном деле заслуживающим осуждения и порицания. Из-за малейшего промаха в ваших действиях одно из величайших национальных достояний нашей страны могло быть безвозвратно утрачено. Вы поступили крайне опрометчиво и безрассудно.

— Мне кажется, вы так и не догадались, мистер Ломакс, — растягивая слова, вставил Фиш, — что знаменитый алмаз вообще никогда не попадал в библиотеку.

— Никогда?

— Позвольте вас в этом заверить.

— Этот маленький символ графа Стылптича имел всего лишь одно первоначальное значение: он обозначал розу. И когда в понедельник днем я это сообразил, я немедленно отправился в розарий. Мистеру Фишу пришла в голову та же мысль: если, стоя спиной к солнечным часам, сделать семь шагов вперед, а затем восемь влево и три вправо, окажешься перед кустами красных роз сорта «Ричмонд». Дом перевернули вверх дном в поисках тайника, а покопаться в саду никто не догадался. Я предлагаю вам завтра утром предпринять маленькую археологическую экспедицию.

— Но как же ваш рассказ о книгах в библиотеке?..

— Лишь небольшая западня, в которую я хотел поймать эту даму — мадемуазель Брюн. Мистер Фиш сторожил на террасе и, когда наступил удобный момент, свистнул, предупреждая меня. Могу лишь добавить, что в том доме в Дувре мы с ним установили нечто вроде военного положения и помешали Братству связаться с Лже-Лемуаном. Он приказал им скрыться и получил ответ, что приказ выполнен. Поэтому он, ничего не подозревая, приступил к осуществлению своих планов по моему разоблачению.

— Так, так, — добродушно согласился лорд Катерхэм, — значит, все, кажется, благополучно разъяснилось.

— Все, кроме одного, — сказал мистер Айзекстайн.

— Что еще?

Великий финансист пристально изучал Энтони.

— А меня-то вы зачем вытащили сюда? Вам нужен был заинтересованный наблюдатель для театрального эффекта? Чтобы подчеркнуть драматическое развитие событий?

Энтони отрицательно покачал головой:

— Нет, мистер Айзекстайн. Вы — человек деловой, и ваше время драгоценно. С какой целью вы в первый раз прибыли сюда?

— Оговорить условия одного займа.

— С кем?

— С князем Михаилом Герцословацким.

— Совершенно верно. Но князь Михаил мертв. Готовы ли вы предложить кредит на тех же условиях его кузену Николаю?

— А вы можете нам его предъявить? Я был уверен, что он погиб в Конго.

— Да, вы правы. Это не вызывает сомнений, поскольку убил его я. Нет-нет, не волнуйтесь, я не убийца. Когда я сказал, что убил его, я имел в виду, что именно я распространял сообщения о его смерти. Я, кажется, пообещал предоставить вам князя, мистер Айзекстайн. А моя кандидатура вас не устроит?

— Ваша?

— Да. Мое полное имя — Николай Сергий Александр Фердинанд Оболович. Не правда ли, длинновато для той жизни, которую я предполагал вести? Поэтому я покинул Конго, приняв незатейливое имя Энтони Кейда.

Маленький капитан Андраши подскочил как ужаленный.

— Это просто невероятно, невероятно! — Он захлебывался от возмущения. — Выбирайте выражения, сэр. Думайте, что говорите!

— Я могу представить вам множество доказательств, — успокоил его Энтони. — И не сомневаюсь, что смогу убедить присутствующего здесь барона.

Барон жестом остановил его.

— Я проверить доказательства могу. Но не надо. Одно ваше слово достаточно. Кроме того, на вашу мать-англичанку вы очень похожи. Я говорил: «Этот молодой человек высокого рождения».

— Вы всегда верили моему слову, барон, — произнес Энтони, — и поверьте мне, я этого не забуду. — Затем он взглянул на инспектора Баттла, лицо которого оставалось совершенно бесстрастным. — Вы-то понимаете, — улыбнулся Энтони, — что мое положение было чрезвычайно затруднительным. Из всех находившихся в доме у меня, как можно было предположить, имелись самые веские причины убрать с дороги князя Михаила Оболовича, так как я был следующим претендентом на престол. Все это время наибольшие опасения у меня вызывал Баттл, который — я это чувствовал — подозревал меня, но его удерживало незнание мотива преступления.

— Мне и в голову не приходило, что это вы, сэр, застрелили князя, — сказал Баттл. — В таких делах у Нас уже выработалась своя интуиция. Но я понимал, что вы чего-то боитесь, и это сбивало меня с толку. Если бы я узнал раньше, кто вы такой, я бы поверил уликам и арестовал вас.

— Я рад, что хоть один маленький секрет мне удалось от вас утаить, ведь вы сумели вытянуть из меня все остальное. Вы — настоящий профессионал, Баттл. Теперь я всегда буду высокого мнения о Скотленд-Ярде.

— Поразительно! Просто в голове не укладывается, — пробормотал Джордж. — Самая невероятная из всех историй, о которых мне доводилось слышать. Никак не могу поверить. Вы определенно убеждены, барон, что…

— Мой дорогой Ломакс! — Голос Энтони напрягся. — Я не намерен просить британское министерство иностранных дел поддержать мои права на престол, не предоставив ему сначала исчерпывающих документальных доказательств. Я предлагаю сейчас разойтись, а мы с бароном и мистером Айзекстайном обсудим условия предполагаемого кредита.

Барон встал, щелкнул каблуками и торжественно изрек:

— Когда я увижу вас как короля Герцословакии, самый гордый момент жизни будет это, сэр!

— Да, кстати, барон, — беря его под руку, небрежно заметил Энтони, — я забыл упомянуть еще о некоторых своих обязательствах. Вы знаете, ведь я женат.

Барон отшатнулся, ошеломленный.

— Я так и знал, что не все есть в порядке, — прогремел он. — Боже милостивый! В Африке на черной женщине он женился.

— Успокойтесь, прошу вас, все совсем не так страшно, — засмеялся Энтони. — Она белая, совершенно белая, слава Богу.

— Прекрасно. Тогда это пристойный морганатический брак.

— Ну уж нет. Если я король, то она обязательно будет моей королевой. И не качайте головой, она, как никто, просто создана для этой роли. Ее отец — пэр Англии, чья родословная восходит ко временам Вильгельма-завоевателя. К тому же сейчас стало модным для членов королевских фамилий вступать в брак с членами аристократических родов. Она, кстати, немного знает Герцословакию.

— Мой Бог! — вскричал Джордж Ломакс, пораженный настолько, что его речь вдруг утратила присущую ей сдержанность и размеренность. — Это не... это не Вирджиния Ривел?

— Да, — сказал Энтони, — это она.

— Мой дорогой, — обрадовался лорд Катерхэм, — простите, я хочу сказать, сэр. Я от всей души вас поздравляю! Это восхитительное существо!!!

— Благодарю вас, лорд Катерхэм, — ответил Энтони. — Никакие слова не могут передать все ее достоинства.

Но Айзекстайн продолжал с любопытством изучать его:

— Простите меня, Ваше Высочество, но когда был заключен этот брак?

Энтони улыбнулся ему.

— По правде говоря, сказал он, — мы поженились только сегодня утром.

ГЛАВА 30. ЭНТОНИ СНОВА НАНИМАЕТСЯ НА РАБОТУ

— Прошу вас, джентльмены, через минуту я последую за вами. — Энтони подождал, пока все вышли, и повернулся к инспектору Баттлу: — Вы хотите меня о чем-то спросить?

— Да, сэр. Хотя мне непонятно, как вы об этом догадались. Но вы всегда производили на меня впечатление человека сообразительного. Как я понимаю, умершая дама — королева Варага?

— Вы, как всегда, правы, Баттл. Смею надеяться, что это дело удастся замять. Вы, думаю, поймете мое отношение к щекотливым семейным тайнам.

— Целиком доверьтесь в этом вопросе мистеру Ломаксу, сэр. Никто никогда ничего не узнает. То есть я хочу сказать, многие будут знать об этом, но дальше их это не пойдет.

— Вы об этом хотели сообщить мне?

— Нет, сэр, это к слову пришлось. Мне было бы любопытно узнать, что же все-таки заставило вас отказаться от вашего настоящего имени, если вы не сочтете мое любопытство слишком назойливым.

— Ну, конечно же, я все вам расскажу, Баттл. Я уничтожил самого себя из совершенно понятных соображений. Моя мать была англичанкой, я получил образование в Англии, и вообще Англия мне гораздо ближе, нежели Герцословакия. Мне вовсе не хотелось шататься по свету под дурацким именем персонажа из какой-нибудь комической оперы. Ведь когда-то, в юности, я был настоящим демократом! Верил в чистоту идеалов и равенство людей и особенно не доверял королям и князьям.

— Что же случилось потом? — поинтересовался Баттл. — Я долго мотался по свету и понял, что равенство встречается не так уж часто. Учтите: я продолжаю верить в демократию, но ее приходится насаждать железной рукой, буквально вбивать ее людям в глотку.

Люди не желают быть братьями, по крайней мере сейчас, но, может, когда-нибудь им этого захочется. Окончательно я разуверился в возможности братства, когда на прошлой неделе прибыл в Лондон и наблюдал решительное нежелание пассажиров поезда метро хотя бы немного потесниться, чтобы дать место входящим. Пока еще, к сожалению, невозможно превращать людей в ангелов, только взывая к их добрым чувствам. А вот разумным принуждением их можно уже сейчас заставить уважать друг друга. Повторяю: я все еще верю в братство людей, но ждать его придется достаточно долго, пожалуй, десяток-другой тысячелетий. Не стоит проявлять нетерпение. Эволюция требует времени.

— Ваши взгляды чрезвычайно интересны. — В глазах Баттла мелькнул огонек. — И позвольте мне заметить, сэр, что в вашем лице страна приобретает достойного короля.

— Благодарю вас, Баттл, — вздохнул Энтони.

— Но по-моему, сэр, вы сами не испытываете особого восторга по этому поводу?

— Как вам сказать. Не сомневаюсь, что это будет довольно забавно, но ведь мне придется постоянно работать, а до сего времени я старался избегать регулярных трудов.

— Но полагаю, сэр, вы считаете это своим долгом?

— Что за нелепая мысль! Во всем, как всегда, виновата женщина. А ради этой женщины я совершил бы и большее! Стать королем — это такой пустяк!

— Я вас отлично понимаю, сэр.

— Я устроил так, чтобы ни барон, ни Айзекстайн не стали артачиться. Одному нужен король, другому — нефть, и они оба получат то, что хотят. Я же... Бог мой, Баттл, вы когда-нибудь были влюблены?

— Я, сэр, очень привязан к миссис Баттл.

— Очень привязан к миссис... я имею в виду совершенно другое!

— Простите, сэр, за окном ждет ваш слуга.

— Борис? Да, это он. Замечательный человек! Просто счастье, что в схватке пистолет случайно выстрелил и эта женщина погибла, иначе Борис наверняка свернул бы ей шею и вам пришлось бы его повесить. Его преданность династии Оболовичей просто феноменальна! Странно другое: как только Михаил погиб, он тут же перенес свою преданность на меня, а ведь он никак не мог знать, кто я такой.

— У него чутье как у собаки, — пояснил Баттл.

— Это самое его чутье совсем недавно стоило мне многих неприятных минут. Я боялся, что вы обо всем догадаетесь. Пойду посмотрю, что ему нужно.

Энтони вышел. Оставшись один, инспектор Баттл некоторое время смотрел ему вслед, а затем, казалось, обращаясь к стене, провозгласил:

— Он подойдет!

Борис, увидев Энтони, со словами «Господин...» двинулся вперед по террасе, указывая дорогу.

Энтони последовал за ним, недоумевая, что же такое ждет его впереди. Вскоре Борис остановился и указал ему на каменную скамью, на которой сидели двое. «Он действительно похож на собаку, и не какую-нибудь, а на ищейку», — подумал Энтони. Он шагнул к скамье, а Борис растворился в тени кустов. Навстречу Энтони поднялась... Вирджиния! И вдруг чей-то хорошо знакомый голос сказал:

— Хелло, Джо! У тебя потрясающая девчонка!

— Вот это да! Неужели Джимми Макграт, — поразился Энтони. — Каким ветром тебя занесло?

— Моя экспедиция в глубь страны сорвалась, а потом откуда-то взялись эти иностранцы со своими проказами. Видишь ли, они хотели купить у меня эту рукопись, а в результате однажды ночью я чуть не получил нож в спину. Это навело меня на мысль, что я, наверное, оказал тебе медвежью услугу и тебе может понадобиться моя помощь. Поэтому первым же пароходом я отправился в Англию.

— Разве он не молодец? — похвалила Вирджиния, сжимая руку Джима. — Почему ты мне никогда не говорил, как он мил? Вы, Джимми, просто прелесть!

— Судя по всему, вы здорово подружились, — заметил Энтони.

— Не сомневайся! — сказал Джимми. — Пока я разнюхивал, куда ты запропал, я столкнулся с этой дамочкой, которая совсем не похожа на высокомерных светских задавак, всегда наводивших на меня тоску.

— Он-то и рассказал мне о письмах, — пояснила Вирджиния. — И мне немножечко стыдно, что из-за них у меня не было никаких серьезных неприятностей. Ведь Джимми, как настоящий рыцарь, пришел бы, конечно, мне на помощь и, несомненно, получил бы тогда возможность совершить подвиг.

— Если бы я тогда знал, какая вы, — галантно расшаркался Джимми, — я бы не отдал ему эти письма, а доставил бы их сам. Ну, так как, приятель? Неужели все радости исчерпаны и на мою долю ничего не осталось?

— Черт побери! — воскликнул Энтони. — Конечно же, осталось. Подожди минутку. — Он скрылся в доме, но тут же вернулся с бумажным пакетом, который вручил Джимми.

— Отправляйся в гараж и возьми машину. Потом поезжай в Лондон и доставь пакет на Эвердин-сквер. Это адрес мистера Балдерсона. За пакет получишь тысячу фунтов.

— Так это те самые мемуары? А я-то думал, что их сожгли…

— За кого ты меня принимаешь? — вознегодовал Энтони. — Ты же не веришь, что я мог попасться на такой ерунде. Я немедленно позвонил в редакцию, выяснил, что мне звонили не они, кто-то неизвестный, и принял меры.

Я сделал еще один пакет, как мне было сказано, а настоящий запер в сейф управляющего. Им же я передал фальшивый. Мемуары все время были у меня, я не выпускал их из рук.

— Ты умница, старина, — обрадовался Джимми.

— Но, Энтони! — воскликнула Вирджиния. — Надеюсь, ты запретишь их публиковать.

— Ничего не поделаешь. Я не могу подвести такого друга, как Джимми. Но не волнуйся. У меня было время их просмотреть, и теперь мне понятно, почему люди считают, что знаменитости не сами пишут свои мемуары, а кого-нибудь нанимают для этой цели. Как автор Стылптич просто зануда. Он все время рассуждает о государственной мудрости, у него нигде не найдешь ни пикантных подробностей, ни двусмысленных анекдотов. Страсть к таинственности не покидает его до конца. Ни на одной странице его мемуаров нет ни словечка, которое могло бы задеть чувства даже самого дотошного читателя. Сегодня я позвонил Балдерсону и договорился доставить ему рукопись до полуночи. Но раз Джимми явился, пусть сам и устраивает свои темные делишки.

— Меня уже нет, — сказал Джимми. — Мысль об этой тысчонке меня очень вдохновляет, особенно теперь, когда я действительно сижу на мели.

— Подожди секунду, — остановил его Энтони. — Вирджиния, мне необходимо кое в чем признаться тебе. Все об этом знают, кроме тебя.

— Мне нет дела до того, скольких неизвестных мне женщин ты любил, если только ты не вздумаешь сам рассказывать о них.

— Какие женщины? — Энтони принял добродетельный вид. — При чем тут они? Спроси у Джеймса, с какими женщинами я общался, когда он видел меня в последний раз.

— Это были просто страшилища! — подтвердил Джеймс торжественно. — Какие-то чудища, лет под пятьдесят, никак не меньше.

— Спасибо, Джимми, — откликнулся Энтони, — ты настоящий друг. Но все гораздо хуже. Вирджиния, я тебя обманул, я не сказал тебе своего настоящего имени.

— Неужели оно такое ужасное? — заинтересовалась она. — Надеюсь, это не какое-нибудь идиотское имя, вроде Поблс? Это ж надо — называться миссис Поблс!

— Ну да, ты всегда предполагала во мне самое худшее.

— Ты прав, я действительно минуту или две считала, что ты король Виктор, но вовремя спохватилась.

— Между прочим, Джимми, у меня есть для тебя работа — поиски золота в скалистых ущельях Герцословакии.

— А что, там действительно есть золотишко? — встрепенулся Джимми.

— Наверняка, — сказал Энтони, — это замечательная страна!

— Так ты, значит, следуешь моему совету и едешь туда?

— Да. Ты и представления не имеешь, что твой совет оказался весьма кстати. Но мне пора признаться. Знаешь, Вирджиния, меня не подменили в колыбели, ничего такого романтичного со мной не произошло, просто я настоящий князь Николай Оболович Герцословацкий.

— Что ты говоришь, Энтони?! — взвизгнула Вирджиния. — Вот здорово! И я — твоя жена! А что нам теперь с этим делать?

— Мы отправимся в Герцословакию и немножко поцарствуем, поиграем в короля и королеву. Джимми Макграт когда-то говорил, что средняя продолжительность жизни монарха в этой стране — года четыре, не более. Ты не боишься?

— Ты меня обижаешь. Ничего лучше быть не может. Я просто в восторге!

— Разве она не изумительна?.. — пробормотал Джимми. Он незаметно исчез, словно растаяв в ночи, а через несколько минут послышался звук отъезжающего автомобиля.

— Всегда надо предоставлять человеку возможность выпутаться самому, — с удовлетворением отметил Энтони. — Впрочем, я не знал, как иначе от него избавиться. Ведь с тех пор как мы поженились, я ни минуты не смог побыть с тобой наедине.

— Повеселимся по-настоящему, — рассуждала Вирджиния. — Постараемся отучить бандитов быть бандитами, а убийц — убийцами, что, в целом, благоприятно скажется на нравственности твоего народа.

— Мне приятно слышать, какие у тебя безупречные идеалы, — заметил Энтони. — Это доказывает, что я не зря старался.

— Ерунда! — спокойно изрекла Вирджиния. — Тебе понравится быть королем, это у тебя в крови. С детства тебя готовили к роли наследника престола, к тому же здесь нужен природный талант, не меньший, чем быть, скажем, настоящим водопроводчиком.

— Я над этим не задумывался, — заметил Энтони. — Но черт возьми, хватит тратить время, обсуждая каких-то там водопроводчиков. Пойми, в эту самую минуту я должен был заседать с Айзекстайном и старым одуванчиком — бароном. Они жаждут поговорить о нефти. К черту нефть! Они вполне могут подождать мое королевское высочество. Вирджиния, вспомни: ты говорила, что мне придется очень постараться, чтобы добиться твоего расположения.

— Я помню, — тихо ответила она, — но в то время в окно выглядывал инспектор Баттл.

— Но сейчас его нет, — сказал Энтони. Он неожиданно обнял ее и, прижав к себе, покрыл поцелуями ее глаза, губы, сверкающие золотые волосы.

— Я так люблю тебя, Вирджиния! — прошептал он. — Я обожаю тебя! А ты любишь меня?

С высоты своего роста он смотрел на нее, уверенный в ее ответе. Прижавшись головой к его плечу, тихим, нежным и дрожащим голосом она прошептала: «Нисколечко!»

— Моя маленькая колдунья. — Энтони снова покрыл ее поцелуями. — Теперь я точно знаю, что буду любить тебя всю жизнь!

ГЛАВА 31. ДОПОЛНИТЕЛЬНЫЕ ПОДРОБНОСТИ

Место действия — Чимниз, 11 часов утра, четверг.

Констебль Джонсон в одной рубашке копает землю. В воздухе ощущаются какие-то кладбищенские настроения. Друзья и родственники сгрудились у могилы, каковую и роет констебль Джонсон, уже известный нам.

У Джорджа Ломакса вид человека, имя которого стоит первым в завещании покойного.

Инспектор Баттл, по-прежнему с невозмутимым лицом, кажется, все-таки доволен тем, как благопристойно проходит церемония похорон. Она делает ему честь — ведь он выступает в качестве владельца похоронного бюро.

У лорда Катерхэма торжественный вид, как у всякого англичанина, присутствующего при свершении религиозного обряда. Но мистер Фиш никак не вписывается в эту группу, поскольку он явно настроен не слишком серьезно.

Джонсон снова наклоняется и вдруг резко выпрямляется. Все взволнованы.

Мистер Фиш говорит:

— Хватит, сынок. Дальше мы справимся сами.

И сразу становится ясной его роль во всей этой церемонии. Он — семейный врач-хирург. Джонсон удаляется. Мистер Фиш с подобающей торжественностью наклоняется над могилой — хирург собирается приступить к делу. Он достает из могилы маленький матерчатый сверток и церемонно передает его инспектору Баттлу, который, в свою очередь, вручает его Джорджу Ломаксу. Все формальности теперь соблюдены. Джордж Ломакс разворачивает сверток, вспарывает промасленную ткань и начинает ее прощупывать. На какое-то мгновение на его ладони появляется нечто, что он тут же быстро прячет обратно в вату. Откашлявшись, Джордж начинает говорить, выделяя каждое слово, как опытный оратор:

— В этот знаменательный день...

Лорд Катерхэм поспешно ретируется. На террасе он обнаруживает свою дочь.

— Бандл, твоя машина в порядке?

— Да, а в чем дело?

— Тогда немедленно отвези меня в город. Сегодня же я уезжаю за границу.

— Но, папа...

— Не спорь со мной, Бандл. Джордж Ломакс сообщил мне сегодня утром, когда приехал, что ему обязательно надо сказать мне пару слов наедине по делу чрезвычайной важности, и прибавил, что скоро в Лондон прибывает король Тимбукту. Бандл, я больше этого не вынесу, ясно? Если мое поместье так необходимо стране, пусть правительство его покупает. Иначе я продам его, и пусть делают из него гостиницу.

— А где же наш Джордж? — спросила Бандл, не растерявшись.

Лорд Катерхэм взглянул на часы:

— Минут пятнадцать, не меньше, он будет теперь разглагольствовать о Британской империи и ее славе.

Еще одна сценка. Мистер Эверсли, которого не пригласили принять участие в траурной церемонии, разговаривает по телефону:

— Послушай, я правду говорю... Да не злись ты... Так ты поужинаешь со мной сегодня?.. Да нет. Я трудился как пчелка. Ты плохо знаешь Ломакса... Хватит, Долли, ты знаешь, как я к тебе отношусь... Только ты одна мне всегда нравилась... Ладно, я сначала приду на спектакль!.. Как там эта штучка начинается? «Застежки крошка расстегнула...»

Слышатся невообразимые звуки. Это мистер Эверсли пытается напеть припев.

Речь Джорджа подходит к концу:

— ...прочный мир и процветание Британской империи!!!

— Пожалуй, неделька-то была что надо! — понизив голос, заключает мистер Фиш, как бы оповещая об этом весь мир.

ОГЛАВЛЕНИЕ

www.ingramcontent.com/pod-product-compliance
Lightning Source LLC
Chambersburg PA
CBHW060617310726
48982CB00003B/596

* 9 7 8 1 7 6 3 8 2 2 3 3 7 *